Christian Montillon

Wege der Unsterblichkeit

Christian Montillon

Wege der Unsterblichkeit

Emmerich Books & Media
2018

Christian Montillon

Wege der Unsterblichkeit

Herausgeber:
Peter Emmerich
EMMERICH Books & Media
Wittmoosstr. 8, 78465 Konstanz
www.emmerich-books-media.de

Originalausgabe

Covergestaltung: Beate Rocholz
www.br-buchcover.de

Cover: »Man with conceptual spiritual body art«
© Nejron Photo

Gesamtlayout und Satz: Peter Emmerich & Jörg Schukys

Inhalt

Kreisläufe
(mit Messern)

1.

Die Klinge, gebogen und etwa zehn Zentimeter lang, findet ihr Ziel.

Das Opfer kommt nicht mehr dazu, sich zu wehren. Kein Schrei entringt sich der Kehle, bevor sie langsam und genüsslich durchschnitten wird. Das Geräusch klingt ein wenig wie das Knacken eines dürren Astes unter dem Fuß. Die junge Frau stirbt, ohne zu wissen, warum.

Nun, das alles ist nicht besonders erwähnenswert, das gebe ich zu, doch etwas anderes hebt diese Geschichte über alle anderen heraus; etwas, das mich veranlasst, sie zu erzählen. Etwas, das möglichst viele Menschen erfahren sollten.

Also hören sie mir gut zu: Auch der Täter ist völlig ahnungslos. Er hat keine Erklärung dafür, warum er ausgerechnet diese Frau tötet, und mehr noch. Er ist absolut entsetzt darüber, überhaupt getötet zu haben.

Fassungslos steht er über der Leiche, während das Entsetzen seinen Körper gefrieren lässt und sein Magen revoltiert.

Adam Michel wurde von Grauen geschüttelt. Er sah auf das blutige Messer, das er in seiner Hand hielt, die leicht zitterte. Und, schlimmer noch, er sah auf die Leiche, die vor seinen Füßen lag.

Eine junge Frau, mit blonden, streichholzkurz geschnittenen Haaren. Sie mochte einmal schön gewesen sein, mit ihren großen Brüsten, doch jetzt waren ihre Gesichtszüge verzerrt und erstarrt. Die riesige Wunde unterhalb ihres Kinns redete eine deutliche Sprache und machte jede ärztliche Untersuchung überflüssig.

Adam Michel hatte nie zuvor eine Leiche gesehen, und darum lähmte allein dieser Anblick seinen kompletten

Körper und bannte ihn auf der Stelle. Doch eine viel entsetzlichere Erkenntnis fasste mit brachialer Gewalt in seinen Magen und drückte ihn zusammen, schien die Gedärme auseinander zu reißen. Er hatte diese Frau getötet.

Michel überwand seine Lähmung und wandte sich um. Zum Glück war bislang niemand in dem kleinen Dorf auf das schreckliche Verbrechen aufmerksam geworden. Die Frau hatte nicht mehr schreien können. Er lief los, umklammerte das Messer immer noch fest. Anfangs tropfte noch hin und wieder etwas Blut auf den Boden, doch bald hinterließ er keine Spur mehr.

Häuserfassaden zogen an ihm vorüber. In keinem der Fenster brannte Licht. Morgens um vier Uhr dreißig war hier noch niemand auf den Beinen. Zumindest keiner außer der jungen Frau, die irgendwo weit hinter ihm in ihrem Blut lag.

Warum?, fragte sich Adam Michel. Weshalb musste sie auch um diese Zeit wach sein? Jedermann wusste doch, wie gefährlich die heutigen Zeiten geworden waren, und das nicht nur in den Metropolen und Großstädten.

An diesem Gedanken hielt sich Adam Michel fest. Er machte es ihm für den Augenblick möglich, die eine, hinter seiner Schläfe pochende Erkenntnis zu verdrängen. Doch nur für wenige Sekunden. Dann kam sie wieder: Du bist ein Mörder – du bist ein Mörder – du bist ein Mörder.

Plötzlich würgte er und erbrach sich. Er ließ das letzte Haus hinter sich. Die Straße aus dem Dorf verlief für etwa zweihundert Meter neben einem freien Ackerland, dann durchschnitt sie ein ausgedehntes Waldgebiet. Adam Michel wusste das, denn er war oft hier. Er wohnte nur etwa zehn Kilometer von hier entfernt. Jetzt erst kam ihm ein neues, entsetzliches Detail ins Bewusstsein. Er kannte die junge Frau, die er getötet hatte, wenn auch nicht besonders gut. Sie arbeitete in der kleinen Bäckerei, in der er manchmal Kuchen kaufte.

Der Kuchen schmeckte gut.

War es also doch kein Zufall gewesen, dass er gerade sie ermordet hatte? War sie ganz bewusst sein auserkorenes Opfer gewesen? Doch das konnte nicht sein. Er war kein Mörder.

Als er das Waldgebiet erreichte, liefen Tränen seine Wange herab. Nie zuvor hatte er ein Verbrechen begangen. Scheiße, er arbeitete in einer Anwaltskanzlei, war ein treuer Bürger, kämpfte Tag für Tag für die Gerechtigkeit.

Ein Auto kam ihm entgegen. Um nicht gesehen zu werden, sprang er hastig von der Straße herunter und verbarg sich hinter einem Baum. Das Fahrzeug fuhr an ihm vorbei.

Er hoffte, jeden Moment aus dem Schlaf aufzuschrecken. Das alles musste ein Traum sein, ein schrecklicher Alptraum. Vielleicht verfolgte ihn dieser bescheuerte Horrorfilm immer noch. Schon währenddessen hatte er sich so seltsam gefühlt, als stimme irgendetwas nicht mit ihm. Er hatte es auf den Vollmond geschoben. Es kam häufig vor, dass er in den Nächten, an denen er hell leuchtend am Nachthimmel stand, kaum Ruhe fand.

Doch konnte man im Traum darüber reflektieren, ob man schlief? Wahrscheinlich wusste das niemand, denn wenn man erwachte, verschwanden die Bilder der Nacht, verblassten die Erinnerungen an das, was einen im Würgegriff gehalten hatte.

Aber es gab eine einfache Methode, um herauszufinden, ob er schlief oder wach war. Denn nach wie vor hielt er das Messer in der Hand. In einem Winkel seiner Seele war er froh darüber, es mitgenommen zu haben, denn es wäre eine sichere Spur gewesen, die die ermittelnde Polizei zu ihm geführt hätte. Zum ersten Mal dachte er über derlei Details nach. Offenbar hatte er Glück gehabt.

Glück?

An einem Tag wie diesem, an dem er eine Frau ermordet hatte, ohne zu wissen, warum?

Adam Michel stoppte seinen Lauf, hob die Klinge – und schnitt sich in den linken Zeigefinger. Scharfer Schmerz ging von der Verletzung aus, und der Finger begann heftig zu pochen, als er ihn in den Mund nahm, um das Blut abzulecken.

Doch Michel erwachte nicht, weder vom Schmerz noch von dem metallischen Geschmack des Blutes.

Er konnte auch nicht erwachen.

Denn er schlief nicht.

Ein Tag lag hinter ihm, wie er ihn noch niemals zuvor erlebt hatte. Bei der Arbeit hatte er sich krankgemeldet, was stillschweigend akzeptiert worden war.

Seitdem dachte Adam Michel nach. Brütete vor sich hin. Ließ den Mord immer wieder vor sich Revue passieren. Nichts anderes fand in seinem fiebernden Hirn noch Platz.

Ein dumpfes Hungergefühl ließ ihn schließlich aus seinen Grübeleien aufschrecken. Es war bereits später Nachmittag. Seine Kehle war ausgetrocknet, doch er spürte es kaum. In der Küche schlang er etwas in sich hinein, irgendetwas – und übergab sich danach. Nur einige Schlucke Wasser behielt er in den nächsten Stunden bei sich.

Die Nacht verlief genauso, versunken und gefangen in Gedanken, und bald saß er mit angezogenen Knien auf dem Bett, die Decke über seinen Beinen. Das Licht der Nachttischlampe tauchte seine Umgebung in Helligkeit. Die Vorstellung von Dunkelheit ertrug er nicht. Es spielte auch keine Rolle, ob es hell war – er konnte ohnehin nicht schlafen.

Es war vier Uhr. Vor genau vierundzwanzig Stunden war es geschehen.

Der Mord musste längst entdeckt worden sein. Was die Leute wohl darüber redeten? Adam Michels Herz begann ein heftiges Stakkato, als er überlegte, ob man ihm bereits auf der Spur war, ob die Todeszelle schon auf ihn wartete. Doch nein, beruhigte er sich, das war unwahrscheinlich. Wenn ihn jemand gesehen hätte, wenn er Fingerabdrücke hinterlassen hätte, wäre die Polizei längst hier gewesen, um ihn zu verhaften.

Oder? Wie verfolgte man eigentlich solche Indizien zu demjenigen, der sie hinterlassen hatte? Befanden sich seine Fingerabdrücke in irgendeinem offiziellen Verzeichnis? Spuckte irgendein Computer seinen Namen aus?

Michel schwang die Beine aus dem Bett und begann eine unruhige Wanderung in seinem Zimmer. Zum hundertsten Mal, seit er zurückgekommen war. Und wie bei jedem dieser Rundgänge, die ihn durch alle Räume seiner Wohnung führten, verharrte er vor dem kleinen Dielenschrank. Sollte er, oder sollte er nicht?

Er zweifelte, doch wie jedes Mal gab er nach, verlor er den inneren Kampf. Es war wie ein Zwang, sich zu bücken, auf die Knie zu gehen, die Hand weit unter den Schrank zu schieben, der auf kleinen Zierfüßen stand, und weit hinten – so weit, dass man es unmöglich sehen konnte – ein kleines Stoffbündel hervorzuholen.

Er wickelte den groben Stoff des Handtuchs auseinander, und wie hypnotisch fixierte er seinen Blick auf den blanken Stahl des Messers. Er hatte es gesäubert, um den Anblick des Blutes nicht mehr ertragen zu müssen, das seinetwegen vergossen worden war.

Es sah unschuldig aus. Er nahm es in die Hand, die Finger krallten sich um den abgewetzten Griff aus dunklem Holz. Die Klinge: nichts als ein Stück Stahl, dazu gedacht, Brot zu schneiden, oder Gemüse zu hacken. Adam Michel benutzte das Messer seit vielen Jahren in der Küche.

Und jetzt endlich hast du es seinem wahren Zweck zugeführt!, hörte er eine Stimme in sich. *Welche Verschwendung, damit über so lange Zeit kein Leben auszulöschen! Sieh doch, wie perfekt der Stahl ist, gemacht, um warmes Fleisch zu durchschneiden. Sehnen zu durchtrennen. Zuckende Muskeln zu halbieren.*

Erschrocken ließ Michel das Messer – die Waffe – fallen. Mit einem scheppernden Geräusch schlitterte es über den gefliesten Boden.

Erinnere dich!, sagte die Stimme, und er hörte sie ganz klar und deutlich.

Er schüttelte den Kopf, schloss die Augen und presste die Hände auf die Ohren. Eine völlig nutzlose Handlung, denn die Stimme erklang in ihm, und er konnte sie nicht verdrängen.

Erinnere dich, was du getan hast!

Dann, endlich, herrschte Stille, nur durchdrungen von dem überlauten Klopfen seines Herzens.

»Woran soll ich mich erinnern?«, rief Michel in den Raum hinein. Die Frage beantwortete sich von selbst. Er sah sich über der Leiche stehen, das Messer in der Hand …

… und wusste, dass die Stimme nicht darauf angespielt hatte. *Erinnere dich, was du getan hast.*

Adam Michel sah auf die blanke Klinge, und etwas spiegelte sich darin, das viel länger zurücklag als der Mord vor einem Tag. Er sah ein Feuer, das glitzernde Reflexe von dem Messer aus in den ganzen Raum warf, sah, wie etwas brannte und langsam verkohlte. Ein Tier.

Ein Opfertier.

»Höre mich«, vernahm er seine eigene Stimme, doch sie klang unendlich fremd in seinen Ohren, als dringe sie über einen Abgrund an unendlicher Zeit zu ihm.

… was du getan hast, damals!

Adam Michel sprang entsetzt auf und hastete ins Bad. Er drehte den Wasserhahn auf und spritzte sich eiskaltes

Wasser ins Gesicht. Sein Herz raste. Was waren das für Gedanken?

Der Schock der Kälte riss ihn ins Hier und Jetzt zurück. Ein Schauer lief ihm über den Rücken, als ein Wassertropfen den Weg über seinen Hals und Nacken die Wirbelsäule entlang nach unten fand, ehe der Stoff seines Unterhemdes ihn endlich aufsog.

Als Michels Herzschlag sich wieder beruhigte, verließ er das Badezimmer. Von seinen Händen tropfte Wasser auf die Fliesen. Er trat vor den Dielenschrank und ging in die Knie.

Nachdenklich wickelte er das Messer, das nichts anderes, nicht mehr war als ein Messer, wieder in das Handtuch ein und ließ das Bündel unter dem kleinen Schrank verschwinden.

Zum ersten Mal verließ Adam Michel wieder das Haus. Tief atmete er die frische Luft ein, sah zu, wie sein Atem vor dem Gesicht kondensierte. Die Kälte prickelte auf der Haut. Es tat gut. Es war wie die Erinnerung daran, dass er immer noch ein Teil dieser Welt war.

»Geht es Ihnen wieder besser?«, fragte eine tiefe Stimme unangenehm laut.

Er schrak zusammen und warf den Kopf herum.

»Wundern Sie sich nicht«, meinte sein Gegenüber, ein schwarzhaariger Mann unbestimmbaren Alters, der direkt neben ihm stand. Seine Stimme wirkte heiter, als amüsiere ihn der überraschte Ausdruck Michels. »Sie haben seit zwei Tagen Ihre Wohnung nicht verlassen, die Rollläden immer unten – da liegt der Schluss doch nahe, dass sie krank waren. Ich hoffe, Sie sind wieder genesen.«

»Migräne«, murmelte Michel beiläufig. Was ging den Unbekannten das an? Wie kam er überhaupt dazu, ihn anzusprechen?

»Das werden die anderen sicher auch denken«, antwortete der Mann.

Michel wandte sich zum Gehen. »Auf Wiedersehen«, hörte er sich selbst sagen.

»Aber sicher«, wurde ihm geantwortet. »Und tun Sie mir einen Gefallen: Vergessen Sie es nicht.«

Diese Worte schlugen wie ein Blitz in Michels Nervenzentrum ein. *Erinnere dich, was du getan hast.* »Was meinen Sie?« Doch als er sich umdrehte, war der seltsame Fremde bereits nicht mehr zu sehen. Er musste in den wenigen Sekunden um die Ecke gebogen sein. Sehr eigenartig, denn er hatte dazu mindestens fünfzehn Meter zurücklegen müssen, schätzte Michel.

Nervös verknotete er die Hände ineinander. Doch er zwang sich zur Ruhe. Er durfte sich nichts anmerken lassen. Wenn er niemandem auffiel, konnte auch niemand dumme Fragen stellen.

Ein oder zwei seiner Nachbarn liefen an ihm vorbei, doch sie schenkten ihm keine Beachtung. Beiläufig nickten sie ihm zu, und er tat es ihnen gleich, als wäre es ihm im Grunde genommen gleichgültig, als folge er lediglich irgendwelchen eingefahrenen Konventionen.

Er lenkte seine Schritte zielstrebig zu dem kleinen Zeitschriftenkiosk. Dort nahm er die Regionalzeitung aus der Ablage. »Gibt es noch die Ausgabe von gestern?«, fragte er Amanda, die alte Frau, die den Kiosk seit ihrer Jugend führte – schon immer, wie sie zu sagen pflegte.

»Na da haben Sie aber Glück!« Amanda verschwand kurz im Hinterzimmer und kam mit einem leicht zerknitterten Exemplar zurück. »Ich kam selbst heute Morgen erst dazu, es zu lesen. Nehmen Sie es, es ist mein Eigenes.«

»Was bin ich schuldig?«

»Dafür? Nichts. Kommen Sie einfach einmal wieder vorbei.« Amanda lächelte.

Michel bezahlte die aktuelle Zeitung und machte sich auf den Heimweg. Er wollte wissen, ob etwas über den Mord darin zu lesen war. Ob die Polizei nach wie vor völlig im Dunkeln tappte.

Die Neugierde trieb ihn dazu, bereits während des Nachhausewegs einen Blick in die Seiten zu werfen. Tatsächlich fand er in der heutigen Ausgabe eine winzige Notiz, die nichts weiter aussagte, als dass es »im Fall des bestialischen Messermörders« keine neuen Erkenntnisse gäbe. Eine Nachricht, die Adam Michel erleichterte.

Die ältere Zeitung jedoch wartete mit einem längeren Artikel auf. Auch dort war zu lesen, dass die Polizei noch keinerlei konkrete Spuren entdeckt habe und auf die Mithilfe der Bevölkerung hoffe. Danach folgte ein Hintergrundbericht, der einige ähnlich gelagerte Fälle in den letzten Monaten im weiteren Umkreis vorstellte.

Gut, dachte Adam Michel, denn wenn Verbindungen dazu vermutet wurden, waren die Ermittler auf dem Holzweg. Aber wie sollten die wahren Hintergründe der Tat auch aufgedeckt werden? Sogar er selbst wusste ja nicht, wieso er es getan hatte. Es gab keinen Grund, kein Motiv, nichts, was einen findigen Ermittler zu ihm führen konnte.

Er blieb stehen, als er in dem Artikel las, dass bundesweit, ja gar über die Grenzen des Landes hinaus, eine riesige Anzahl solcher unaufgeklärten Messermorde seit vielen Jahren geschehen waren. Der Journalist konnte sich sogar den obligatorischen Hinweis auf Jack the Ripper nicht verkneifen und zitierte einen frustrierten, inzwischen pensionierten Oberkommissar, der davon sprach, dass der Geist des Rippers aus dem Grab auferstanden sei.

Michel schüttelte den Kopf und zerknüllte die Zeitung. Selten hatte er so einen Unfug gelesen.

Er sah in dem Schaufenster, vor dem er stehen geblieben war, sein Spiegelbild, das die zerknüllte Zeitung zwischen beiden Händen hielt. Doch dann legte sich ein zweites Bild darüber. Ein Feuer brannte, und er warf ein ebenso zerknülltes Zeitungspapier in die Flammen. *Höre mich*, sagte er dabei, und er wusste, dass es diesmal endlich soweit sein würde.

Sein Blick wurde auf das Papier gelenkt, das eben in Flammen aufging, und für einen kurzen Moment sah er das Datum in der rechten oberen Ecke, als sei es in Leuchtschrift geschrieben.

25.04.1902

Dann wellte sich das Papier und verbrannte.

Es war nicht möglich. 1902? Das war vor über 100 Jahren gewesen, lange vor seiner Geburt.

»Wollen Sie sich erinnern?«, fragte eine Stimme neben ihm, und die Halluzination in der Schaufensterscheibe verblasste. Michel erkannte den Fremden sofort wieder. »Das hier könnte ihnen helfen.«

»Was – wohin sind Sie vorhin verschwunden?«

»Verschwunden? Aber, aber …« Er lachte. »Nun nehmen Sie schon, was ich Ihnen anbiete!«

Michel griff nach der kleinen, leicht vergilbten Visitenkarte, die der Fremde ihm mit seinen langen, gichtgebeugten Fingern hinhielt. »Was ist das?«

Wieder ein Lachen, diesmal völlig humorlos. »Lesen müssen Sie schon selbst.«

MYSTIK – OKKULTISMUS – SPIRITUALITÄT, las Adam Michel. GARIONDAS SPEZIALBIBLIOTHEK. Darunter eine Telefonnummer und eine Adresse, nicht weiter als fünfzig Kilometer von hier entfernt.

»Was soll das?«, fragte er. »Das ist doch Humbug!« Was für ein seltsamer Name war Garionda? Er hatte ihn nie zuvor gehört.

Doch wieder war der Fremde verschwunden, als habe er sich in Luft aufgelöst.

2.

Für den Rest der Woche nahm sich Adam Michel frei, was sein Chef wiederum anstandslos akzeptierte. »Sie haben noch die Krankheitstage von sieben Jahren zugute«, teilte er ihm scherzhaft mit.

»Sieben Jahre?«

»So lange waren Sie nicht krank. Kurieren Sie sich kräftig aus.«

In den nächsten Tagen lief er unruhig in seiner Wohnung hin und her, vagabundierte durch die Straßen und Gassen seines Dorfes und wurde Stammgast in einigen Kneipen. Anfangs nahm er mehr Alkohol zu sich als in den zurückliegenden Jahren zusammen. Doch auch diese Phase ging vorüber.

Die polizeilichen Ermittlungen im Fall des Messermörders machten keinerlei Fortschritte, und er selbst wurde nicht mehr von weiteren Visionen und Halluzinationen gequält. Auch der eigenartige Fremde tauchte nicht wieder auf.

Fast war alles gut.

Immerhin.

So gelang es ihm, die grausamen Gedanken an den Mord weiter in den Hintergrund zu drängen. Es erschien ihm immer wahrscheinlicher, dass er mit der Erinnerung leben konnte – die anfänglichen Zweifel, ob er sich der Polizei stellen sollte, legte er ab. Welcher Teufel ihn auch immer geritten hatte, als er es tat – er selbst war nicht schuld daran, davon war er felsenfest überzeugt.

Neben sich auf dem Bett lag ein psychologisches Standardwerk, in dem er immer wieder blätterte. Das Kapitel über »Verdrängung« konnte er mittlerweile schon von außen am Buchrand erkennen, die Seiten waren zerknittert und dicker als die anderen.

Er hatte sich kundig gemacht über Neurosen, Psychosen und all diese Dinge, die seiner Meinung nach auf dem Geschwätz irgendwelcher Idioten basierten, deren einziger Qualitätsnachweis es war, von irgendwelchen anderen Idioten ein Diplom erhalten zu haben. Wenn er das, was er in diesem Buch las, für bare Münze nahm, dann war er krank, ein Fall für die Psychiatrie. Und das war er nun einmal nicht. Daran gab es nichts zu rütteln. Also mussten alle anderen sich täuschen.

Ganz einfach.

Die Stimmen und Bilder, die ihn nach der Tat verfolgt hatten, schrieb er seinem zur Tatzeit und in den ersten Stunden danach stark aufgewühlten Zustand zu. Keiner wusste, was geschehen war, und niemand sollte es je erfahren. Jetzt schon begann Gras über die Sache zu wachsen.

Morgen würde er wieder zu arbeiten beginnen, und alles konnte seinen gewohnten Gang nehmen. Wunderbar!

Nur eins stand dem noch im Wege, und das wusste Adam Michel leider nur allzu genau. Denn eines widersprach seiner Idee, das alles seinem überreizten Bewusstsein oder Unterbewusstsein oder was-auch-immer zuzuschreiben. Mit dieser einen Sache musste er sich noch beschäftigen.

Mit einer kleinen, unscheinbaren Visitenkarte.

Er klappte das dicke psychologische Machwerk auf. Die Karte lag zwischen Buchdeckel und erster Innenseite.

Gariondas Spezialbibliothek.

Sehr eigenartig. Offensichtlich eine Sammlung okkulter und mystischer Schriften. Nichts, was ihn jemals in seinem Leben interessiert hatte.

Belüge dich nicht, sagte die Stimme in ihm, die er längst als einen Teil seiner selbst akzeptierte. Verfügte nicht jeder gesunde Mensch über eine Art »innere Stimme«? Warum sprachen denn so viele Religiöse davon, »geleitet« zu werden, und zog nicht die gesamte östliche Mystik ihre Kraft von innen heraus?

Ruf an!

»Es ist Sonntag«, widersprach Adam Michel.

Die Bibliothek hat offen. Wann haben die Leute denn Zeit, in Bibliotheken zu gehen?

Da kannte er sich nicht aus. Er hatte keine Ahnung von Büchereien und ihren Öffnungszeiten. Bücher waren nie seine Welt gewesen, und die Gesetzeswälzer, mit denen er sich beruflich beschäftigen musste, genügten ihm vollkommen.

Es ist deine letzte Chance.

Also tat er es. Er nahm das Telefon in die Hand und tippte die Nummer, die sich auf der Visitenkarte befand. Es läutete nur einmal durch, dann meldete sich eine Frauenstimme. »Mystik, Okkultismus, Spiritualität, Garionda am Apparat. Was kann ich für Sie tun?« Die Stimme klang überaus sympathisch, weich und volltönend.

»Sie – Sie haben geöffnet?« Er ärgerte sich über sein Stottern.

»Aber das ist doch selbstverständlich. Wann immer jemand zu uns will, wird er ein offenes Tor finden.«

»Ich werde kommen. In einer Stunde.«

»Aber das ist doch selbstverständlich«, sagte sie wieder, und Garionda lachte. »Sie müssen entschuldigen, wenn ich mich wiederhole, aber manche Dinge sind nun einmal so offensichtlich, dass ich keine anderen Worte dafür finde. Wen darf ich melden?«

»Michel. Adam Michel.«

»Aber das ist doch selbstverständlich.« Es klickte in der Leitung, dann ertönte das Freizeichen.

Er atmete tief durch, schlüpfte in Schuhe und Jacke und verließ das Haus, ohne noch einmal in den Spiegel zu sehen. Jede Verzögerung hätte seine Entschlossenheit ins Wanken bringen können, das wusste er, und das wollte er um jeden Preis vermeiden.

Die Fahrtzeit zur Bibliothek betrug weniger als vierzig Minuten, denn die Straßen waren kaum befahren.

Auf dem kurzen Stück über die Schnellstraße übertrat er die zulässige Höchstgeschwindigkeit, doch aus Erfahrung wusste er, dass hier ohnehin niemals Kontrollen durchgeführt wurden.

Die richtige Straße in der kleinen Stadt musste Michel einige Zeit lang suchen. Er war schon des Öfteren in der Nähe gewesen, doch den Straßennamen auf der Visitenkarte kannte er nicht.

Schließlich fragte er einen Passanten. Nach langem Überlegen sagte dieser: »Natürlich! Sie müssen dort vorne rechts reinfahren. Was wollen sie denn *dort*?«

»Das geht Sie wohl nichts an«, antwortete Michel pampig. Er fuhr wieder weiter, wurde rasch fündig und parkte den Wagen. Die richtige Hausnummer zu finden bereitete keine Probleme mehr. Michel stand vor einer prächtigen, barock ausgestalteten Fassade, die nicht recht in die ärmliche Gegend passen wollte. Er hatte nicht gewusst, dass es hier derart alte Häuser gab.

Der Klingelknopf lag unterhalb einer in den Stein gehauenen Dämonenfratze, deren Zähne bis wenige Millimeter oberhalb des Klingelknopfes ragten. Michel musste vorsichtig sein, die steinernen Hauer nicht zu berühren. Er hatte eine instinktive Abscheu davor. Einen Moment lang überlegte er sogar, laut zu klopfen statt zu läuten.

Das Geräusch der Klingel war bis nach draußen zu hören, es klang eher nach einem altertümlichen Gong. Nur Sekunden danach summte es, und Michel drückte gegen die Tür, die klackend aufsprang.

Bei aller Zurschaustellung barocker Altertümlichkeit war Garionda also offenbar der modernen Technik nicht abgeneigt.

»Kommen Sie nach oben!«, hallte es durch das Treppenhaus. »Wir erwarten Sie!« Es war die Stimme, die er bereits am Telefon gehört hatte.

Er tat, wie ihm geheißen worden war. Rechts und links der Treppe, die sich schier endlos hinzog, prangten ausgestopfte Tierköpfe, deren Augen ihm beinahe lebendig schienen. Einmal war er sich sicher, dass die Pupillen eines Bisons ihn verfolgten, doch es musste sich um eine optische Täuschung handeln.

Im Obergeschoss angekommen, fiel ihm zuerst der ausladende Kronleuchter an der Decke auf. Dutzende von roten Kerzen waren auf ihn gesteckt, die tatsächlich alle brannten. Auch an den Wänden waren verschiedene Kerzenhalter befestigt. Als er dicht daran vorbeilief, strömte ein eigenartiger süßlicher Geruch auf ihn ein.

»Ich freue mich, dass Sie gekommen sind.« Eine kleine dicke Frau trat aus einem Zimmer und streckte Adam Michel eine Hand entgegen. Sie trug ein dickes, zerfleddert wirkendes Kleid aus dunkelblauem Stoff, in das mit dünner Stickerei schwarze verschlungene Muster eingearbeitet waren. Die Haare hatte sie zu zwei aufgewickelten Zöpfen gebunden.

»Garionda?«, fragte Michel.

»Aber das ist doch selbstverständlich.« Spätestens jetzt hätte er sie erkannt. »Folgen Sie mir.«

Als er hinter ihr den Nachbarraum betrat, war ihm, als habe er das Tor zu einer anderen Welt durchschritten. Der Raum quoll über von Büchern. Dicke, fein ausgearbeitete Holzregale bedeckten jeden Zentimeter der Wand. Sie bogen sich unter der Last hunderter, tausender von alten Folianten. Darüber hinaus ragten viele Regale in den Raum hinein, so dass ein schmaler Mittelgang entstand.

»Die meisten staunen, wenn sie zum ersten Mal hierherkommen.«

»Das alles sind Bücher über … nun ja, über …«

»Es sind alles Bücher über die verborgenen Dinge der Welt, ja. Sie werden hier auch fündig, dessen bin ich mir sicher.«

»Sie wissen aber gar nicht, was ich suche.« Nach einem kurzen Moment fügte er hinzu: »Ich weiß doch selbst nicht, was ich hier überhaupt soll. Ein seltsamer Kauz gab mir Ihre Visitenkarte.«

»Ein *seltsamer Kauz*? Na, Sie haben vielleicht eine Meinung über mich.« Hinter einem Regal trat der Mann unbestimmbaren Alters hervor, den Michel zweimal auf der Straße getroffen hatte, und schüttelte den Kopf.

»Wie kommen Sie hierher? Ich meine, entschuldigen Sie, aber …«

»Lassen wir das.« Er winkte ab. »Ich habe Ihnen die Karte nicht umsonst gegeben.«

»Was bezweckten Sie damit?«

»Sie sollen sich erinnern.«

Ein bedrückendes Gefühl legte sich über Adam Michel. »Woran?«

»Das werden Sie erfahren.«

»Sagen Sie es mir.«

»So ungeduldig? Nach all den Jahren?«

»Was …«

»Stellen Sie nicht so viele Fragen. Lesen Sie, guter Mann!«

Michel sah sich um. »Was soll ich lesen?«

Der Mann seufzte und zog eines der Bücher aus dem Regal, neben dem Adam Michel stand. »Es wird schon kein Zufall sein, dass Sie ausgerechnet dort stehen, wo Sie stehen. Kommen Sie mit.«

Willenlos folgte er dem Mann, der hinter einem der Bücherregale verschwand. Ein Tisch mit einem alten Holzstuhl kam zum Vorschein. »Setzen Sie sich und lesen Sie.«

»Wer sind Sie?«

»Immer diese Fragen«, meinte der Mann. »Ich bin Garionda, wer sonst.«

»Die Frau sagte mir …«

»Sie ist meine Tochter. Ist es da so unwahrscheinlich, dass wir denselben Nachnamen tragen?«

»Natürlich nicht. Ich …«

Wieder ließ der Fremde ihn nicht aussprechen. »Tun Sie mir einen Gefallen und lesen Sie endlich.« Der Mann – Garionda – zog sich zurück.

Michel schlug das Buch auf. Obwohl er sich fragte, was er damit sollte, begann er zu lesen. Die Seiten bestanden aus dickem vergilbtem Papier, das knisterte, wenn man es umschlug. Ein leicht modriger Geruch ging von dem hartledernen Umschlag aus.

Adam Michel vergaß, wo er sich befand, vergaß, was ihn hierhergeführt hatte. Das Gelesene zog ihn völlig in seinen Bann.

In jeder Minute stieg sein Entsetzen, und als er endlich erkannte, was dieses Buch ihm zu sagen hatte, schlug er es hastig zu. Schweiß stand ihm auf der Stirn.

Garionda trat an seinen Tisch heran. »Wissen Sie es?«

Michel sah ihn mit bebender Unterlippe an.

»Ich sehe Ihnen an, dass Sie sich erinnert haben. Sehr gut.«

»Das Buch«, sagte er und nahm es mit zitternden Händen auf.

»Es ist nicht wichtig. Sie sind wichtig.«

Nahezu drei Wochen danach

Adam Michel wurde von Grauen geschüttelt. Vor seinen Füßen lag eine – selbst in Gedanken fiel es ihm schwer, das Wort zuzulassen – Leiche!

Ein Mann, schätzungsweise fünfzig Jahre alt, er trug einen dunklen Nadelstreifenanzug und ein weißes Hemd; ehemals weiß, denn in Höhe des Herzens breitete sich ein riesiger Blutfleck aus. Das Messer steckte noch in dem Toten, der gerade erst seinen letzten Atemzug vollendet hatte. Das letzte Aufstöhnen hallte noch in Adam Michels Ohren nach.

Der Anblick war schrecklich und ließ ihn schwindlig werden. Er stützte sich an einem der umstehenden Bäume ab. Nur mit Mühe unterdrückte er eine Ohnmacht, indem er versuchte, tief und ruhig einzuatmen. Die Knie wurden ihm weich, doch langsam gewann er wieder an Standfestigkeit.

Hastig drehte er sich um, als er sich übergeben musste. Danach beruhigte sich sein revoltierender Magen ein wenig. »Immer mit der Ruhe«, flüsterte Michel zu sich selbst. »Egal, was hier passiert ist, erst mal nachdenken …«

Nachdenken? Lächerlich – es gab nichts nachzudenken! Was geschehen war, war eindeutig. Der Mann auf dem Boden war tot, ermordet, und er, Adam Michel, war der Mörder!

Er sah noch genau vor sich, wie er mit dem Messer zustieß, es in den Körper des Fremden rammte, den er niemals zuvor gesehen hatte und dessen einziger Fehler es gewesen war, diesen weitgehend unbenutzten Waldweg entlang zu laufen.

Eine einzige Frage pochte in Michels malträtiertem Hirn, die ihn mehr als alles andere in seinem Leben quälte, denn sie war ungeheuerlich. Warum hatte er das getan? Wie kam er dazu, einen Mord zu begehen? Nie hätte er gedacht, dazu fähig zu sein!

Er war ein friedliebender Mensch, der noch niemals gegen das Gesetz verstoßen hatte. Im Gegenteil, er diente dem Gesetz, Tag für Tag schuftete er von morgens bis abends in einer Anwaltskanzlei. Was trieb ihn dazu, einen Mord zu begehen, noch dazu ohne jeden ersichtlichen Grund?

Nein, nein, es war unmöglich! Vielleicht schlief er. Das war eine Erklärung. Ein schrecklicher Alptraum quälte ihn, aus dem er in Kürze erwachen und der verblassen würde, wie es die Art der nächtlichen Bedrückungen war.

Ein guter Gedanke! Eine Möglichkeit, die ihn davon abhielt, wahnsinnig zu werden.

Doch andererseits wirkte alles so real. Und so … unpassend. Sanftes Licht fiel durch die Bäume, die Sonne wärmte angenehm, während auf dem Waldboden noch vereinzelt Schnee zu sehen war, es sang sogar ein Vogel ganz in der Nähe auf einem Baumwipfel.

Michel warf einen weiteren Blick auf die Leiche. Seine Hände zitterten. Es war entsetzlich. Nie zuvor hatte er eine Leiche gesehen. Im Rahmen seiner beruflichen Tätigkeit hatte er sogar einmal lügen müssen, um sich den Gang in die Gerichtspathologie zu ersparen. Er wollte mit dem Tod nichts zu tun haben. Er fürchtete sich davor, der Vergänglichkeit ins Gesicht zu sehen.

Warum wachte er nicht auf, verdammt noch mal?

Er schlug mit der Faust gegen die Rinde des Astes. Es schmerzte, doch der Schmerz riss ihn nicht weg. Er wachte nicht auf.

Ein kleiner Spreißel steckte in seiner Haut, und dieses winzige Detail überzeugte ihn mehr als alles andere davon, dass dies die Realität war.

Ihm wurde klar, dass er von hier verschwinden musste. Es war helllichter Tag, und jeden Moment konnte ein weiterer Spaziergänger hier auftauchen. Er musste weg von hier, um nicht entdeckt, verhaftet und für immer weggesperrt zu werden!

Mit unendlichem Ekel und Abscheu überwand er sich, fasste den Griff des Messers, das aus der Brust des Toten ragte, und riss es heraus. Er tat es mit geschlossenen Augen, um nicht sehen zu müssen, wie weiteres Blut aus der Wunde austrat.

Dafür *hörte* er es. Ein schabendes, schleifendes Geräusch, dann ein Gluckern.

Er drehte sich um und rannte davon. Sein Herz raste, doch seine Gedanken klärten sich langsam. Er musste zurück in das Ferienhaus! Gestern am späten Freitagabend war er angekommen, und er hatte angegeben, bis morgen um die Mittagszeit hier zu bleiben.

Das musste er durchziehen. Wäre es nicht verdächtig, wenn in der Gegend ein Mord geschah und er dann plötzlich überhastet abreiste? Tränen rannen ihm über die Wangen, als er daran dachte, zu welchem Alptraum dieser harmlose Wochenendausflug geworden war, der nur dazu hatte dienen sollen, von der Arbeit abzuschalten.

Adam Michel schloss die Wohnungstür auf, trat ein und ließ die Reisetasche achtlos neben dem kleinen Dielenschrank fallen. Die Heimfahrt hatte wegen eines mörderischen Staus fast sieben Stunden in Anspruch genommen, und es erschien ihm wie ein Wunder, dass er auf den Autobahnen keinen Unfall gebaut hatte, denn seine Gedanken kreisten um nichts anderes als den Mord. Einmal wäre er beinahe in ein entgegenkommendes Auto gerast, und erst ein hektisches Hupkonzert hatte ihn in die Wirklichkeit zurückgeholt.

Es war über den brutalen Mord geredet worden, und Michel hatte in dem kleinen Feriendorf auch den Namen des Getöteten erfahren. Er hatte ihn nie zuvor gehört. Es gab kein Motiv für die Tat, und er fragte sich hundert Mal in der Stunde, warum er es getan hatte.

Die verrücktesten Gedanken waren ihm gekommen, er hatte es sogar in Betracht gezogen, von einem Unbekannten unter Hypnose gesetzt worden zu sein, um ihm als willenlose Mordmaschine zu dienen. So ein Unsinn! Er glaubte nicht daran, das waren doch alles Spinnereien von Roman- und Fernseh-Krimi-Autoren, vielleicht Stoff für einen billigen Psychothriller.

Nun war er also zu Hause. Was sollte er bloß tun? Wie konnte er weiterleben mit dem, was er getan hatte? Einfach so weitermachen, als sei nichts geschehen? Er wanderte durch alle Zimmer und kippte die Fenster, um frische Luft hereinzulassen.

Das tat er immer, wenn er von Wochenendausflügen zurückkam. Vielleicht war es generell am besten, einfach das zu tun, was er sonst auch tat. Möglicherweise verschwanden dann im Laufe der Wochen und Monate die entsetzlichen Schuldgefühle in ihm. Routine konnte ihn über den Tag bringen, und hieß es nicht, dass die Zeit alle Wunden heile?

Nicht die des Toten, dachte er bitter.

Er ging zu der Reisetasche und öffnete sie. Unter dem Berg der gebrauchten Kleider fand er, was er suchte. Das Messer.

Die Tatwaffe.

Er hatte sie in eines seiner Unterhemden eingewickelt. Es war ihm sicherer erschienen, sie mitzunehmen und hier in irgendeinem Container verschwinden zu lassen. Er hatte das Messer vor der Tat nie gesehen – zumindest erinnerte er sich nicht daran.

Er entfaltete den Stoff und sah die Klinge an. Im Grunde genommen war sie unscheinbar. Harmlos. Hergestellt, um damit in der Küche zu arbeiten.

Adam Michel atmete tief ein. Er würde aufstehen und das verdammte Ding einige Häuser weiter in einer Mülltonne für immer aus dem Verkehr ziehen. Unmöglich, dass jemand sie entdeckte. Und selbst wenn, konnte niemand die Spur zu ihm zurückzuverfolgen. Er hatte die Waffe intensiv gereinigt, so dass weder Blutspuren noch Fingerabdrücke zurückgeblieben sein konnten. Hoffte er zumindest. Er kannte sich da nicht so genau aus.

Er steckte das Messer in die Tasche seiner Jacke und verließ die Wohnung.

Draußen schlenderte er möglichst gemütlich – so wie ein unbescholtener Mann es eben an einem Sonntagnachmittag tat – die Straße entlang. Früher oder später würde er an einer Mülltonne vorbeilaufen, und dann konnte er das Messer endlich loswerden.

»Wieder zuhause?«, sprach ihn unvermittelt ein Mann an, den er nie zuvor gesehen hatte.

Michel blickte ihn an. Ein Mann unbestimmbaren Alters mit tiefschwarzen Haaren stand vor ihm. »Was wollen Sie?«, fragte er ihn, bemüht höflich. Sein Herz begann heftiger zu schlagen. War der Fremde am Ende ein Polizist? Zog sich die Schlinge um seinen Hals bereits zusammen?

»Ich möchte nur, dass Sie sich erinnern.«

3.

Die eigenartige Begegnung mit dem Fremden verfolgte ihn bis in seine unruhigen Träume, die ihn in einen gewölbeartigen Kellerraum führten, wo er – er sah sich nicht selbst, aber er wusste mit jener unabänderlichen Logik, die Träumen gemein ist, dass er es war – ein Feuer entzündete. Dunkle Rauchwolken füllten den kompletten Raum aus, bis in den letzten Rundbogen des Gewölbes hinein, und sogar im Schlaf fiel es ihm schwer, Luft zu holen. Irgendetwas verbrannte im Feuer, etwas Großes, und er, der Traum-Adam-Michel, murmelte seltsame Worte.

Er wachte auf und wälzte sich schweißgebadet aus dem Bett. Eine Dusche erfrischte ihn nur notdürftig. Er strich Butter auf einige Scheiben getoastetes Brot und würgte sie herunter. Danach holte er seine Post, die jeden Morgen bereits um kurz nach sieben Uhr eingeworfen wurde, weil er direkt neben dem Postgebäude wohnte und den Anfang der täglichen Tour des Briefträgers bildete.

So tat er es immer, und sein Entschluss, so zu leben wie er immer schon gelebt hatte, stand fest. In einer Stunde würde er sich auf den Weg zur Arbeit machen.

Ohne wirkliches Interesse warf er einen Blick auf die Absender der vier Briefe. Werbung, eine Rechnung, ein Minikatalog eines großen Versandhauses – und ein handschriftlich adressierter Umschlag. Als Absender stand nur »Garionda« zu lesen.

Ein eigenartiger Name. Er hatte ihn nie zuvor gehört.

Die Woche über quälte sich Adam Michel jeden Tag in das Anwaltsbüro und ließ das Alltagsgeschäft über sich ergehen. Er war nicht richtig bei der Sache, doch er war offenbar ein guter Schauspieler.

Zu Hause starrte er jeden Abend minutenlang die Visitenkarte an, die in dem Briefumschlag gesteckt hatte. Er wusste, dass der Fremde unbestimmbaren Alters sie ihm zugeschickt hatte, ohne dass er sagen könnte, woher er es wusste.

Jedes Detail der Karte prägte sich in sein Gehirn ein. Adresse und Telefonnummer hätte er im Schlaf aufsagen können.

Und jetzt war es soweit. Er parkte sein Auto und stand vor einer barock ausgeschmückten Prachtfassade, die er in dieser Gegend nicht vermutet hätte. Die steinerne Dämonenfratze über dem Klingelknopf erschreckte ihn, so lebensecht war sie nachgebildet. Nachdenklich strich er mit dem Zeigefinger über einen der sicherlich mehr als fünfzehn Zentimeter langen Zähne, und ein Schauer lief über seinen Rücken. Es war, als sei der Stein von pulsierendem Leben erfüllt.

Kurz danach ging er eine ausladende Treppe nach oben, und eine Frau, auffallend klein und dick, empfing ihn. Es musste wohl Garionda sein. »Ich freue mich, dass ich kommen durfte«, meinte er, ein wenig eingeschüchtert von dem durch Dutzende von Kerzen erhellten großen Raum im ersten Obergeschoss. Auf eine schwer zu definierende Art und Weise bedrückte ihn die Atmosphäre –

womöglich wegen der beinahe lebendig wirkenden Tierköpfe, die die Treppe links und rechts flankierten.

»Aber das ist doch selbstverständlich«, antwortete die Frau, und jeder Zweifel, es tatsächlich mit der ominösen Garionda zu tun zu haben, schwand. »Folgen Sie mir«, sagte sie, und er erschrak, als er meinte, aus ihrem danach noch sich anschließenden Gemurmel die Worte »mal wieder« heraushören zu können.

Er betrat einen mit Bücherregalen vollgestopften Raum. »Das alles sind … mystische Bücher? Es müssen tausende sein.« Er hätte nicht gedacht, dass es derart viele Publikationen in diesem Spezialgebiet gab. Zumal die Bände alle alt aussahen. Kein einziges modern wirkendes Buch war darunter.

Michel betrachtete endlose Reihen von in dickes, zum Teil schon aufgebrochenes Leder gebundenen Folianten. Da Garionda rasch weiter ging, konnte er nur vereinzelte Schlagworte auf den Buchrücken lesen – wenn dort überhaupt etwas stand, was nur in den seltensten Fällen so war. Worte wie *Dämonen, Hexenkult* und *Höllengegner* zogen ihn in ihren Bann. Er fragte sich, wie man hier jemals ein Buch finden könne, das man suchte.

»Bedienen Sie sich«, meinte Garionda und wies in einer unbestimmten Geste in den Raum.

»Ich weiß nicht recht, was ich suche.« Adam Michel fühlte sich verloren.

»Warten Sie einen Moment. Ich schicke jemand, der Ihnen helfen wird.«

»Nicht nötig«, antwortete eine Stimme hinter einem der Regale. »Ich bin schon hier und habe gewartet.«

Michel erschrak, als der Mann, den er auf der Straße getroffen und der ihm die Visitenkarte zugeschickt hatte, vor ihn trat. »Garionda«, stellte sich der Mann vor. »Und ehe Sie nachfragen: Die junge Dame, die Sie bereits kennen gelernt haben, ist meine Tochter. Deshalb tragen wir denselben Namen.«

»Verstehe«, murmelte Adam Michel, obwohl er überhaupt nichts verstand. Was ging hier bloß vor?

»Sie sollten dieses Buch hier lesen«, meinte Garionda und zog eines der Werke, das sich für Michels Augen in keinem einzigen Detail von den hundert anderen um es herum unterschied, aus einem Regal. »Dann reden wir weiter.«

Michel setzte sich auf den am nächsten stehenden Stuhl und schlug das Buch auf. Der Geruch, der den alten Seiten entströmte, erinnerte ihn an etwas. Fast überkam ihn das Gefühl, schon einmal hier gewesen zu sein.

Jörg Andreasen, las Adam Michel den Titel auf der ersten Seite, geschrieben in riesigen Frakturlettern. *Das Leben eines Teufelsbeschwörers.* Gedruckt war das Buch 1913. Er konnte sich nicht daran erinnern, jemals ein derart altes Buch in Händen gehalten zu haben.

Obwohl er mit dem Titel nichts anfangen konnte, blätterte er erneut um und begann zu lesen. Schon die ersten Worte trafen ihn wie ein Messerstich mitten ins Herz.

Ich, Garionda, schreibe dieses Buch, weil Jörg Andreasen, dessen Schicksal ihn in einen ewigen Kreislauf bannt, mich dazu zwingt. Ich bin ihm auf Gedeih und Verderb ausgeliefert, und das Geschenk des ewigen Lebens, das er mir gab, ist für mich nichts als ein schrecklicher Fluch.

Michels Blick schweifte hektisch durch den Raum. Garionda sollte der Autor dieses Buches sein? 1913 … womöglich war es vom Großvater des hier anwesenden Mannes geschrieben. Er würde ihn später danach fragen.

Je weiter er las, desto bekannter kam ihm das vor, was hier geschildert wurde, als sei es in Wirklichkeit nichts Neues für ihn.

Als Andreasen den Teufel beschwor und sich ihm verschrieb, rechnete er nicht mit der Hinterlist des Ewigbösen. Andreasen wollte das ewige Leben, und er bekam es. Doch zu Bedingungen, die die Hölle diktierte und die Andreasens Dasein für immer verwandelten.

Seltsame Worte, die Michel zu jedem anderen Zeitpunkt seines Lebens zum Lachen gereizt hätten. Doch nicht in diesem Moment, nicht nach dem, was er erlebt hatte, und nicht in dieser düsteren Bibliothek. Er überflog die nächsten Zeilen, bis seine Aufmerksamkeit wieder gefesselt wurde.

Als Andreasen den Gewölbekeller – Michel schauerte bei diesem Wort und dachte an seinen eigenen Traum – *verließ, war er kein Mensch mehr. Als menschliches Wesen hatte er seine Verschreibung an den bösen Verderber vorgenommen, als Dämon hatte er fortan sein folgendes, ewig währendes Leben zu fristen. Als eine Kreatur des Bösen, dazu verdammt, Unheil über die Welt zu bringen.*

Doch Andreasen hatte sich einen Teil seiner Menschlichkeit bewahrt, und diese trieb ihn dazu, sich an mich zu wenden. Ich, Garionda, Priester der ewigen einigen Kirche, verfiel dem Wahn, dieser teuflischen Kreatur helfen zu können, ja, zu müssen. Ich nahm einen Exorzismus vor, und viele Stunden des Schweißes und des Blutes später entließ ich Andreasen als befreiten Menschen. Wie sehr ich mich täuschte.

»Andreasen war nach wie vor ein Dämon.« Michel wurde durch Gariondas Stimme aus seiner Versunkenheit gerissen.

»Wer war dieser Andreasen? Und wer der Priester? Ihr Großvater?«

»Haben Sie nicht aufmerksam gelesen? Ich selbst habe den Exorzismus vorgenommen, vor ziemlich genau einhundert Jahren.«

»Sie? Das ist …«

»Unmöglich? Andreasen zwang mir das ewige Leben auf, um ihn zu begleiten, ihm immer wieder die Wahrheit vor Augen zu führen!«

»Also wollen Sie auch dieses Buch geschrieben haben?«

»Es ist ein einfacher Weg. Einfacher, als die Geschichte immer und immer wieder selbst zu erzählen!«

»Wieso haben Sie mich hierhergelockt?« Michel schlug das Buch zu und schob es demonstrativ zur Seite. »Was bezwecken Sie damit?«

»Einen Monat nach dem Exorzismus entdeckte Andreasen, dass er das Dämonische nach wie vor in sich trug. Er war es nicht losgeworden, und keine Macht der Welt kann ihn jemals befreien. Er nahm ein Messer, wartete die Nacht ab und erstach einen Menschen, um den verderblichen Trieb in ihm zu befriedigen.«

Michel krampfte sich das Herz zusammen.

»Kennen Sie das nicht? Erinnern Sie sich endlich?« Gariondas Stimme war voller Zorn.

»Ich ...«

»Dann kam er zu mir und zwang mich, es wieder zu versuchen! Und wieder, und wieder!«

»Aber ...«

»Doch immer wieder erstach er Menschen, weil seine dämonische Natur die Oberhand gewann! Ich konnte ihn nicht befreien.« Gariondas Augen blitzten, so sehr hatte er sich in Rage geredet. »Also wandte er einen Vergessenszauber an, um zu verdrängen, welch böse Kreatur aus ihm geworden war. Doch er wusste, dass ihm nach seinen Morden die Zweifel das Leben zur Hölle machen würden, dass er nach der Wahrheit suchen würde, die er doch nicht selbst finden konnte. Also zwang er mich, ihm alles zu offenbaren! Jedes Mal aufs Neue.«

»Was Sie sagen, ist ...«

»Ich wollte das ewige Leben nicht! Ich bin nicht so vermessen, wie er es gewesen ist! Doch ich hatte keine Wahl. Seit hundert Jahren erkläre ich ihm Monat für Monat, was sein Schicksal ist, und immer wieder wendet er die Magie des Vergessens an, um für einige Wochen ein menschliches Leben führen zu können, nicht geplagt von Schuld und Verdammnis.«

Alles drehte sich um Adam Michel.

»Ich hasse Sie!«, stieß Garionda hervor. »Nicht wegen den Hundertschaften von Leichen, die Sie hinterlassen haben, aber deswegen, weil Sie *mein* Leben zerstörten!« Der Mann schlug mit der Faust auf den Tisch. »Ich wollte Ihnen helfen, und mein einziger Fehler war, mich einmal selbst zu überschätzen! Doch Sie, Sie strafen mich immer wieder und das noch in alle Ewigkeit!«

Adam Michel sprang auf, so dass der Stuhl hinter ihm zu Boden krachte. Er hetzte den schmalen Gang zwischen den Bücherregalen entlang und rannte die Treppe hinab. Draußen hastete er über die Straße, einfach immer weiter, während die unabänderliche Erkenntnis in ihm schrie.

Er war nicht nur ein Mörder.

Er war ein Dämon.

Er wusste, dass das, was Garionda ihm offenbart hatte, die Wahrheit war. Er erinnerte sich an alles. An die Teufelsverschreibung. An die Verwandlung in ein kreatürliches Etwas. An die Hunderten von Toten. An den Fluch, den er Garionda aufgezwungen hatte.

Und er wollte nur noch eins.

Vergessen.

So wie er es immer getan hatte. Einfach den Zauber anwenden, und für einige Zeit Ruhe finden.

Doch dann sah er Gariondas Gesicht vor sich, von Hass verzerrt. *Nicht wegen den Hundertschaften von Leichen, die Sie hinterlassen haben, aber deswegen, weil Sie mein Leben zerstörten!*

Weitere Gesichter gesellten sich zu Garionda, Gesichter, die Adam Michel zuerst nicht erkannte, an die er sich dann aber erinnerte. *Du hast mich getötet,* sagte eine Frau und sah ihn aus toten Augen an. *Mein Mann hat es nicht ertragen und ist mir ins Grab gefolgt.* Ein uraltes Antlitz schob sich nach vorne. *Ich wollte noch weiterleben,* sagte der Greis, *doch du hast mich daran gehindert. Meine Kinder und Enkel weinten.*

»Nein!«, schrie Adam Michel, schrie Jörg Andreasen.

Ein Passant sah ihn fragend an. »Geht es Ihnen nicht gut?« Hilfreich streckte er ihm einen Arm entgegen.

Michel/Andreasen hastete weiter. Immer neue Gesichter zogen vor ihm vorüber, klagten ihn an und skandierten schließlich in einem schaurigen Chor: *Mör-der-mör-der-mör-der-mör-der.*

Da beschloss der Mensch Jörg Andreasen, den Dämon Jörg Andreasen für immer zu vernichten.

Es gab nur zwei Möglichkeiten. Entweder, er würde alles vergessen, wieder töten und Garionda begegnen. Oder er starb.

Er zog das Sterben vor.

Diesmal würde der Kreislauf enden. Entschlossen drückte er den Klingelknopf der Spezialbibliothek. Die Tür wurde geöffnet, und kurz danach stand er Garionda, seinem Diener und Sklaven, gegenüber.

Erstaunt sah dieser ihn an. »Was tun Sie hier? Wollen Sie mich bestrafen dafür, dass ich ausfällig geworden bin? Nur zu, töten Sie mich!« Er lachte. »Sie können mir keinen größeren Gefallen erweisen. Sie ahnen ja gar nicht, wie sehr ich die ewige Alterslosigkeit satthabe!«

Oh doch, das ahnte er. Er wusste es sogar. »Es ist genug«, sagte Adam Michel, und es klang beinahe emotionslos, obwohl die Worte aus tiefer Verzweiflung geboren wurden. Er hatte keine Kraft mehr, die er in sie legen konnte. »Hundert Jahre sind mehr als genug.«

Garionda schwieg, doch seine Augen weiteten sich erstaunt.

»Helfen Sie mir.«

»Ich kann Sie von Ihrem dämonischen Wesen nicht befreien, das wissen Sie. Sie sind nicht besessen. Sie selbst *sind* der Dämon.«

»Sie sollen mich nicht befreien. Sie sollen mich töten.«

Ja, rief der Chor der Leichen, *stirb, und geselle dich zu uns. Wir warten auf dich.*

»Ich kann Sie nicht töten. Ich bin Ihre Kreatur, und ich kann mich nicht gegen Sie wenden, selbst wenn Sie es mir befehlen.«

Du hast dich gut abgesichert. Willst wohl doch nicht zu uns kommen?

»Dann sagen Sie mir, wie ich mich selbst vernichten kann.«

»Sie sind ein Dämon, und keine herkömmliche Waffe kann Sie verletzen.«

»Verdammt, dort drin lagern Tausende von Büchern! Irgendwo muss doch stehen, wie ein Dämon« – *wie ich* – »zerstört werden kann! Nichts währt ewig.«

Außer dem Tod, riefen die Leichen.

Von einer Sekunde zur anderen hielt Garionda ein Messer in der Hand und rammte es Michel in den Brustkorb. Zielsicher fand es seinen Weg zwischen den Rippen hindurch und zerschnitt Adam Michels Herz. Er krümmte sich vor Schmerzen, Blut floss aus der Wunde, schrie voller Panik auf …

… doch er wusste, er würde nicht sterben. Mit dieser Erkenntnis schwand der Schmerz, stoppte die Blutung. Er zog sich die Waffe selbst aus der Brust, und keine Wunde blieb zurück.

»Ich verstehe.«

»Nur Feuer kann Dämonen töten«, sagte Garionda.

Brenne, Dämon, brenne, riefen die Toten.

»Dann verbrennen Sie mich!«, forderte Michel.

»Das kann ich nicht.«

Gariondas Tochter trat hinzu. »Niemand kann es, der über Sie Bescheid weiß. Ihre Magie beschützt Sie, ob Sie es wollen oder nicht.«

Michel nickte. Er wusste, was er tun musste. »Sie werden nie wieder von mir hören. Leben Sie, oder sterben Sie. Ich weiß es nicht.«

Dann ging er.

Er stieg in sein Auto und fuhr in seine Wohnung. Jeden Gedanken, der sich mit seinem Schicksal befassen wollte, unterdrückte er. Die Entscheidung war gefallen, und jedes Nachdenken würde alles nur verkomplizieren. Sein Tod war unausweichlich.

Er schloss die Wohnungstür von innen ab, öffnete ein Fenster und schleuderte den Schlüssel nach draußen. Dann verbarrikadierte er alle Fenster, nur zur Sicherheit. Es gab einen fensterlosen Raum in seiner Wohnung. Die kleine Speisekammer. Er eilte zu dem Schlüsselkästchen neben der Eingangstür. Rasch fand er, was er suchte. Den Schlüssel der Kammer. Er steckte ihn von innen in die Tür, holte Papier aus dem Mülleimer und warf es auf den Boden der Küche. Aus dem Schrank griff er sich Kaminanzünder und verteilte sie.

»Das genügt nicht«, murmelte er. Aus dem Wohnzimmer schaffte er sämtliche Taschenbücher herbei, die er fand. Sie würden gut brennen. Er riss einige Blätter heraus und zerknüllte die Seiten. So boten sie dem Feuer bessere Nahrung.

Als eine recht große Menge an Papier aufgeschichtet war, stellte er einige Stühle aus dem Wohnzimmer daneben. Das trockene Holz würde brennen wie Zunder.

Er begutachtete die Vorbereitungen. Zufrieden zog er ein Streichholz hervor und riss es an. Als das Feuer, von den Anzündern und dem Papier genährt, hoch aufflackerte und auf den ersten Stuhl übergriff, spürte er, wie er fliehen und sich in Sicherheit bringen wollte.

Er musste sich beeilen, ehe er nicht mehr dazu fähig war, den Flammentod zu erwählen. Er huschte in die Speisekammer, schloss von innen ab und schob den Schlüssel mit Schwung unter der Tür durch nach draußen.

Entkommen war unmöglich.

Nun musste er nur noch warten, eingeschlossen in der dunklen, winzigen Kammer.

Bald wurde der Sauerstoff knapp, und als die Hitze stieg, erwartete er den Tod.

Wir freuen uns auf dich, sagten seine Opfer. *Endlich. Nach so vielen Jahren der Verspätung.*

Nur Minuten später fiel er in Ohnmacht. Er wunderte sich, wie menschlich sein dämonischer Körper reagierte. Dass die Flammen seine Wohnung restlos zerstörten, bekam er nicht mehr mit. Als die Feuerwehr eintraf und den Brand löschte, waren nur noch verkohlte Überreste übrig.

10. März, mehr als zwei Wochen später

Der Mann ohne Namen stach zu. Die Abwehrversuche des Opfers wurden schwächer, endeten schließlich ganz, als die Klinge den Weg zum Herzen fand.

Zufrieden sah der Namenlose auf die Leiche.

Doch dann änderte sich alles, von einem Moment auf den anderen. Entsetzen machte sich in seinem Gesicht breit. Was hatte er getan?

Das Grauen über seine Tat wurde jedoch verdrängt, als er sah, dass die ersten Sonnenstrahlen über dem Horizont aufleuchteten. Er musste zusehen, dass er wieder in sein Versteck kam, wo er vor Sonnenlicht geschützt war. Seine Haut war schrecklich empfindlich und schmerzte, wenn sie der Sonne ausgesetzt wurde. Fast so, als habe sie sich gerade erst gebildet.

Erster Zwischenruf oder: Gummistiefel aus Holz

Alle, die Kommentare von Autoren zu ihren Geschichten hassen oder die dieses Buch nur gekauft haben, um Geschichten zu lesen (und nicht, um irgendwelche Erklärungen des Autors über sich ergehen zu lassen), dürfen diesen und die kommenden Zwischenrufe getrost überschlagen. Die Storys sprechen für sich. Doch, das tun sie. Viel Spaß dabei, danke fürs Kaufen und bis bald! Sie verpassen nichts … nun ja, außer den Zwischenrufen.

Alle, die so sind wie ich und gerne ein paar Gedanken des Autors nachvollziehen, bitte ich noch fünf Minuten um ihre Aufmerksamkeit. Oder vielleicht auch nur zwei Minuten. Ich weiß ja nicht, wie schnell Sie lesen.

Dieser Kurzroman und auch die anderen in dieser Sammlung stammen aus meiner »Anfangszeit« als Autor. Sie wissen schon, damals, als die Gummistiefel noch aus Holz waren. Aber sooo alt sind sie auch wieder nicht: Es gab keine Dinosaurier mehr, als ich sie geschrieben habe. Damals schrieb ich mit Begeisterung – das tue ich heute übrigens immer noch, wenngleich ich mich heute schon frage, wie ich damals so unglaublich viel Text in so kurzer Zeit tippen konnte. Ich bin langsamer geworden. Nicht, dass das schlimm wäre. Zur Zeit dieser Kurzromane stand das bisherige Hobby-mit-ein-wenig-Geldverdienen jedenfalls nahe davor, zum Hauptjob zu mutieren.

Momentan schreiben wir gerade das Jahr 2018 (oder bis Sie das lesen, schon mindestens 2019), und ich kann seit einigen Jahren meine Brötchen als Vollzeitautor verdienen.

Aber zurück zum Jahr 2005. Dass ich dermaleinst PERRY RHODAN schreiben, »Die drei ???« durch Rocky Beach jagen und dicke Fantasy- und SF-Schwarten bei einem Großverlag veröffentlichen würde, hätte ich mir zu der Zeit nicht träumen lassen. Damals gab es im Bastei-Verlag die kurzlebige Serie »Schattenreich«, in der Kurzromane veröffentlicht wurden – je 55.000 Anschläge, immer drei sind in einem Heftroman gemeinsam erschienen, von verschiedenen Autoren zusammengemixt. Ich war fünfmal dabei, ehe das »Schattenreich« im Schattenreich versank und nie wiedergesehen ward. Eine sechste Geschichte war um diese Zeit aber schon fertig, und die habe ich – schwupps – dann woanders veröffentlicht.

Sechs Kurzromane, die nun in Form dieses hübschen Taschenbuchs erneut vorliegen und endlich wieder erhältlich sind. Gut für mich! Hoffen wir mal, dass es auch für den Leser gut ist.

Diese erste Geschichte, »Kreisläufe (mit Messern)«, hieß damals anders, nämlich »Der Kreis des Lebens«, erschienen im achten Heft der genannten Serie. Aber eine Klammer im Titel, ist das nicht super? Wer es bescheuert findet, dem sei gesagt: Macht nix, die Story ist hoffentlich trotzdem gut.

Ich wollte damals allen Geschichten, oder doch den meisten, recht fiese Pointen geben.

Warum?

Ich mag das.

Und ich bin der Autor.

Tja.

Ich habe diese Texte ein wenig überarbeitet und mich gefragt, wie ich damals so offensichtliche Fehler begehen konnte. Seltsam geschraubte Formulierungen, viel zu viele Hilfsverben und Füllworte, all solche Dinge. Das hab ich ein wenig geglättet, aber ich habe es mir verkniffen, manches komplett umzuschreiben. Es sollten schon noch die alten Storys sein, nur eben ein klein wenig eleganter zu lesen als damals. Am grundlegenden Tonfall habe ich nichts geändert; es ist immer noch direkt, rasch, und mit dem guten alten Heftroman-Charme einer glorreichen Epoche deutscher Unterhaltungsliteratur. Und das meine ich ganz ernst.

Für alle, die es ganz genau wissen wollen: Die Datei »Kreisläufe (mit Messern)« stammt vom Oktober 2004. Es ist eine Geschichte, die sich – wie ich finde – völlig abseits der typischen Horror-Story-Klischees bewegt. Ob sie das besser oder schlechter macht, weiß ich nicht. Ich wollte es nur mal erwähnen.

Wenn ich mich recht erinnere, hatte ich das Exposé damals an einem halben Tag geschrieben, die Story in zwei Tagen. Ziemlich schnell. Und nun sag mir keiner, dass man das auch sofort merkt, so schlecht wie das alles ist …! Ich mag die Interpretation, die besagt, dass die Muse mich geküsst hat und die Inspiration es wie von selbst aus meiner Tastatur fließen ließ.

Wir erwarteten damals gerade unser zweites Kind, noch nicht unbedingt in der nächsten Nacht, aber in ein paar Wochen. Spannende Zeiten, das muss ich schon sagen. Und hey, der Kleine ist jetzt 14 Jahre alt, hier und heute, während ich diese Zeilen des Zwischenrufs tippe, um ihn für die Veröffentlichung fit zu machen. Den Text, meine ich, nicht meinen Sohn.

Romane zu schreiben und zu veröffentlichen, war auch 2004 nichts völlig Neues mehr für mich, und langsam, aber sicher tastete ich mich in dieser Zeit gut gelaunt in die Welt der Literatur und der Verlage vor.

Beim Wieder-Entdecken dieser Story hatte ich doch ein wenig Mitleid mit dem armen Adam Michel. Merke: *Autoren können gemein sein!*

Wege der Unsterblichkeit

1.
Allein, ohne den Tod

1776, im Pazifik

Es war vorbei. Unsere letzten Hoffnungen erwiesen sich als trügerisch, als die Wassermassen endgültig unser kleines Schiff überfluteten.

Es regnete unvermindert stark, aber weitaus schlimmer war der mörderische Seegang. Die Wellen schlugen meterhoch – diesen Gewalten vermochten wir nichts entgegenzusetzen. Drei Mitglieder unserer kleinen Mannschaft hatten den Kampf bereits verloren, und es konnte nur noch Minuten dauern, bis wir ihnen in ihr nasses Grab folgten.

Der Kapitän schrie mir irgendetwas entgegen, doch ich verstand ihn nicht. Die Worte gingen im Peitschen des Regens unter, fortgerissen von den Böen des Orkans.

Ein ebenso verzweifelter wie lethargischer Gedanke kam mir in den Sinn, während ich Schreie hörte und Männer sterben sah. Einer wurde vom Mast erschlagen, der wie ein dürres Holzscheit knickte. *Wie haben wir nur so dumm sein können,* dachte ich, *dieser Nussschale unser Leben anzuvertrauen*?

Die Welt bäumte sich auf, mehr noch, sie brach entzwei. Ich verlor den Halt, wünschte mich wieder auf das muffige, glitschige Schiff, zurück unter Deck zu der grölenden Mannschaft. Zurück in bessere Tage, in der ich mein Los bereits verflucht hatte. Ich war ein Narr gewesen.

Alles Wünschen half nichts. Das Wasser schlug über mir zusammen. Zwanzig Matrosen, unterwegs für die Ehre der Königin, ertranken mit mir.

Mit mir …?

Was – wieso … ich – ich bin unter Wasser! Warum kann ich atmen?

Die Fluten füllten meinen Mund, kaltes, salziges Meerwasser. Ich schluckte Unmengen davon. Luft gab es schon lange nicht mehr. Ich musste tot sein! Elendig ertrunken!

Doch irgendetwas verhinderte, dass ich starb. Ich hatte von der ersten Sekunde an, als ich mich in mein Schicksal ergab und den Mund öffnete, keinerlei Atemnot empfunden. Ich wollte den Tod empfangen, ohne den sinnlosen Kampf, den ich sowieso verlieren würde (scheiße, jeder Matrose weiß das), doch er verweigerte sich mir.

Ich verstand die Welt nicht mehr. Kein Mensch konnte leben, nachdem er minutenlang unter Wasser gedrückt worden war, Meter um Meter, im Sog eines sinkenden Schiffes. Ich war tot – erstickt, ertrunken, und mittlerweile wahrscheinlich auch erfroren, in den unendlichen Weiten des Meeres, in der mörderischen Kälte des Ozeans.

Dennoch lebte ich.

Ich dachte nach. Was blieb mir auch anderes übrig?

Vielleicht träumte ich.

Womöglich war ich auch tot. Wenn ja, hat man uns ganz schön belogen: *So ist das also. Keine Spur von Fegefeuer, und vom Himmel wollen wir erst gar nicht reden.*

Irgendwann hörte der Sog auf, und ich versuchte zu schwimmen. An die Oberfläche kam ich, doch was half das schon? Warum sollte ich mich in irgendeine Richtung voranкämpfen? Es brachte mir nichts ein. Alleine der Gedanke, die Hunderte von Meilen, die mich von dem nächsten Land trennten, aus eigener Kraft zurückzulegen, war lächerlich. Die Hoffnung eines Narren. Doch auch, wenn ich nicht verstand, wieso ich noch lebte, war ich nicht wahnsinnig.

Oder doch?

Steckte darin die Lösung?

Befand ich mich in diesem neu eingerichteten Irrenhaus am Rand der Stadt? Bildete ich mir alles nur ein, gefangen in einem grotesken Traum?

Du spürst die Kälte und die Nässe – also bist du hier!

Ein tröstlicher Gedanke. Ob er der Wahrheit entsprach, schien mir weiteren Nachdenkens wert. Was war wahrscheinlicher? Dass ich weder ertrank noch erfror – oder dass ich den Verstand verloren hatte und doch noch klug genug war, mir irgendwelche Ausreden auf dem Silbertablett zu servieren?

Du könntest nicht darüber nachdenken, wenn du irrsinnig wärst!

Ha! Ich kicherte, als mir klar wurde, wie sehr ich immer noch auf die kleine Stimme der Logik vertraute, während alle Vernunft längst unter den Tatsachen begraben lag.

Die Kälte biss in meine Glieder, und es schmerzte, aber nach einigen Minuten oder Stunden – wer konnte das schon sagen? – verging der Schmerz, wich einer ewigen Eintönigkeit. Ich schlief schließlich ein. Ja, ich schlief, und ich trieb wie ein Korken auf dem mittlerweile längst wieder völlig ruhigen Meer.

Als ich aufwachte, war es dunkel. Ein sanfter Wind wehte, und das dumpfe Licht des vollen Mondes brach sich an den Kämmen der kleinen Wellen. Ich hatte Hunger. Elenden, verdammten Hunger!

Der Gedanke, ich könnte verhungern, amüsierte mich beinahe. Doch ich glaubte nicht so recht daran. Das Gefühl würde vergehen, wie auch die Abhängigkeit von Atemluft, wie die Schmerzen und alles andere, das mich längst hätte töten müssen.

Also wartete ich ab, trieb vor mich hin, ging manchmal unter, wurde wieder an die Oberfläche gespült. Es war mir gleichgültig. Man gewöhnt sich an alles.

Als die Sonne aufging, weit weg hinter dem Horizont, war die Haut an meinen Fingerkuppen weich und schwammig. Ich musste irgendwie aus dem Wasser gelangen, sonst würde ich bald aussehen wie eine Wasserleiche.

Verdammt noch mal, das bist du doch auch.

Das einzige, das mich davon unterschied, war die Tatsache, dass ich noch lebte. Warum auch immer.

Ich glaubte, endgültig verrückt zu werden. Die Einsamkeit ließ meine Gedanken Kapriolen schlagen. Ich überlegte, wen ich um Hilfe rufen sollte. Gott, an den ich nie geglaubt hatte, weshalb mich meine Eltern aus dem Haus gejagt hatten? Den Teufel, der für mich ebenso …

Hm.

Das war eine Überlegung wert.

Der Teufel …

Die anderen an Bord hatten ständig Geschichten über ihn zu erzählen gewusst. Sie nannten ihn »Klabautermann« oder gaben ihm sonst irgendwelche Namen. Sie sprachen von Meeresdämonen, dunklen Wesen, die seit Jahrhunderten aus der Tiefe nach den Seeleuten griffen.

Ich hatte nie daran geglaubt. Nun kam ich ins Zweifeln. Aber was ich erlebte, war so völlig anders. Die Dämonen der See kamen schließlich nicht, um Ertrinkende am Leben zu erhalten, sondern um zu töten und zu verderben.

Also vielleicht doch …?

Unsinn! Es war viel wahrscheinlicher, dass … dass …

Ich konnte mir selbst keine Antworten geben. Ich kannte noch nicht einmal die richtigen Fragen!

Irgendwann ging die Sonne wieder unter, und meine Haut war ein aufgedunsenes Etwas. Nun war ich tatsächlich ein Toter der See, der allerdings niemals gestorben war und deshalb noch leben musste.

Mein Verstand verkroch sich im hintersten Winkel meines Gehirns, doch er floh nicht vollständig aus mir. In der ganzen Nacht nicht, und auch nicht am nächsten Tag.

Ebenso wenig am dritten, den ich auf dem Meer verbrachte.

Und dann, als die Sonne bereits wieder sank, wurde ich an Land gespült.

Erst nach Minuten oder Stunden oder Tagen schwand die Mattheit in meinem Geist. Vielleicht auch nach Monaten. Ich stützte mich auf die Hände. Sie versanken im weichen Sand des Strandes.

Meine Beine lagen noch immer im Wasser, und als ich aufstand, rollte eine sanfte Welle heran und füllte die Abdrücke meiner Hände. Die Knie drohten mir nachzugeben, doch es gelang mir, stehen zu bleiben.

Alles nur eine Frage des Willens! Wenn ich will, brauche ich nicht zu stürzen, genauso wenig, wie ich atmen muss …

Also lief ich los, immer am Rand des Meeres entlang. Der Sandstrand zog sich, soweit ich nur blicken konnte. Erst nach langer Zeit tauchte irgendwo weit vor mir die Silhouette eines Felsens auf, der ins Meer ragte. Bis dorthin beschloss ich noch zu gehen, ehe ich mich ausruhte. Es gab keinen vernünftigen Grund, gerade diesen Felsen als Ziel festzulegen, aber es sprach auch nichts dagegen.

Die Füße trugen mich automatisch, und ich fragte mich, wo ich mich überhaupt befand. Zuletzt hatten wir so weit von jeder Küste entfernt gesegelt, dass ich mich auf einer Insel befinden musste.

Doch auf welcher?

Ich fand keine Antwort, denn ich hatte mich nie besonders um solches Wissen bemüht. Letztlich war es auch unwichtig. Was zählte, war die Frage, ob dieses Eiland bewohnt war. Und ob ich es jemals wieder verlassen konnte.

Ich erreichte die Felsnadel und kletterte an ihr empor. Ich fühlte mich nicht mehr erschöpft. Als ich oben stand, starrte ich in Gedanken versunken auf die Wasserobertfläche. Wind wehte mir durch die Haare und biss schmerzhaft in meine Wangen. Wenn ich mich nicht täuschte, tanzten winzige Regentröpfchen darin. Die Sonne wärmte nur schwach, der Himmel hing voller Wolken.

In genau diesem Moment kam mir zum ersten Mal *der Gedanke.* Ich wog ihn ab, überprüfte und bewertete ihn … doch ich fand nichts, das dagegensprach. Stattdessen lag eine dunkle Faszination darin. Ja, es war verrückt und wider alle Vernunft; ja, es widersprach allem, was *richtig* und *natürlich* war. Aber ich kam mir seit meinem nicht stattgefundenen Tod weder *richtig* noch *natürlich* vor.

Also lief ich einige Schritte, bis ich fündig wurde, bückte mich, hob einen scharfkantigen Stein auf, legte die linke Hand auf den Boden und schlug zu.

Es schmerzte höllisch, als der Stein durch das Fleisch schnitt und einige Fingerknochen zermalmte. Ich schrie und presste die verletzte Hand gegen meine Brust, während die Welt um mich herum zu schwanken begann. Das Blut in meinen Ohren rauschte überlaut, dann krümmte ich mich, stürzte zu Boden, und nur langsam, unendlich langsam, klärten sich meine Gedanken.

Es ist alles eine Frage des Willens …

Der Schmerz ließ nach, bis nur ein dumpfes Pochen zurückblieb.

Ich hob die zitternde Hand vors Gesicht, sah den kleinen, weißen Knochen, der aus dem blutigen Etwas ragte, das einmal meine Handinnenfläche gewesen war. Ein Hautlappen baumelte herab. Der Mittelfinger war taub und ließ sich nicht mehr bewegen.

Doch das muss nicht sein!

Plötzlich verschwand das zersplitterte Ende des Knochens. Etwas bewegte sich in mir, die Haut fügte sich wieder zusammen. Die Schmerzen waren verschwunden, nur noch ein wenig Blut tropfte auf den felsigen Boden. Die Lache am Ort meines Experiments war merklich größer.

Ich wischte die Hand an meinen immer noch leicht feuchten Hosen ab. Der Stoff war an mehreren Stellen zerrissen. Kein Wunder nach dem tagelangen Aufenthalt im Wasser.

Meine Hand zitterte nicht mehr, als ich sie wieder ansah. Das Blut pochte in den deutlich sichtbaren Adern auf dem Handrücken. Keine Spur mehr davon, dass ich sie vorhin zerschnitten hatte.

Ich krümmte die Finger. Sie fühlten sich leicht und gut beweglich an. In diesem Moment war ich so fest überzeugt, dass ich unsterblich war, dass ich an den Rand der Felsnadel trat und fünf Meter in die Tiefe sprang.

Ich wusste schon während des Sprungs, dass sich alles – alles! – nur in meinen Gedanken abspielte und sich dort entschied, was geschah. Deshalb brachen zwar beide Beine mit einem hässlichen Geräusch, als ich aufprallte, aber es schmerzte nicht.

Kein bisschen.

Mit morbider Faszination betrachtete ich meine in unmöglichem Winkel verrenkten Unterschenkel. Es sah schlimmer aus als die zerschmetterte Hand. Und als ich die Augen für einen kurzen Moment schloss, waren die Beine danach wieder gerade, als wäre es niemals anders gewesen.

Ich stand auf.

Alles war gut.

Es fühlte sich gut an, die Zwänge und Enge der körperlichen Existenz abgestreift zu haben.

»Ich bin unsterblich«, sagte ich zu mir selbst. Es war das Gefühl eines unbeschreiblichen Triumphes, des Sieges über den Tod, den bisher noch niemand errungen hatte.

Unsterblichkeit!

Hunderte, Tausende Menschen hatten danach gestrebt, Alchimie betrieben und ein Vermögen in verbotene Forschungen investiert – vergebens.

Aber ich hatte sie erlangt! Ich rannte los und wusste, was das bedeutete.

Es gab doch einen Gott, und ich war die Krone der Schöpfung.

Zum ersten Mal entfernte ich mich vom Strand, tauchte ein in den Dschungel, hörte Geräusche von Tieren um mich her, ein Knacken und hohes Keckern. Diese Insel war mein Reich, und mir blieb unendlich viel Zeit, es mir untertan zu machen.

Bald traf ich auf den ersten meiner künftigen Diener: Eine schlanke Frau, nahezu nackt. Sofort regte sich etwas in mir, aber kein plumpes Verlangen. Das Gefühl war viel erhabener. Dieses Wesen war dazu geschaffen worden, mir untertan zu sein.

Die Frau bedeckte ihre bloßen Brüste nicht, als sie mich ansah. »Wer bist du?«, fragte sie, und ich verstand sie sofort, obwohl ich ihre Sprache noch nie zuvor gehört hatte. Ihre Stimme war weich und wohltönend sanft. Sie zog mich augenblicklich in ihren Bann.

Ich betrachtete ihre langen Haare, die den Rücken und die Hüfte umschmeichelten. »Ich weiß es nicht«, sagte ich, und es entsprach der Wahrheit, denn wer oder was immer ich gewesen war, gehörte der Vergangenheit an.

2.
Wie man sich Diener und Feinde schafft

Die Bewohner der Insel nahmen mich freundlich auf. Ihre Haut glich dem hellen Braun der Rinde eines Nussbaumes. Wie Assiri, die junge Frau, die ich zuerst getroffen hatte, trug niemand mehr Kleidung, als nötig war, den Schritt knapp zu bedecken. Da mich deshalb alle verwundert ansahen, passte ich mich ihren Gepflogenheiten an.

Nur eines vermochte ich nicht zu ändern. Meine Haut war weiß, und sie würde es bleiben. Alle starrten mich verwundert an, vor allem die Kinder deuteten immer wieder auf mich.

Der Frage, wieso ich ihre Sprache verstand, ging ich nicht weiter nach. Es war kaum verwunderlicher als alles andere, das mir in den letzten Tagen widerfahren war.

Ich war bereits seit vielen Stunden hier, und Assiri wich keinen Augenblick von meiner Seite. Ich wehrte mich nicht dagegen. Sie stellte mir Hunderte von Fragen, und den anderen gegenüber musste sie immer wieder berichten, wie sie mir begegnet war.

Als es dunkelte, zogen sich alle zurück – bis auf Assiri. Wir saßen an einem flackernden Feuer, das auf dem freien Platz in der Mitte der Ansammlung von einfachen Bambushütten loderte, die die Eingeborenen als ihre Heimat ansahen.

Bald verschwand das Tageslicht völlig, nahezu ohne Übergang zum Tag. Ich kannte das Phänomen in diesen Breitengraden, dass die Dämmerung nur wenige Minuten dauerte. Das Feuer warf Schatten auf Assiris Haut, wo es sie nicht in roten Widerschein tauchte. Sie streckte mir auffordernd die Hände entgegen. »Komm mit.«

Ich folgte ihr in ihre Hütte. Sie stand am Rand der Siedlung. Assiri schob eine Art Vorhang zur Seite, der den Eingang verdeckte. Wir schlüpften hindurch. Im Inneren konnte ich im ersten Moment nicht einmal Konturen wahrnehmen.

»Assiri«, hörte ich eine Stimme, und gleich danach raschelte es irgendwo in der Finsternis. Dann wurde der Vorhang zur Seite geschoben, und ich sah eine Silhouette, die aus der Hütte huschte.

»Was …«

»Sie lässt uns alleine«, unterbrach mich Assiri. »Die Höflichkeit gebietet es.«

Dann vergaß ich sogar meine Unsterblichkeit, und irgendwann später, als sich Assiri wieder von mir löste, schlief ich ein.

Ich schreckte aus tiefem Schlaf auf, als ich neben mir eine Bewegung spürte. Ich benötigte einige Sekunden, um mich zu erinnern, wo ich mich befand. Licht fiel durch Ritzen in den Wänden. Es herrschte eine angenehme, milde Helligkeit.

Assiri stand neben der Lagerstätte, auf der wir die Nacht verbracht hatten. Gerade schlüpfte sie in das winzige Etwas ihrer Kleidung. »Heute wird entschieden, was mit dir geschieht«, sagte sie leise zu mir. Es klang ängstlich.

»Wie meinst du das?«

»Ob wir dich für immer aufnehmen, oder ob du wieder gehen musst.«

Daran hatte ich noch keinen Gedanken verschwendet. »Du glaubst …«

»Ich weiß nicht, wie es kommen wird. Noch nie zuvor ist jemand zu uns gekommen. Wir fragen uns, ob du überhaupt ein Mensch bist. Deine Haut …« Sie brach ab.

Ich konnte die Worte dennoch fast hören: *Deine Haut ist bleich – bleicher als die eines Kranken oder sogar Toten.* »Hast du heute Nacht nicht den Eindruck gewonnen, ich wäre lebendig?«, fragte ich.

»Natürlich bist du das. Doch auch die Götter sind lebendig.« Ihre Wangen zuckten, und sie sah unter sich.

»Und?«

»Und die Dämonen ebenso«, hauchte sie, und sie duckte sich, als sie diese Worte sprach. Sie presste die Lippen fest zusammen, dass sie aussahen wie ein schmaler, blutleerer Strich.

»Du hältst mich für einen Dämon?«

»Dämon, Mensch oder Gott … nicht ich habe das zu entscheiden.« Bei diesen Worten trat sie auf mich zu und strich über meinen nackten Oberkörper. Die Berührung ließ mich erschauern.

Ich bin ein Mensch, wollte ich sagen, doch ich schwieg, denn ich fragte mich, ob ich das wirklich war. Immer noch. Oder ob ich längst zu etwas völlig anderem geworden war.

Ich stand zwei alten Eingeborenen gegenüber. Sie trafen stellvertretend für den gesamten Stamm alle wichtigen Entscheidungen. »Nie haben wir eine solche Herausforderung erlebt. Doch wir sind übereingekommen, dass du ein Mensch sein musst. Assiris Erklärungen waren eindeutig«, entschied der Größere der beiden. Seinen Namen hatte er mir nicht genannt. »Und so wie wir dir gestern Gastfreundschaft gewährten, wird es bleiben. Assiri wird dich aufnehmen und dich begleiten.«

Gut.

Das hatte ich hören wollen.

Aber es genügte mir nicht.

»Ich bin kein Mensch«, erwiderte ich hart. »Und ich werde nicht mit euch leben.«

Erschrecken huschte ebenso wie Enttäuschung über die Gesichter der Schwarzhäutigen. »Warum bist du dann zu uns gekommen?«

»Um über euch zu herrschen.« Nach diesen Worten hörte ich nur noch meinen eigenen Atem, und ich wunderte mich über meine Gelassenheit. »Die Götter schickten mich zu euch. Ich bin als einer der ihren herabgestiegen.« Demonstrativ erhob ich mich und verschränkte die Arme vor meiner Brust.

Die beiden Eingeborenen sprachen mit synchroner Stimme, als sie sagten: »Wir leiten die Geschicke unseres Stammes.«

»In Zukunft werdet ihr meine Sprecher sein. Nennt mir eure Namen.«

Sie gingen nicht darauf ein. »Wenn du einer der Götter bist, dann beweise es uns.«

Damit hatte ich gerechnet. Ich streckte die rechte Hand aus. »Gebt mir den Speer, der hinter euch an der Wand hängt.«

»Er … er dient ausschließlich rituellen Zwecken.«

»Nenne mir deinen Namen«, wiederholte ich.

»Lussa«, antwortete der Schwarzhäutige.

»Gib mir den Speer, Lussa. Ich werde euch beweisen, dass ich ein Gott bin, der euch auserwählt hat, mir dienen zu dürfen.«

Zögernd gehorchte er und hielt mir den Speer mit der Spitze voran entgegen. Ich nahm ihn und atmete tief durch. *Es ist alles eine Sache des Willens,* wiederholte ich meine Erkenntnis vom Vortag, doch nun, im entscheidenden Moment, zweifelte ich.

Ich war schwach, aber wer könnte mich dafür verurteilen?

Mein Herz raste, und die Angst fraß sich mir durch die Eingeweide, als ich den Speer hob und auf meinen Bauchraum richtete.

»Was tust du?«, fragte Lussa.

Ja, zum Teufel auch, was tat ich?

Ich umfasste den Schaft des Speers mit beiden Händen, umklammerte ihn, dass meine Knöchel weiß hervortraten, und berührte mit der scharfen steinernen Spitze die Haut dicht unterhalb der Rippen.

Dann stieß ich zu, mit aller Wucht.

Meine Gedärme zerrissen. Ein schmatzendes, widerliches Geräusch, und der Speer drang neben meiner Wirbelsäule wieder aus meinem Körper.

Ich fühlte mich gut.

»Atiss und Lussa sind als Führer zurückgetreten«, rief ich später. »Sie haben den Platz geräumt für mich.«

Die beiden Eingeborenen standen an meiner Seite, einen Schritt hinter mir. »Sayo ist unser Gott!«, bestätigte Lussa. Die Zuhörerschar murmelte aufgeregt. Irgendwo ertönte ein leiser Schrei. »Er hat unsere Gestalt angenommen und ist zu uns gekommen!«, fügte mein neuer Sprecher in beschwörendem Tonfall hinzu. »Wir danken ihm, dass er uns diese Gnade gewährt!«

Sein Begleiter Atiss schwieg. Ich musste ein Auge auf ihn haben. Er konnte mir gefährlich werden. Ich trat zu dem Schwarzhäutigen und legte ihm meine Hand auf die Schulter. »Ich habe Lussa als Sprecher erwählt. Er steht über euch und wird meinen Willen verkünden.«

Lussas Augen weiteten sich vor Überraschung. »Was ist mit Atiss?«, flüsterte er.

»Atiss hingegen wird einer von euch«, rief ich laut. »Ich werde ihm eine Aufgabe zuweisen, die seinem Stand entspricht.«

Lussas Blick huschte von mir zu Atiss. Seine Mundwinkel zuckten, doch er schwieg. Atiss selbst nahm die Herabsetzung kommentarlos hin. Doch in seinen Augen funkelte der Zorn.

In der Menge erkannte ich auch Assiri. Sie sah mich mit ausdruckslosem Gesicht an. Ich fragte mich, was sie in diesem Moment denken mochte. Doch ehe ich mich ihr zuwenden konnte, rief sie: »Wodurch hat Sayo bewiesen, dass er ein Gott ist?«

Zustimmendes Gemurmel wurde laut. Ich musste vorsichtig sein, damit mir die noch ungefestigte Macht nicht sofort wieder entglitt.

»Dies ist mein Zeichen.« Gleichzeitig hob ich den Speer, der völlig unversehrt war, ebenso wie ich selbst. Kein Tropfen Blut klebte an der Steinspitze. Ob es wohl auf geheimnisvollem Weg wieder in meinen Körper zurückgekehrt war?

»Damit«, ertönte Lussas Stimme, »hat er gezeigt, dass er kein Mensch ist, sondern ein Gestalt gewordener Gott.«

»Wie?«, rief Assiri skeptisch.

»Sayo hat in seiner unendlichen …«

»Still«, unterbrach ich. *Wenn sie es mit eigenen Augen sehen, werden sie es nie wieder vergessen.*

Erneut fühlte ich nicht den geringsten Schmerz. Diesmal durchdrang die Spitze meinen Magen, doch ich nahm es nur als ein schwaches, ungewöhnliches Gefühl wahr. Ein wenig saures Erbrochenes stieg mir bis in den Mund; ich schluckte es hinunter.

Irgendwo ertönte ein langanhaltender Schrei, und als er endlich verklang, kehrte völlige Stille ein. Mit einer langsamen, beinahe provokativen Bewegung zog ich den Speer aus meinem Körper. Ich sah aus Interesse genau hin, als die Spitze meinen Bauchraum verließ. Die Haut schloss sich unmittelbar wieder. Es war ein Anblick, als würde man den Speer aus einer glatten Wasserfläche ziehen, ohne sie dadurch aufzuwühlen.

Wieso?, fragte ich mich. Wie war ich zu dem geworden, was immer ich nun auch war? Ich war als Mensch geboren worden, daran gab es keinen Zweifel – meine Mutter erzählte davon, und ich erinnerte mich genau an viele Gelegenheiten, an denen ich mich verletzt hatte, an den Schmerz und an das Blut. Ich glaubte nicht, dass ich schon immer so gewesen war. Oder doch? Lag mein Fehler darin, dass ich es nie erkannt, nie den nötigen Willen aufgebracht hatte?

Die Überlegungen verloren sich, als ein Gesang aus Dutzenden von Kehlen erklang. Die Eingeborenen – meine Diener – stimmten ein Lied an. In langen, getragenen Silben betonten sie ihre Demutsbezeugung. Schließlich trat Lussa vor mich und verneigte sich.

Es war geschafft. Ich spürte die Unterwürfigkeit der Menge. Nur, was sollte ich anfangen mit der Verehrung dieser Menschen? Wie konnte ich sie ausnutzen?

Eine Frau kam auf mich zu, die Augen halb geschlossen, den Oberkörper geneigt. Sie breitete die Arme aus und bot sich mir in einer eindeutigen Gestik dar. Die Brüste wippten. Einen Augenblick lang haderte ich mit mir, doch dann fiel mir auf, dass ich nur an Assiri dachte, doch ich konnte sie nirgends entdecken. Ich schob die Frau beiseite, sie wich ohne eine Sekunde zu zögern zurück.

Mein Blick huschte über die Köpfe der Versammelten, und schließlich entdeckte ich Assiri. Gerade verschwand sie im Inneren ihrer kleinen Bambushütte.

»Leite sie und lehre sie die neue Ordnung, die du in dir fühlst«, trug ich Lussa auf. »Morgen werde ich wieder zu dir kommen.«

Mein Sprecher hob die Hände und wandte sich seinen Stammesmitgliedern zu. »Hört mich«, rief er mit lauter Stimme, »hört, was Sayo uns durch meinen Mund zu sagen hat.« Ich hatte eine gute Wahl getroffen. Er zog die Menge in seinen Bann. Er benötigte keine Anweisungen von mir, fügte sich perfekt in seine neue Rolle.

Ich zog mich zurück, was zwar Unruhe auslöste, aber von meinen Dienern akzeptiert wurde. Es dauerte einige Zeit, bis ich mich unbemerkt Assiris Hütte nähern konnte.

»Also bist du ein Gott«, empfing sie mich und fixierte mich. »Ein Gott«, wiederholte sie nachdenklich.

Ich nickte, noch ehe mir klar wurde, dass sie die Bedeutung dieser Geste nicht kannte. »Und doch habe ich dich erwählt.«

»Du hast Lussa erwählt«, widersprach sie.

»Er ist mein *Sprecher*. Du sollst meine *Gefährtin* sein. Du bist weitaus wichtiger als er.«

»Wie könnte ich einem Gott nutzen?«

Es gelang mir nicht, den Tonfall der Worte zu deuten. Lag Verachtung darin? Skepsis? Oder war sie von den Ereignissen einfach überwältigt und erzitterte unter ihrer Erwählung? »Die Zeit wird es zeigen, Assiri. Du hast mich wohlwollend empfangen, und dafür erhältst du nun den gebührenden Dank.«

»Also bin ich die Auserwählte eines Gottes«, erwiderte sie nach einem Moment des Zögerns.

»Meine Gefährtin«, verbesserte ich sie. »Niemand sonst wird über so viel Macht verfügen wie du.«

»Nach Macht strebe ich nicht«, erklärte sie. »Doch wenn ich dir zur Seite stehen kann …«

»Das kannst du!«

Sie wollte ihre Hand wieder sinken lassen, aber ich ergriff sie und hielt sie fest. Ihre angespannte Haltung lockerte sich. »Lussa nannte dich Sayo«, sagte sie schließlich leise.

»Ich habe ihm meinen Namen offenbart«, stimmte ich zu. Es war mir angemessen erschienen; ein Name für einen Gott, den nichts mehr mit seinem alten Dasein verband.

Und in diesem Augenblick, als sich Assiri an meiner Seite befand, löste ich endlich das Rätsel. Es lag auf der Hand. Nun wusste ich, warum ich unsterblich war.

Wobei die Frage nach dem *Warum* als solche falsch war. Es gab keinen Grund dafür. Ich war es *aus mir heraus*. Denn ich *war* ein Gott.

Ich bin ein Gott und ich werde es immer sein!

Mit der Erkenntnis kam das Bewusstsein meiner unendlichen Macht. Nichts, nichts konnte mich mehr aufhalten.

Viele Wochen später tauchte der Fremde auf.

Ich hörte zuerst von ihm, als Lussa herbeieilte und atemlos stehen blieb. Das Erschrecken stand ihm ins Gesicht geschrieben. Sein Blick flackerte, und ich sah, dass seine Weltsicht zerbrach. »Herr, es ist einer … einer wie du gekommen.«

Ich fuhr zusammen. Assiris Hütte war mittlerweile mit jedem für die Eingeborenen nur erdenklichen Luxus ausgestattet. »Was soll das heißen?«

»Ein Gott!« Lussa ballte seine Fäuste. »Doch er ist böse!«

»Böse?«

»Ein Boot ist am Strand gelandet, und er stieg daraus hervor. Atiss sah ihn schon von weitem nahen, und er ging dorthin, um zu sehen, was ...« Lussa unterbrach sich.

»Was ist geschehen?«, drängte ich.

»Weißt du es nicht, Herr?«

Mein Sprecher wunderte sich wieder einmal, dass ich nicht allwissend war. Ich hatte ihm in den letzten Wochen eine Vielzahl von Erklärungen dafür geboten, doch nun verspürte ich keine Lust auf eine Diskussion. »Ich will es aus deinem Mund hören!«, herrschte ich ihn an, und mein Tonfall duldete keinerlei Widerspruch.

»Der Gott tötete Atiss!«

»Wie?«

»Ich weiß es nicht, Herr. Mural berichtete es mir. Nur er hat es gesehen.«

Ich ließ jedes Detail der inzwischen üblichen Zeremonie außer Acht und eilte an Lussa vorbei ins Freie. Wie erwartet hielt sich dort Mural bereit. Der hoch gewachsene, stämmige Mann genoss als erfolgreichster Jäger des Stammes großes Ansehen. Jetzt sah er bleich aus, verängstigt und unsicher. Er wich meinem Blick aus.

»Rede!«

»Ich sah, wie der Gott Atiss tötete.« Mural war sichtlich verwirrt darüber, dass ich ihm persönlich gegenübertrat. Nur noch selten redete ich mit irgendjemandem außer Lussa und meiner geliebten Assiri.

Der Jäger schloss die Augen, malte sich die Szene wohl in Gedanken aus. »Er ähnelt dir, Herr. Seine Haut ist weiß wie die deine. Atiss ging ihm entgegen, wollte ihn begrüßen und ihn willkommen heißen, so wie dich.«

Mural rieb nervös die Finger aneinander. »Der Gott hob die Hände … legte sie um Atiss' Hals. Die Daumen glühten – dann fraß sich Feuer den Weg durch die Haut. Atiss verbrannte lichterloh, seine Haare gingen in Flammen auf.« Mural bebte vor Erregung.

»Wohin ging der fremde Gott?«

»Er ließ von seinem Opfer ab und entfernte sich in den Dschungel hinein, Herr.«

»Du hast seinen weiteren Weg nicht verfolgt?«

Mural schüttelte hastig den Kopf. »Ich wollte dir Bericht erstatten«, verteidigte er sich schuldbewusst.

»Du darfst gehen.« Das, was er beobachtet hatte, sprengte die Grenzen des Verstandes. Hände, aus denen Feuer emporloderte und Atiss in Brand steckten?

Ich stand vor meiner ersten Herausforderung. Ich musste das Rätsel um diesen Fremden lösen. War er wirklich ein Gott wie ich? Das konnte ich nicht glauben. Niemand aus unserer Mitte würde einen Menschen ohne Grund töten. Und das Feuer – es sprach dafür, dass es kein *Gott* war, der die Insel erreicht hatte.

Sondern ein Dämon.

Zorn wallte in mir hoch, und ich beschloss, sofort etwas zu unternehmen. Was konnte mir schon zustoßen? Der Dämon würde mir nicht schaden können – ein neuer Vorteil, den die Unsterblichkeit bot.

Nur einen Moment lang überlegte ich, mit Lussa zu sprechen, oder mit Assiri. Zuerst wollte ich mich mit eigenen Augen davon überzeugen, welches Unheil über unsere Insel hereingebrochen war.

Welcher Dämon den Weg hierher gefunden hatte.

Ich rief Mural noch einmal zurück. »Ich benötige deine Dienste.«

»Herr?« Der Jäger wand sich, ahnte wohl, worauf ich hinauswollte.

»Führe mich an die Stelle, an der Atiss sein Schicksal ereilte.«

Mural bat mich, ihm zu folgen. Ich sah die Angst in seinen Augen aufblitzen, aber er zögerte keine Sekunde, meinem Befehl zu gehorchen. Natürlich nicht. Er war seinem Gott treu ergeben, wie alle auf der Insel. Sogar Assiri, obwohl ich mir sicher war, dass sie an meiner Göttlichkeit zweifelte. Ich bemerkte es an allen ihren Bewegungen. An der Art, wie sie mir gegenübertrat. An den Blicken, die sie Lussa zuwarf, meinem Sprecher, der mir mit jeder Faser seines Daseins ergeben war. Ich fühlte es, wenn wir unser Lager miteinander teilten.

Mural eilte rasch voran. Es fiel mir schwer, nicht den Anschluss zu verlieren. Der Jäger bewegte sich mit traumwandlerischer Sicherheit im Dschungel. Hier war er zuhause, schien den kürzesten Weg durch das Unterholz und all die natürlichen Hindernisse im Vorausfühlen zu erspüren.

Bald wurde das Meeresrauschen lauter, und wir erreichten den Strand.

Schon von weitem sah ich die Leiche meines Dieners. Ein schwarzes Etwas zog die Blicke auf sich, in dessen Mitte ein formloser Klumpen lag. Zweifellos Atiss' Überreste, kaum mehr als ein Kadaver.

Wir traten näher und blieben schließlich am Rand der schwarzen Zone stehen.

»Was ist das, Herr?«

Ich konnte Mural keine Antwort auf diese verständliche Frage geben. Der Sand schien zusammengeschmolzen zu sein, zu einer widernatürlichen, matt glänzenden Schicht dunklen Schleimes.

»Herr?«, wiederholte der Jäger eindringlich.

»Es ist die Aura des Dämons, der uns heimsucht«, log ich – vielleicht entsprach es auch der Wahrheit. »Sein böser Odem vernichtet das Land, an dem seine verderblichen Taten geschehen.«

Mural wand sich unbehaglich. Meine Ausführungen erschreckten ihn.

»Wohin ist er gegangen?«, fragte ich.

»Dort.« Mural wies schräg nach Osten, in den Dschungel hinein.

»Ich folge ihm. Du gehst zurück in die Siedlung und benachrichtigst Lussa davon, dass ich bald kommen werde und ihn dann unverzüglich zu sprechen wünsche.«

Der Jäger beeilte sich, meinen Worten zu gehorchen. Wahrscheinlich war er froh darüber, nicht weiter mit mir auf die Suche gehen zu müssen.

Kurz darauf umgaben mich die Urwaldriesen, die bis dicht an den nur wenige Meter breiten Sandstrand ragten. Kaum fragte ich mich, wie ich die Spur des Dämons aufnehmen sollte, hörte ich bereits einen entsetzlichen Schrei.

Mural!

Der Dämon hatte lediglich abgewartet, bis sich ihm ein weiteres unschuldiges Opfer näherte, das ihm wehrlos gegenüberstand.

Ich rannte los und kam gerade noch rechtzeitig, um zu sehen, wie Murals enthaupteter Körper zusammensackte. Sein Kopf rollte nicht weit von seinem Torso entfernt noch sekundenlang über den Boden. Aus dem Halsstumpf lief Blut, und die Lippen bewegten sich.

Sein Mörder stand daneben und wandte sich mir zu. »Es wurde auch Zeit«, rief der Dämon mit lauter, hasserfüllter Stimme. »Endlich habe ich dich gefunden.«

Die Worte erschreckten mich.

Was wollte er damit sagen?

Die Kreatur verbarg sich im Körper eines durchschnittlich aussehenden Engländers. Es schien mir, als habe er, um mich zu verhöhnen, diese Gestalt gewählt, wie ich selbst es einst getan hatte. Etwas an ihm war seltsam, doch ich erkannte erst nach einigen Augenblicken, worum es sich handelte.

Seine Augen waren völlig weiß, ohne Iris und Pupille, und doch schienen sie von innen heraus zu brennen.

»So lange war ich auf der Suche nach dir.« Die Stimme grollte tief und versetzte alles in düstere Schwingungen, als wäre sie nicht aus einer menschlichen Kehle gedrungen, sondern aus dem tiefsten Abgrund der Hölle.

»Du hast mich gesucht?«

»Seit Dutzenden von Jahren.«

Diese Antwort erschütterte mich. »Wer bist du?«

Der Körper bewegte sich einige Schritte auf mich zu. »Du weißt es wirklich nicht.« Überraschung klang in der furchtbaren Stimme mit.

»Wer bist du?«, schleuderte ich der Kreatur der Verdammnis entgegen.

Lachen – ein tiefes, entsetzliches Lachen antwortete mir. »Wer – bist – du?«, spie der Dämon mir in höhnischem Tonfall meine eigenen Worte zurück.

»Ich bin …« Wer war ich? Ein Mensch? Ein Mann? Ein Gott?

Der Dämon drehte sich um und lief mit weit ausladenden Schritten davon. Ich wollte ihm folgen, doch ich blieb wie angewurzelt stehen. Ich war nur dazu fähig, mich zu bücken und einen Ast aufzuheben, der vor mir auf dem Boden lag.

Dann drehte sich mein Gegner um. Er öffnete noch einmal den Mund. »Wir werden uns wiedersehen. Schon bald. Die Zeit der Abrechnung ist gekommen.«

Ich starrte ihm in die weißen Augen. Er reagierte nicht darauf, sondern drehte sich erneut um.

In dieser Sekunde löste sich meine Starre. Den Ast in meiner Hand wie einen Pflock erhoben, rannte ich los. Der Dämon musste hören, wie ich mich ihm näherte, doch er war zu arrogant, sich darum zu kümmern. Das sollte ihm bitter bekommen.

Ich rammte ihm das zersplitterte Ende des Astes in Höhe des Herzens mit voller Wucht in den Rücken, seitlich des Schulterblatts.

Doch es kam kein Blut.

Mein Gegner drehte sich um, und der Ast im Körper des Dämons entwand sich meinen Händen.

»Heute Nacht«, sagte der Dämon, »werden wir kämpfen. Jetzt noch nicht.« Dann zog er mit einer beiläufigen Bewegung den Ast aus seinem Rücken und ließ ihn zu Boden fallen. »Übrigens bin ich ein Vampir.« Er lächelte fein. »Glaubst du ernsthaft, diese Sagengestalten würden tatsächlich existieren? Du bist ein Narr.«

Diesmal ließ ich ihn gehen. Was in aller Welt hätte ich sonst tun sollen? Auch einem Gott sind Grenzen gesetzt; dann nämlich, wenn er einem anderen Unsterblichen gegenübersteht.

Während der Dämon sich mit unbekanntem Ziel entfernte, ging ich zurück in die Ansiedlung meiner Diener. Schon von weitem bemerkte ich, dass Lussa mich ungeduldig erwartete, auch ohne dass der arme Mural ihn benachrichtigt hatte. »Was hast du herausgefunden, Herr?«

Ich winkte ab. Zuerst musste ich mit Assiri sprechen. Nur sie konnte mir die Kraft geben, mit dieser Situation fertig zu werden, nicht mein auserwählter Sprecher. Seine Dienste würde ich möglicherweise später benötigen.

Ich schob den mittlerweile doppelten Vorhang beiseite und trat in das Innere der Bambushütte.

Assiri stand in der Mitte des Raumes, sanft umschmeichelt von dem Licht, das durch die Ritzen fiel. »Wer bist du?«, fragte sie mich.

Ich erschauerte, als sie dieselben Worte benutzte wie der Dämon, und für eine Sekunde überkam mich der schreckliche Verdacht, sie selbst sei von ihm besessen. Doch wenigstens diese Furcht erwies sich als grundlos. »Ich kann dir darauf keine Antwort geben«, flüsterte ich, als sie nahe an mich herangetreten war und ihre Arme um mich legte. Ich fühlte ihre weichen Brüste und roch den Kräuterduft ihrer Haare. »Ich weiß es nicht.«

»All die Zeit über wusstest du es nicht und sagtest dennoch, du wärest ein Gott.« Sie hauchte die Worte.

»Und nun ist jemand gekommen, der so ist wie ich. Unsterblich.«

»Doch von einem bösen Zauber umgeben. Deswegen ist er *nicht* so wie du.« Ihre Hände hielten meinen Kopf und zwangen mich mit sanfter Gewalt, ihr in die Augen zu blicken.

»Er hat nicht die Augen eines Menschen«, sagte ich zu Assiri. »Sie sind weiß und kalt und tot, und doch sieht er mit ihnen.«

»Bist *du* ein Mensch?« Ihre Lippen blieben auch nach dem letzten Wort noch halb geöffnet, als verharre bei diesen Worten sogar die Zeit.

Doch der magische Moment ging vorüber, und ich beschloss, ihr die Ehrlichkeit entgegen zu bringen, die sie verdiente und die ich ihr längst hätte erweisen müssen. Nur hatte ich die Wahrheit selbst vergessen, all die Zeit über. »Das bin ich, und ich weiß nicht, warum ich anders bin«, gestand ich. »Doch ich habe nie aufgehört, ein Mensch zu sein, denn seit ich dich sah, liebe ich dich.«

»Ich weiß«, antwortete sie. Dann löste sie ihre Umarmung und trat einen Schritt zurück. »Du weißt nicht, wer der Ankömmling ist?«

»Ich habe keine eine Vorstellung davon. Ich weiß nur eines: er ist unsterblich.« In meinen Gedanken ramme ich erneut den zersplitterten Ast durch sein Herz, fühle den Widerstand, den seine Rippen mir bieten, bevor die Wucht des Stoßes sie von innen zerfetzt und das Holz wieder aus seinem Körper herausdringt. »Und er will kämpfen.«

»Ihr werdet beide nicht siegen können. Niemand kann einen Unsterblichen töten.«

Diese naheliegende Schlussfolgerung hatte ich selbst bereits gezogen. »Und dennoch will er kämpfen.«

»Warum?« Assiri hob die Hände leicht an. »Was kann er damit bezwecken?«

Sie sah wunderschön aus, und ihr Anblick versetzte mir einen schmerzhaften Stich. Ich antwortete ihr nicht, denn es gab nichts, das ich sagen konnte.

»Niemand kann den Kampf gewinnen, weder er noch du. Also musst du Vorbereitungen treffen.«

Sie verfolgte offenbar dieselben Gedanken wie ich. Nachdenklich ging ich zu dem rituellen Speer, durch den ich Lussa damals vorspielte, ein Gott zu sein.

3. Wie man etwas tötet, das unsterblich ist

Stunden fieberhafter Aktivität lagen hinter mir, als die kurze Dämmerung einbrach. Jetzt stand ich neben Assiri am Rande des Dorfes. Alle anderen hatte ich weggeschickt.

»Du musst gehen.« Meine Geliebte nahm ihre Hand von meiner Schulter. Sie nicht mehr zu spüren, war wie ein entsetzlicher Verlust, obwohl sie nach wie vor direkt neben mir stand.

»Ich werde den Dämon von unserer Insel vertreiben und dann zu dir zurückkommen.« Meine Stimme zitterte, denn ich wusste nicht, ob ich in der Lage sein würde, dieses Versprechen einzuhalten. Mit einem Mal fühlte ich mich doch nur wie ein Mensch.

»Ich weiß, dass du alles für mich tust, was dir möglich ist.« Sie schloss die Augen. »Und nun geh, rasch, ehe ich die Augen wieder öffne und sehen muss, wie du in den Kampf ziehst.«

Ich berührte ein letztes Mal die weiche Haut ihres Gesichtes, strich über ihre hohen Wangenknochen und fuhr durch die Haare. Dann entsprach ich ihrem Wunsch und lief los. Ich wusste nicht, wo der Dämon auf mich wartete, doch ich nahm an, dass er mich finden würde. Er suchte die Auseinandersetzung – seit Dutzenden von Jahren, wie er behauptet hatte.

Nur eines der Rätsel, das ich mir nicht erklären konnte.

Ich näherte mich dem Strand und erschrak, als ich sah, dass sich die widernatürliche schwarze Fläche um mindestens das Dreifache vergrößert hatte. In ihrer Mitte brodelte es, und die Überreste des getöteten Atiss waren restlos verschwunden.

Ich hob einen Stein auf und schleuderte ihn ins Zentrum der Lache. Es schmatzte leicht, und der Stein versank wie in einem zähflüssigen, kochenden Sumpf. Dampf wölkte von der Stelle auf. Das Letzte, das ich zu sehen glaubte, war, dass der Stein *zerschmolz* und sich mit der mysteriösen Masse vermischte.

Am Himmel stand ein voller Mond und tauchte den gesamten Strand in schattiges Licht. Gedankenverloren sah ich hoch zu den Sternen, die tausendfach am Firmament glitzerten, als ich ein Geräusch hörte.

Der Dämon war gekommen. Er stand am gegenüberliegenden Ende des schwarzen Höllensumpfes. »Der Kampf möge beginnen«, tönte seine Stimme zu mir herüber. Dann setzte er langsam einen Fuß vor den anderen.

Er lief über das dunkle Etwas! Jedes Mal, wenn die Füße auftraten, zischte es, doch die nackten Sohlen des Dämons verbrannten nicht. Er empfand keine Schmerzen. Mir wäre genau dasselbe möglich gewesen.

»Was willst du von mir?«, schrie ich ihm entgegen.

Er blieb stehen, noch ehe er wieder den normalen Boden erreichte. Das schwarze Etwas unter seinen Füßen kochte, Blasen zerplatzten und spritzten dunklen Schleim auf seine Haut. Er kümmerte sich nicht darum. »Ich werde dir das zurückgeben, was ich dir schuldig geblieben bin!« Die unheimlichen weißen, pupillenlosen Augen rollten in den Höhlen.

»Wovon redest du?«

Statt einer Antwort zog er ein Messer aus einer Scheide am rechten Oberschenkel. Er fasste es an der Klinge, holte aus und schleuderte es mir entgegen. Es überschlug sich mehrfach in der Luft.

Ich sah keine Veranlassung, auszuweichen, und so drang es mit gewaltiger Wucht in meinen Brustkorb ein. Einige Rippen barsten. Die Klinge verschwand komplett in meinem Körper. Ich zog es am Griff wieder heraus, betrachtete die Waffe und ließ sie achtlos fallen.

»Seit wann weißt du es?«, fragte mich der Dämon wenig überrascht.

»Seit heute, gestern oder einem Jahr, was spielt es für eine Rolle?« Das Herz raste in meiner Brust, als ich an die unheimlichen Kräfte des Wesens dachte, das mir gegenüberstand.

»Es ist sehr wohl wichtig, denn ich hätte dich längst gefunden, wenn du deine Macht früher eingesetzt hättest.« Wie hingezaubert hielt er plötzlich eine Pistole in der Hand, zielte und spannte den Abzug.

»Auch damit wirst du nichts ausrichten können«, rief ich ihm spöttisch entgegen, als eine Kugel in meinen Kopf einschlug. Für einen kurzen Moment überkam mich Panik – was, wenn mein Gehirn trotz allem immer noch verletzbar war? Mit dem Zweifel kam der Schmerz, rasender, entsetzlicher Schmerz …

… der ebenso schnell wieder verschwand, wie er aufbrandete. Eine Sekunde lang war ich dadurch abgelenkt und unaufmerksam. Mein Gegner nutzte den Moment der Schwäche gnadenlos aus. Er flog mir förmlich entgegen und hämmerte beide Fäuste gegen meine Brust. Ich taumelte rückwärts und stürzte, als er mir zusätzlich in die Kniekehlen trat.

Ehe ich mich wieder erheben konnte, führte er sein Gesicht nahe an meines heran. »Erinnerst du dich?«, höhnte er.

Mein Blick verlor sich in den toten Augen. »Ich – ich weiß nicht … es – war …« Ich spielte ihm Hilflosigkeit und Schwäche vor, bis er sich in Sicherheit wiegte. Dann zog ich blitzschnell die Beine an und rammte ihm beide Füße gegen den Leib.

Er verlor durch die Wucht den Halt und schlug etwa einen Meter entfernt auf. Ich sah, wie sein Kopf haltlos auf den Boden prallte, hörte etwas knacken. Sofort war ich bei ihm, fasste ihn mit beiden Händen, zerrte ihn in die Höhe und stieß ihn weiter zurück. Sein Kopf hing für einen Augenblick widernatürlich weit nach hinten, der Kehlkopf riss auf und Blut spritzte heraus; doch der Moment verging, und die Halswirbel fügten sich wieder zusammen.

Ich stieß ihn von mir. Er schlug in dem dunklen Schleim auf. Die Hände, mit denen er sich seitlich abstützte, um sich in die Höhe zu stemmen, verschwanden vollständig in der undefinierbaren Masse.

»Stirb!«, schrie ich, scheinbar von einem Siegestaumel erfasst. Ich hob das Messer auf und schleuderte es auf ihn. Ich traf gut, und es durchtrennte seinen Kehlkopf.

Der Dämon erhob sich, und während die schwarze Masse in Brocken von ihm heruntertropfte, sah ich den unversehrten Hals. »Lassen wir die Spiele«, schlug er mit gelassener Stimme vor.

Jede weitere Attacke war völlig sinnlos. Ich wandte mich um, hetzte über den Strand und sprang ins Meer. Die Wellen wollten mich augenblicklich zurück spülen, doch ich schwamm mit aller Kraft gegen sie an. »Du wirst mich nie bekommen!«

Mein Gegner folgte mir ins Wasser. »Ich werde nicht zulassen, dass du verschwindest! Die Abrechnung ist eingeleitet! Die Zeit ist gekommen, das Ende steht unmittelbar bevor.«

Meine Arme arbeiteten mechanisch. Meter um Meter legte ich zurück.

»Es ist sinnlos zu fliehen!«, wütete der Dämon. »Du wirst mir nicht entkommen!«

Damit hatte er zweifelsohne recht. Doch ich *wollte* ihm auch nicht entkommen. Ich näherte mich immer weiter meinem Ziel. Alles war vorbereitet. Als ich einen raschen Blick zurückwarf, sah ich, dass das Wasser um meinen Gegner brodelte. Es kochte, mehr noch, es *brannte.*

Ich erschrak und verlor eine Sekunde. Der Dämon ergriff mich am Bein, meine Schwimmbewegungen stockten, und mein Kopf geriet unter Wasser.

Ich trat mit dem freien Bein zu. Wieder und wieder holte ich aus und stieß meinen Fuß ins Gesicht des Dämons. Sein Griff löste sich.

Hastig schwamm ich weiter. Er war dicht hinter mir, ich hörte seine wütenden Schreie. Endlich erreichte ich mein Ziel. Die Falle für den Dämon. Ich tauchte ab. Um meine Sauerstoffversorgung brauchte ich mir keine Sorge zu machen.

Ich hatte den kultischen Speer vor wenigen Minuten in den Meeresboden gerammt, der etwa zwanzig Meter tief lag. Lussa hatte die Waffe in einem komplizierten Ritual unter Anrufung der alten Stammesgötter magisch aufgeladen, und wir hofften beide, dass er den Dämon bannen konnte. Dann wollte ich meinen Gegner tief im Meeresgrund begraben, und dort sollte er ruhen für alle Zeiten, solange der Speer sich in seinem Brustkorb befand. Auf ewig gebannt, denn die Magie des Rituals versiegelte die Waffe zugleich vor den Zerstörungen der Zeit. Weder der ewige Aufenthalt im Wasser noch sonst irgendetwas konnten ihn zerstören.

Ich griff nach dem Schaft des Speeres …

… und wurde empor gerissen!

Ohne dass ich mich wehren konnte, zerrte der Dämon mich nach oben. Er hielt mich eisenhart im Griff, es gab keine Chance freizukommen. Kaum durchstießen unsere Köpfe die Wasseroberfläche, fing mein Gegner an zu reden. »Was immer du dort unten vorhattest, zuerst …«

»Ich wollte dich bannen, und ich werde es …«

»Ich habe die Magie gespürt!«, unterbrach er mich ebenso wie Augenblicke zuvor ich ihn. »Und ich versichere dir, sie hätte mich auf ewig dort unten in das von dir vorbereitete Grab zwingen können. Doch vorher sollst du die Wahrheit erfahren, mein Bruder!«

»Ich bin nicht dein Bruder! Ich bin ein Mensch, kein Dämon!«

»Wir sind beide Menschen, und wir wurden von derselben Mutter geboren!«

»Deine Augen sprechen eine andere Sprache!«

»Sie sind Zeichen dessen, der sich in mir befindet!«

Ich stockte, als ich einen Zipfel der Wahrheit erkannte.

»Erinnere dich!«

»Nein!« Panik überflutete mich, mitten in den Fluten des Meeres, im harten Griff des Dämons.

»Erinnere dich an mich!«

»Ich – ich …«

Harold und Dave Sayers … der Moment, als die Augen meines Bruders sich veränderten, als ich erkannte, dass er mich ausgetrickst hatte.

»Ich habe dich damals besiegt!«, spie der Dämon, spie mein Bruder mir entgegen. »Und ich werde dich heute ebenso wieder besiegen!«

Mein Atem ging hastig, der Magen krampfte sich zusammen, als immer mehr Erinnerungsfetzen in mir hochstiegen. »Ich bin nicht dein Bruder«, sag – log – ich schwach.

»Du dachtest, du hättest das Ziel erreicht, und du hast mich zurückgelassen, aber ich kam wieder!«

Die Farbe seiner Augen verschwand, damals, und gleichzeitig spürte ich die Leere in mir, die entsetzliche Leere, doch dann – dann … Dave triumphierte, aber ich war derjenige, der wirklich gewann, auch wenn keiner von uns das hätte ahnen können.

»Und nun bin ich wieder da«, sagte er. »Heute wird abgerechnet.«

In diesem Moment wurde mir klar, dass das, was vor nahezu achtzig Jahren begonnen hatte, nun sein Ende finden würde.

»Ich sehe es dir an!«, hörte ich die leise, dumpfe Todesstimme meines Bruders. »Du erinnerst dich! Ist es nicht schön, sein Ende bewusst mitzuerleben?«

»Wir haben damals die Zeitenwende benutzt, um den Dämon zu beschwören«, floss es stockend aus mir heraus.

Dave und ich waren mit Blut beschmiert, und der Hahn, der dafür sein Leben hatte lassen müssen, verkohlte im Zentrum des Ritualplatzes in den prasselnden Flammen. Ekelerregender, beißender Gestank breitete sich immer weiter aus.

Die toten Augen meines Bruders loderten in unheiligem Feuer. »Wir wollten die Unsterblichkeit von ihm, doch Ra'tanmy wählte dich als Gefäß, nur dich!«

Ich spürte, wie der Dämon in mich einzog, wie mein Selbst, mein Bewusstsein von ihm unterjocht wurde, wie gleichzeitig die Sterblichkeit und Verletzlichkeit meines Körpers schwand, für immer.

»Der Dämon lenkte meinen Körper.« Ich bebte unter der Macht der Erinnerung. »Dich beachtete er nicht. Er zog sich in meinem Körper zurück, aber dich ließ er am Leben.«

»Ich war der Betrogene«, sagte er tonlos. »Du hattest die Unsterblichkeit erlangt, doch ich war nichts als ein jämmerlicher Mensch, an dem die Chance seines Lebens vorbeigezogen war. Aber ich ließ nicht zu, dass du weiter triumphiertest. Es dauerte Jahre, bis ich endlich in der Lage war, eine neue Beschwörung durchzuführen und dich zurück zu mir zu zwingen.«

Ich nahm alles wahr, was der Dämon in meinem Körper tat, doch ich war nicht in der Lage, selbst zu handeln. Ich war voll-

kommen eingezwängt in den winzigen Winkel, den er mir zum Existieren ließ. Ich sah all die Morde, all die schrecklichen Taten, die er mit meinem Körper beging; und dann, eines Tages, der Ruf! *Der Dämon musste ihm folgen, es blieb keine andere Wahl.*

»Dann zwangst du den Dämon, in deinen Körper überzuwechseln«, sagte ich zu meinem Bruder.

»Und ich erlangte die Unsterblichkeit! Doch zu welchem Preis.«

»Der Dämon unterjochte dich, genau wie er es zuvor mit mir getan hatte.«

»Erst nach Jahren gelang es mir, zeitweise die Kontrolle zurückzuerlangen. Stell dir meine Überraschung vor, als ich erfuhr, dass du, mein Bruder, deine Unsterblichkeit behalten hast, auch nachdem der Dämon aus deinem Körper ausgefahren ist.«

»Ich hatte es vergessen, Dave! All die Jahre über wusste ich es nicht! Es muss eine Folge der Austreibung sein.«

»Von diesem Moment an wusste ich, dass du den eigentlichen Sieg errungen hast. Unsterblichkeit – ohne Besessenheit. Und endlich habe ich den Dämon in mir unter Kontrolle und ein Gefäß mir gegenüber, in den ich ihn schicken kann. Und ich werde unsterblich sein. Unsterblich und frei für immer!«

»Wieso hast du mich gewählt?«

»Niemand außer uns beiden kann ihn in sich tragen, Bruder. Und deshalb … empfange ihn!« Seine toten Augen glühten, und …

… und etwas rann aus ihnen heraus, tropfte auf die Wasseroberfläche und näherte sich mir mit langsamen, schlängelnden Bewegungen …

… und die Schmerzen raubten mir beinahe die Besinnung. Der Dämon war zurück. Der wirkliche Dämon. Er nahm wieder Besitz von mir.

Meine Augen! Sie schienen in ihren Höhlen zu schmelzen, und ich spürte, wie sie sich veränderten.

Ich existierte, doch ich war gefangen.

Ein anderer beherrschte mich.

Ich nahm alles wahr, was er wahrnahm.

Und so sah ich, wie mein Bruder Dave meinen Körper unter Wasser drückte. Ich wusste, dass der Dämon noch einige Augenblicke benötigen würde, um nach der geistigen auch die körperliche Kontrolle über mich zu erlangen.

So sanken wir tiefer, dem Meeresgrund entgegen.

Dort ließ Dave mich los. Wie schwerelos trieb ich im Wasser. Meine Hände bewegten sich zuckend, als der Dämon lernte, die Muskeln zu kontrollieren.

Aber dann, Sekunden später, folgte der Schmerz.

Etwas bohrte sich mir in die Brust, eine steinerne Spitze. Der Dämon in mir schrie, brüllte in wütendem Zorn, als die magischen Kräfte ihn bannten und mein Körper in Bewegungslosigkeit verharrte.

Später, während meine Wahrnehmungsfähigkeit langsam schwand, sah ich, wie ich in ein Grab auf dem Meeresgrund gelegt wurde. Der Speer in meinem Körper lähmte mich ebenso wie den Dämon, doch wir starben nicht.

Denn wir können nicht sterben, auch wenn wir uns noch so sehr danach sehnen.

Eine nasse Masse senkte sich auf mich herab, wieder und wieder. Dave schloss das Grab, und mein Körper verschwand unter dem Meeresboden, genau wie der verfluchte Speer in mir.

Für immer.

Nur ich verschwand nicht.

Meine Gedanken verschwanden nicht.

Dumpf brütete ich dahin, brütete der Dämon in mir dahin.

Epilog

Heute

Sally badete sich in den bewundernden Blicken, die die männlichen Teilnehmer dieser Tagestour ihr zuwarfen. »Wenn es niemanden stört, werde ich mich rasch hier umziehen«, rief sie, schlüpfte aus ihrem winzigen Bikini und bückte sich genüsslich, um den Taucheranzug aufzuheben.

Später sprangen sie zu viert ins Wasser und sanken langsam nach unten. Sally atmete ruhig und genoss die zunehmende Dunkelheit und Stille. Sie liebte das Tauchen. Mit raschen Beinbewegungen entfernte sie sich von der Gruppe.

Fische zogen an ihr vorbei, und bald erreichte sie den Meeresboden. Mit den Augen der geschulten Botanikerin untersuchte sie im Licht der kleinen Lampe die Pflanzen, die sich dort ihren Lebensraum geschaffen hatten.

Doch was war das? Dort ragte ein hölzerner Schaft aus dem Meeresgrund. Seltsam.

Neugierig, wie Sally nun einmal veranlagt war, schwamm sie los. Ein Stab, etwa einen knappen Meter lang, verschwand im Boden. Wie er wohl dorthin gekommen sein mochte? Sie umfasste ihn und spannte ihre Muskeln an, um ihn herauszuziehen.

ZWEITER ZWISCHENRUF

Keine Angst, da ich die allgemeinen Dinge schon erzählt habe, werden die Zwischenrufe ab sofort etwas kürzer. Ich komme nur immer wieder gerne ins Plappern – auch, wenn mir bei Lesungen Fragen gestellt werden.

Das ist übrigens eine Beschäftigung, die inzwischen einen gewissen Teil meiner (Arbeits-)Zeit einnimmt: Lesungen halten. Ich habe gerade mal einen Blick auf meine aktuelle Liste geworfen: 53 Lesungen in diesem Jahr, meistens für die »drei ???«, und da wiederum sind meistens viele Kinder im Publikum, die mich mit den unwahrscheinlichsten Fragen bombardieren. *Ist Ihre Frau auch so berühmt wie Sie?* Oder: *Ich habe eine Katze.* (Wer das nicht für eine Frage hält, weiß nicht, was Kindern bei Lesungen so durch den Kopf geht.) Oder: *Das haben Sie doch dort-und-dort abgeschrieben, oder?* Manchmal auch, mit Blick auf meine Autogrammkarte: *Sind Sie das?*

Wer mich von früher kennt, hätte es nie für möglich gehalten, dass es mir sogar Spaß macht, mich vor Publikum zu setzen, zu lesen und dann zu plaudern bzw. mich den inquisitorischen Fragen zu stellen. Und dabei auch noch Geld zu verdienen. Noch während meines Studiums (der Deutschen Philologie, der Allgemeinen und Vergleichenden Literaturwissenschaft und der Buchwissenschaft, wenn's beliebt) war es der reinste Horror für mich, vor anderen zu reden. So ändern sich die Dinge. Mittlerweile entspannen mich Lesungen völlig, habe ich doch schon alles hinter mir: Lesungen in Schulen, Bibliotheken, Reisebussen, Hallenbadbecken (leergepumpt), im Freien, vor Verlagsmitarbeitern, in überfüllten Buchmessehallen …

Sehen Sie? Ich komme manchmal ins Plappern.

Sagte ich doch!

Aber noch ein paar Worte zu der Geschichte, die Sie gerade gelesen haben.

»Wege der Unsterblichkeit« gab dieser Sammlung den Titel. Warum? Na, irgendwie muss sie doch heißen! Und der gefällt mir irgendwie, ich habe ihn für diese Sammlung auch nicht verändert.

Der Erstdruck erfolgte in Schattenreich, Heft 18, ebenfalls im Jahr 2005. Geschrieben habe ich es wohl im Februar 2005. Ich genoss damals die Form des Kurzromans, um den Plot ein wenig … fieser zu gestalten, als das im Heftroman sonst üblich oder möglich war. Das zeigte sich ja auch schon in der »Kreisläufe«-Geschichte recht deutlich.

Später kam die Geschichte noch einmal, in einem Hardcover der »Vampir«-Serie des Zaubermond-Verlags, dem zehnten nämlich, das den Titel »Dunkles Alphabet« trägt (nach einer Geschichte des verstorbenen Kollegen Volker Krämer). Dort habe ich als Herausgeber einige der ehemaligen Schattenreich-Geschichten gesammelt und neu herausgebracht. Unverschämterweise stammen gleich zwei dieser Storys von mir.

Wenn ich mir diesen Weg zur Unsterblichkeit anschaue, so beginnt es mittendrin. In der Story – und im Meer. Ein bisschen Chaos, ein paar Leichen, das mochte ich damals schon, wie's aussieht.

Unsterblichkeit ist ein Thema, das mir ohnehin gefällt. Muss wohl auch so sein, wenn man so viel für PERRY RHODAN schreibt.

Eine Leiche auf Abwegen

1.

Ich bin entsetzt, als ich die Nachricht erhalte. »Ich … ich danke Ihnen«, hauche ich tonlos. Es sind die sinnlosesten Worte, die ich jemals gesprochen habe: eine hohle Formel, völlig leer. Ich starre den Polizisten an, dem es sichtlich Unbehagen bereitet, vor mir zu stehen. »Gehen Sie«, sage ich zu ihm.

Er nickt kurz. »Sie können die genauen Umstände jederzeit erfragen.«

Dann bin ich allein. Selten zuvor war ich mir dieser Tatsache so sehr bewusst. Jetzt, da mein Bruder gestorben ist, habe ich niemanden mehr. Die Minuten zerrinnen zäh, und immer wieder gehe ich in Gedanken das kurze Gespräch durch.

»Es war ein Unfall«, hat der Polizist gesagt und sich alle Mühe gegeben, trauernd auszusehen. *»Der Schuldige ist ebenfalls gestorben.«* Als ob mir das die Trauer erleichtern würde!

Mehrmals klingelt das Telefon, doch ich hebe nicht ab. Der Anrufbeantworter springt an. Ich ignoriere es, höre nicht die Worte, die irgendjemand darauf spricht. Mein Kopf ist voll von Erinnerungen. Ich habe in den letzten Tagen und Wochen selten an meinen Bruder gedacht, doch jetzt ist es, als gäbe es nur noch den Gedanken an ihn.

Tausendmal drücke ich die Fernbedienung, tausendmal wechselt das Fernsehprogramm. Nichts kann mein Interesse wecken. Weder die neueste tagesaktuelle Katastrophe, noch irgendwelche inszenierten Explosionen, und schon gar nicht die Verrenkungen von irgendwelchen nackten Körpern zu fortgeschrittener Nachtstunde.

Mein Schlaf ist bleiern, Alpträume quälen mich und lassen mich immer wieder hochschrecken. Als es endlich hell wird, fühle ich mich wie gerädert. Es ist Montagmorgen. Im ersten Moment überlege ich, mich krank zu melden, doch dann entscheide ich mich anders.

Was bringt es schon, auch noch den ganzen Tag in der Wohnung vor mich hinzubrüten? Das Gespräch mit den Kollegen wird mich wenigstens ablenken.

Sie sehen mir sofort an, dass etwas mit mir nicht stimmt. »Mein Bruder ist gestern gestorben«, erkläre ich ihnen, und sie zeigen angemessene Bestürzung.

»Ist er … hat er … ich will sagen … also, war er krank?«, stottert Sonja, meine direkte Vorgesetzte, die schon mehrfach versucht hat, mich in ihr Bett zu holen. Wenn ich nicht jeden Tag mit ihr in einer Etage hätte arbeiten müssen, wäre ich ihr mit Freude dorthin gefolgt, doch eine Beziehung am Arbeitsplatz kommt für mich nicht in Frage.

»Es war ein Unfall.« Ich muss die Augen zusammenpressen, um keine Tränen zu zeigen. Sonja ist aufmerksam genug, das Zimmer zu verlassen.

Später kommen auch die anderen Kollegen herein, schütteln mir die Hand und wünschen mir Beileid. *Herzliches* Beileid!

Nach der Mittagspause betritt Sonja erneut mein Büro und setzt sich neben mich. Sie ist verlegen, und ihre Hand rutscht nervös auf der Tischplatte auf und ab. Einmal nähert sie sich mir, doch Sonja zieht sie rasch wieder zurück. Sie ist unschlüssig, was sie tun soll.

Ich beschließe, dass sie mir nähersteht als sonst irgendjemand. Also ergreife ich ihre Hand und halte sie. Niemand von uns spricht ein Wort.

Dann bricht sie das Schweigen. »Hast du ihn schon gesehen?«

Die Frage erstaunt mich, denn ich habe bislang keinen Gedanken daran verschwendet. »Ich weiß nicht einmal, wo seine …« Ich atme tief durch. »Wo die Leiche aufbewahrt wird.«

Sie deutet mit der freien Hand auf den Schreibtisch. »Hier ist das Telefon. Finde es heraus, nimm dir den Nachmittag frei und fahre dorthin.« Sie steht auf, denkt einen Moment nach und küsst mich dann flüchtig auf die Wange.

Zehn Minuten später sitze ich im Auto, und eine Stunde danach parke ich vor dem Krankenhaus. Ich habe mich telefonisch angemeldet. Man erwartet mich bereits und führt mich in den Keller. »Es ist gut, dass Sie gekommen sind«, versichert mir die Ärztin, die mich in Empfang genommen hat. »Vielen hilft es, den Toten noch einmal zu sehen.«

Ich fülle einen Zettel aus, die Ärztin übergibt mich in die Obhut eines Pathologen. »Ich habe Ihren Bruder bereits gestern bearbeitet«, sagt dieser.

»Bearbeitet?«, frage ich skeptisch zurück.

»Verzeihen Sie den etwas derben Ausdruck, aber mit der Zeit verliert man die Pietät, wenn man tagtäglich mit Leichen zu tun hat, wissen Sie?«

Er ist das glatte Gegenteil der Ärztin, die ich zuvor kennen lernte, ein ungehobelter Klotz. Er öffnet ein Fach, stutzt und schließt es wieder. Hastig eilt er zu seinem Schreibtisch, sieht in eine Liste und stößt einen Fluch aus. »Bitte warten Sie kurz draußen«, sagt er.

Ich ahne, dass irgendetwas schiefgegangen sein muss, frage aber nicht nach. Erst eine Stunde später erfahre ich, was geschehen ist.

Die Leiche meines Bruders ist verschwunden.

»Etwas Derartiges ist hier noch nie vorgekommen«, versichert der Leiter des Krankenhauses. Man hat sich alle Mühe gegeben, mir zu versichern, dass alles nur irgendwie Mögliche getan wird, diesen schrecklichen Fall aufzuklären.

Fall! Als sei ich plötzlich in einen Kriminalroman hineinversetzt, vielleicht in eines der Heftchen mit diesem unermüdlichen, ewig jungen FBI-Agenten, die ich früher immer gelesen habe. Wie heißt er doch gleich? Perry

Irgendwas. Ach nein, Jerry. Perry war der andere, der mit dem Weltraum.

Jedenfalls komme ich mir tatsächlich vor wie in einem Roman, denn nicht nur der Krankenhausleiter sitzt mir gegenüber, sondern auch ein Polizist. Er hat sich mir vorgestellt, aber ich bin zu abgelenkt gewesen, um mir seinen Rang oder auch nur den Namen einprägen zu können.

»Es ist durchaus möglich, dass nur eine bürokratische Verwechslung vorliegt«, beeilt sich der Oberboss des Krankenhauses zu sagen.

»Zwei Kollegen sichern alle Spuren«, meint der Polizist und nickt mir zu. Mühlhaus – so heißt er. Oder zumindest so ähnlich. Er blickt mich aus zusammengekniffenen Augen an und hat eine bräunliche Gesichtsfarbe; er erinnert mich an eine Maus. Mühlhaus, die Wühlmaus. Wie passend.

»Haben Sie mir zugehört?«, fragt die Wühlmaus in diesem Moment.

»Ich war in Gedanken, verzeihen Sie.« Tatsächlich kann ich mich kaum konzentrieren. Ich verfolge konzentriert alle Gedanken, die mir in den Sinn kommen, ohne es verhindern zu können. Alles ist gut genug, um mich von der Tatsache abzulenken, dass jemand die Leiche meines Bruders gestohlen hat. An eine *bürokratische Verwechslung* glaube ich nicht.

»Schon in Ordnung«, meint der Krankenhauschef. »Wenn Sie möchten, bestelle ich Ihnen ein Taxi, falls Kommissar Mühlhaus keine Fragen mehr an Sie hat. Selbstverständlich übernimmt das Krankenhaus alle Kosten.«

»Wir informieren Sie, was die Spurensicherung ergibt.« Die Wühlmaus drückt mir die Hand und wechselt einen raschen Blick mit dem Krankenhausleiter. »Wir bitten Sie beide darum, nicht über den Vorfall zu reden, bis wir ihn geklärt haben.«

Ich nicke, und alle wirken beruhigt. Vor allem der Chef des Krankenhauses. Das kann ich mir gut vorstellen. Welches Licht wirft es schließlich auf ein Krankenhaus, wenn dort Leichen verschwinden?

Am nächsten Tag ruft die Wühlmaus bei mir an. »Es gibt keine Spuren. Niemand hat die Leichenhalle betreten, und nirgends finden sich Fingerabdrücke oder sonstige Hinweise. Ich fürchte, wir werden das Rätsel nicht so einfach lösen können.«

Kurz darauf klingelt es erneut. Ein Vertreter des Krankenhauses redet auf mich ein, und als ich seine ewigen Beteuerungen nicht mehr hören kann, versichere ich ihm, die Presse nicht einzuschalten. Vielleicht werde ich es doch tun, aber mir geht sein Gerede auf die Nerven.

Abends liege ich lange wach und denke nach. Auf dem Korridor, von dem die Tür zur Leichenhalle abzweigt, ist eine Kamera angebracht, und diese hat die ganze Nacht lückenlos aufgezeichnet. Niemand hat die Leichenhalle in dem Zeitraum, in dem die Leiche meines Bruders verschwunden ist, betreten. Mitten in der Nacht ist die Tür aufgeschwungen, doch niemand war da, der sie geöffnet hat. Die Wühlmaus hat mir versichert, dass das Band von Spezialisten untersucht wurde. Es ist nicht gefälscht oder manipuliert.

Sagt er.

Aber natürlich muss es das sein. Was könnte sonst die Bilder erklären?

Der grantige Pathologe hat die Tür morgens offen vorgefunden, wie er sich während einer Befragung erinnerte. »Verdammte Schlamperei«, war sein wörtlicher Kommentar.

Also muss es ein Zufall gewesen sein, dass die Tür sich geöffnet hat. Sie war wohl nicht richtig ins Schloss gefallen, hat die Wühlmaus geschlussfolgert.

Schwachsinn, wenn man mich fragt.

Als ich endlich schlafe, träume ich von Leichen, die sich in Luft auflösen, von Türen, die sich von selbst öffnen und von Unsichtbaren, die Tote fressen ...

Ich wache immer wieder auf, und schließlich schlucke ich zwei Schlaftabletten. Ich liege danach wie bleiern im Bett, doch die Träume werden nicht angenehmer. Im Gegenteil. Ich sehe Tote, die sich als Zombies erheben und unentdeckt von Überwachungskameras aus Leichenhallen wanken. Es ist wie in einem Gruselfilm – immer näher zoomt die Kamera an den stinkenden Leichnam heran, bis ich sein Gesicht erkenne. Es ist mein Eigenes, von Würmern zerfressen. Dann verschwimmen die Gesichtszüge, und mein toter Bruder starrt mich an.

Als ich endlich wieder wach bin, quäle ich mich aus dem Bett, und ich hasse es, alleine zu sein. Ein Blick auf den Radiowecker zeigt mir, dass es noch mitten in der Nacht ist. Dennoch greife ich mein Telefon und rufe Sonja an. Ich muss es lange klingeln lassen, aber schließlich hebt sie ab. Verschlafen nennt sie ihren Namen.

»Ich bin es«, sage ich.

»Wie geht es dir?«, fragt sie besorgt, und in ihrer Stimme liegt kein Ärger über die nächtliche Störung.

Seit ich gestern das Büro verlassen habe, habe ich nicht mehr mit ihr geredet. Sie weiß noch nicht, was geschehen ist. »Die Leiche meines Bruders ist verschwunden«, teile ich ihr mit.

Weder stellt sie Rückfragen, noch zeigt sie Verwunderung. »Du weißt, wo ich wohne«, sagt sie zu meiner Überraschung. »Komm zu mir und erzähl mir alles.«

Fünf Minuten später vertreiben eiskalte Wasserstrahlen die schlimmsten Wirkungen der beiden Schlaftabletten. Ich sehe im Spiegel dunkle Ringe unter meinen Augen, als ich mir die Zähne putze.

Dann nimmt mir die eiskalte Nachtluft die letzten Reste der Müdigkeit, und bald fahre ich durch die leeren Straßen zu Sonja. Ihre ganze Wohnung ist erleuchtet, sie trägt Jeans und einen grauen Pullover. »Was heißt das, die Leiche ist verschwunden?«, fragt sie mich direkt, als wir uns am Tisch gegenübersitzen.

»Der Pathologe hat ihn abends untersucht und den Raum verlassen. Als er morgens zurückkam, war die Leiche meines Bruders nicht mehr da.«

»Wer stiehlt Leichen?«

»Niemand«, antworte ich und erzähle die Geschichte der Videokamera. »Es gibt also keinen Zweifel, dass niemand dort war.«

Sonja schweigt und deutet auf einige Getränke, die sie auf dem Tisch ausgebreitet hat.

Ich bediene mich an einer Bierflasche, doch ich bekomme kaum einen Schluck hinunter. Irgendwann lande ich auf der Couch, und diesmal träume ich nicht. Doch der Rest der Nacht ist kurz, und als morgens Sonja ihr Schlafzimmer wieder verlässt, den Schlaf noch in den Augen, die Haare zerwühlt, klingelt mein Handy.

Es ist die Wühlmaus, und sie hat schlechte Nachrichten.

In der Nacht sind zwei weitere Leichen verschwunden.

Sonja nickt, und deshalb sage ich zu dem Polizisten, dass er mich bei ihr finden kann. Er verspricht, in etwa einer halben Stunde hier zu sein, um mir einige Fragen zu stellen.

Sonja belegt das Bad nur für zehn Minuten. »Ich mache uns etwas zu essen«, sagt sie dann. Sie sieht frisch und ausgeruht aus. Mit einem eigenartigen Gefühl schlüpfe ich im Bad aus dem Pyjama, den sie mir gestern gegeben hat. Irgendwie fühlt es sich *richtiger* an, als ich wieder meine eigenen Kleider trage. Ich spritze mir ein wenig Wasser ins Gesicht und gurgele mit einer Mundspülung. Eine Rasur muss ich mir sparen, und deshalb sehe ich genauso aus, wie ich mich fühle.

Soll die Wühlmaus doch denken, was sie will. Mir ist es gleichgültig.

Hastig schlingen wir einige Toasts hinunter und schweigen uns an. Ihr ist die Situation offenbar genauso unangenehm wie mir. Plötzlich muss ich grinsen und verschütte fast meinen Kaffee.

Sie lacht auf, als habe sie es bisher nur mühsam zurückgehalten. »Wie ein Frühstück nach dem One-Night-Stand«, sagt sie, um kurz danach hinzuzufügen: »Nicht, dass ich damit sonderlich viel Erfahrung habe.«

Mir wird bei den Worten ein wenig mulmig zumute. »Ist nicht meine Sache«, wiegele ich ab. »Hab nicht mal ein Kondom im Geldbeutel.«

Sie lächelt schief. »Unter anderen Umständen …«, sagt sie leise, wird aber vom Klingeln unterbrochen. Sie steht auf und geht zur Tür.

»Mühlhaus«, höre ich die Stimme des Kommissars. »Ist Herr …«

»Sie sind richtig«, rufe ich, und Sonja führt ihn herein.

Der Polizist wirft einen fragenden Blick auf Sonja.

»Sie kann alles hören, was Sie zu sagen haben«, meine ich.

Er setzt sich, ohne dazu aufgefordert worden zu sein, und Sonja stellt eine Tasse vor ihm ab. Milch lehnt er ab, lässt drei Löffel Zucker in der schwarzen Flüssigkeit verschwinden und stürzt den Kaffee in atemberaubender Geschwindigkeit in sich hinein. »Macht wach«, kommentiert er beiläufig, bevor er zur Sache kommt. »Ich habe Ihnen bereits am Telefon gesagt, dass zwei weitere Leichen aus dem Krankenhaus verschwunden sind.« Er kramt einen Zettel aus einer Tasche und wirft einen Blick darauf. »Sagen Ihnen diese Namen etwas?« Er schiebt das Papier zu mir.

Ich denke nach. »Ich kenne sie nicht. Handelt es sich um die … Verschwundenen?«

Er antwortet mit einem Nicken. »Sind Sie sich sicher, dass Sie diese Namen noch nie gehört haben?«

»Absolut. Ob mein Bruder sie kannte, kann ich natürlich nicht sagen.«

»Wer könnte das wissen?«

»Eigentlich niemand. Er war eher ein Einzelgänger.«

»Ich vermute sowieso, dass es keine Verbindung zwischen den Toten gibt. Die einzige Gemeinsamkeit ist wohl, dass sie in den letzten Tagen gestorben sind.«

»Sind es ebenfalls Unfallopfer?«, mischte sich Sonja ein.

»Nummer Eins auf der Liste starb an einem Krebsleiden. Die Frau hingegen war fünfundneunzig Jahre alt und starb an Altersschwäche.«

»Stellt sich die Frage, warum ausgerechnet diese Leichen gestohlen wurden.« Ich nippe ebenfalls an einem Kaffee, aber er ist mir zu heiß.

»Zufall«, meint der Kommissar. »Sie waren eben gerade da, und deshalb …«

»Unsinn!«, unterbreche ich unwirsch. »Können Sie mir einen einzigen vernünftigen Grund nennen, warum jemand Leichen stehlen sollte? Das ist doch völliger Mist! Sind wir denn im Mittelalter oder was?«

»Mit Mittelalter hat das nichts zu tun.« Er schürzt unbewusst die Lippen, und der Anblick bringt mich innerlich zum Lachen. Mehr denn je erinnert er mich an eine Wühlmaus. Vielleicht sollte ich ihn wieder so nennen. »Leichenraub gab es immer und zu allen Zeiten. Heute gibt es viele Gründe, warum …« Er bricht ab und schüttelt den Kopf.

»Nun rücken Sie schon raus mit der Sprache!«

»Das einzige, das mir einfällt, ist Organhandel«, sagt Sonja leise, und mich durchzuckt ein mehr als unangenehmes Gefühl. Wurde mein Bruder ausgeschlachtet wie ein Stück Vieh? Der Magen dreht sich mir um bei diesem Gedanken.

Doch die Wühlmaus schüttelt den Kopf. »Ich kenne mich auf dem Gebiet nicht wirklich aus, das muss ich zugeben, aber mir ist kein einziger Fall bekannt, in dem Leichen geraubt wurden, um ihnen Organe zu entnehmen. Ich vermute mal, wenn der Tod eintritt, müssten die Organe sofort entnommen werden.« Er schenkt sich Kaffee nach, und mir schmerzt fast selbst der Mund, als er die Brühe kochend heiß hinunterschluckt. Mir ist der Appetit ohnehin gründlich vergangen. Die Wühlmaus muss einen mehr als nur robusten Magen haben. Vielleicht bringt sein Beruf das mit sich.

»Welche Gründe kann es sonst geben?«

Die Wühlmaus klopft auf den Tisch und steht auf. »Reden wir nicht lange drüber.«

»So lasse ich Sie nicht gehen! Sie können hier keine düsteren Andeutungen in den Raum werfen und dann den Mund halten!« Ich bin nahe daran, den Kommissar an den Schultern zu packen und durchzurütteln.

»Es gibt verschiedene … Gruppen, die Leichen für ihre Rituale benötigen.«

Der Satz der Wühlmaus fährt in meinem Kopf Karussell. »Dämonenanbeter, oder was?«, spotte ich.

»So unwahrscheinlich, wie Sie denken, ist das nicht.« Die Wühlmaus tippt sich an ihre imaginäre Hutkrempe. »Aber ich vermute eher, dass es sich um einen Fake handelt.«

»Ein – Fake?« Sonja sieht uns fragend an.

»Ein Spaß, auch wenn ich dem keinerlei Humor abgewinnen kann. Von ein paar Spinnern inszeniert, die nichts Besseres zu tun haben, als Dummheiten zu machen und der Polizei auf den Keks zu gehen.«

»Und das Videoband?«, frage ich. »Halten Sie es für wahrscheinlich, dass einige durchgeknallte Jugendliche einen Weg gefunden haben, quasi unsichtbar in die Leichenhalle einzudringen? Ich nehme doch an, dass es wieder genauso abgelaufen ist?«

»In der Tat. Keine Spuren, keine Fingerabdrücke, Türen, die von alleine aufschwingen … Ich weiß momentan gar nichts«, gesteht die Wühlmaus. »Wir hoffen, dass die Täter heute Nacht wieder zuschlagen werden. Ich habe zwei Polizisten abgestellt, die das Krankenhaus observieren.«

2.

Die Worte des Kommissars gehen mir nicht mehr aus dem Kopf. Bin ich tatsächlich in den Dunstkreis irgendwelcher Verrückter geraten, die den Teufel anbeten und Leichen stehlen? Ich habe immer geglaubt, so etwas gibt es nur im Film.

Ich verabschiede mich von Sonja, die ins Büro fährt und meine Krankmeldung gleich mitnimmt – insofern hat eine Beziehung am Arbeitsplatz doch Vorteile. Vielleicht lohnt es sich, darüber nachzudenken, wenn diese ganze Geschichte ausgestanden ist.

Es erstaunt mich selbst, dass wir uns an der Ausgangstür flüchtig küssen, doch es ist ein gutes Gefühl.

Ich fahre auf direktem Weg nach Hause und lasse sofort den Computer hochfahren. *Leichenraub* bringt als Stichwort ein paar Hundert Ergebnisse, die ich überfliege. Offenbar ist nichts Brauchbares dabei. Also kombiniere ich *Leichenraub* mit *Organhandel*. Kein einziges Ergebnis. Auch wenn diese Methode zu kurz greift, scheint die Wühlmaus mit ihren Vermutungen recht zu haben.

Ich streiche *Leichenraub* und lasse nur nach *Organhandel* suchen. Etliche tausend Ergebnisse sind die Folge. Was ich lese, verursacht mir Übelkeit: in Armutsgebieten verkaufen Menschen ihre eigenen Körperteile, um nicht zu verhungern.

Ansonsten gibt es medizinische Details über künstliche Nieren und solche Dinge – mir vergeht die Lust, denn ich glaube nicht, dass es für den *Fall* meines verschwundenen Bruders irgendeine Rolle spielt.

Meine Finger zögern, doch dann geben sie *Schwarze Messe* ein. Aber ich will das Ergebnis gar nicht sehen, denn lieber verschließe ich die Augen vor der Realität, als dass ich die Möglichkeit in Betracht ziehe, die sterblichen Überreste meines Bruders seien in den Händen von Verrückten, die irgendwelche kultischen Handlungen mit ihnen vollziehen.

Also sehe ich mir die Ergebnisliste nicht an, sondern schließe den Browser und fahre den Computer herunter.

Ich werfe mir wieder die Jacke über und verlasse das Haus, einfach nur, um irgendetwas zu tun. Schon bald bemerke ich, dass ich automatisch in Richtung meiner Arbeitsstelle gegangen bin.

Sonja geht mir im Kopf herum, und vor allem der Moment, als sie vorhin aus dem Schlafzimmer kam. Ist das wirklich erst knapp zwei Stunden her? Unglaublich. Ich ziehe mein Handy aus der Tasche. Es scheint mir eine gute Idee zu sein, sie anzurufen und sie zu fragen, ob sie nach Arbeitsschluss Zeit hat.

Ein Date, ganz normal, als ob sonst nichts Ungewöhnliches vorgefallen sei, als ob in meinen Gedanken nicht eine kleine Stimme immer lauter rufen würde, dass es hier nicht mit rechten Dingen zugehen kann.

Türen öffnen sich nicht von alleine, sagt diese Stimme.

Doch schlimmer als alles andere ist das Bild, das in mir entsteht und sich von innen in die Netzhäute einbrennen will: die Leiche meines Bruders, die sich von selbst erhebt und entgegen jedem Naturgesetz mit schwankenden Schritten den Raum durchquert. Seine Augen blicken tot, und doch scheinen sie alles wahrnehmen zu können.

Denn Türen öffnen sich nicht von alleine.

So?, schreit mein Verstand gegen meine innere Stimme an. *Das erklärt gar nichts, denn auch die Leiche müsste auf dem Videoband zu sehen sein!*

Ein einziger Gedanke hämmert hinter meiner Stirn, als ich diesen Einwand bringe. Immer und immer wieder: ZOMBIES LASSEN SICH NICHT AUF FILME BANNEN.

Wie komme ich auf diese völlig verrückte Idee? Werde ich wahnsinnig? Ist alles zu viel für mich?

VAMPIRE HABEN KEIN SPIEGELBILD, UND ZOMBIES LASSEN SICH NICHT AUF FILME BANNEN.

Ist das der Gedanke eines Verrückten? Er hat doch eine gewisse innere Logik!

Eine krankhafte Logik, sagt die böse Stimme in mir.

Und die Fingerabdrücke? Wieso gibt es keine Fingerabdrücke, wenn es so gewesen sein soll?

Zombies lassen sich nicht auf Filme bannen, und sie hinterlassen keine Spuren, denn sie sind tot.

Ich presse die Hände gegen die Schläfen, und ich glaube, dass mein Verstand in mir zerrinnt. Immer noch halte ich das Handy in der Hand, doch ich lasse es wieder in meiner Tasche verschwinden.

Ich stehe direkt neben dem Eingang einer Kneipe. Es ist immer noch Vormittag, doch sie hat geöffnet. Ich gehe hinein, düsteres Zwielicht herrscht, und bald sitze ich in einer Ecke des Raumes. Es hat mich ein wenig Überredungskunst gekostet, doch vor mir steht eine Flasche Whiskey. Ich habe ihn viel zu teuer bezahlt, doch das spielt keine Rolle. Der Wirt hat auf Vorauskasse bestanden.

Nur ein weiterer Gast befindet sich in dem Schankraum, ein alter, zerlumpt aussehender Mann. Bald torkelt er zu mir an den Tisch. Eine gewaltige Alkoholfahne strömt mir aus seinem Mund entgegen.

»Haste was für 'nen alten Kerl wie mich übrig?«

Ich schließe kurz die Augen. Scheiße, bin ich denn genauso heruntergekommen wie dieser Bettler? Wortlos schiebe ich ihm die noch fast volle Flasche über den Tisch.

Er grinst und entblößt dabei einige Zahnlücken. In seinen Augen funkelt Misstrauen. »Was soll ich dafür mach'n?«

Ich antworte ihm nicht und verlasse beinahe fluchtartig die Kneipe.

Als ich an die kalte, sauerstoffreiche Luft im Freien komme, wird mir schwindelig. Ich trinke sonst nie Alkohol, und es ist, als schlage mir jemand mit einem Hammer gegen die Stirn.

Jetzt merke ich auch, dass ich in der Nacht kaum geschlafen habe. Kurz danach bin ich wieder in meiner Wohnung, der Computer starrt mich höhnisch an – »Trau dich doch«, schreit er mir entgegen – aber ich ignoriere ihn.

Ich krieche unter die Bettdecke und schlafe ein.

Nur ein einziger Umschlag steckt im Briefkasten. Mein Name steht in roten, krakeligen Lettern darauf. Nur mein Name, sonst nichts. Keine Adresse, keine Briefmarke.

Ich reiße ihn auf, und ein eigenartig süßlicher Geruch steigt daraus empor.

Als ich das zusammengefaltete Blatt aufklappe, starre ich auf die Buchstaben und weiß, dass sie mit Blut geschrieben sind, mit stinkendem, verkrustetem, an den Rändern zerfasertem Blut.

ZOMBIES LASSEN SICH NICHT AUF FILME BANNEN.

Schreiend wache ich auf.

Irgendwie überstehe ich den Nachmittag, den Abend und die Nacht, ohne Sonja anzurufen. Sie hat auf meinem Handy angerufen und auf den Anrufbeantworter gesprochen, doch ich habe es ignoriert.

Ich will sie nicht damit konfrontieren, dass ich verrückt werde.

Du bist überreizt, sonst nichts. Dein Bruder wurde Opfer eines Leichenraubs. Das würde jeden ein wenig aus der Bahn werfen.

Wieder klingelt das Handy, und diesmal gehe ich ran. Es tut gut, ihre Stimme zu hören. »Wie geht es dir?«, fragt sie, und es ist mehr als die übliche Höflichkeitsfloskel.

»Ich … ich habe eine Idee, wie das Verschwinden der Leiche zustande gekommen sein könnte«, antworte ich.

»Raus damit!«, fordert sie.

»Ich muss erst noch darüber nachdenken. Es ist – ungewöhnlich.«

»Sag es mir, und ich helfe dir beim Nachdenken.«

»Heute Abend, ich verspreche es dir. Ich möchte erst noch ein wenig recherchieren.«

»Überlass das lieber Kommissar Mühlhaus«, meint Sonja. »Der wird dafür bezahlt.«

»Vielleicht rede ich mit ihm über meine Idee.«

Sie schweigt, und ich frage mich, ob sie pikiert ist. Das Recht dazu hätte sie. »Versteh mich nicht falsch, ich möchte von ihm einfach ein paar Informationen einholen und sehen, ob sie in meine Theorie hineinpassen.« Theorie? Zombics, die aus Leichenhallen herausspazieren, kann man wohl kaum als *Theorie* bezeichnen. Jeder Ermittler, inklusive der Wühlmaus, würde mich dafür von Herzen auslachen.

»Sehen wir uns heute Abend?«, lenkt sie vom Thema ab.

»Ich komme zu dir«, antworte ich mit einer Selbstverständlichkeit, die mich selbst verwundert.

»Ich bin nach der Arbeit zuhause.«

»Ich freue mich darauf, dich zu sehen.« Die Worte rutschen mir über die Lippen, ohne dass ich darüber nachdenke.

»Ich mich auch«, sagt sie und unterbricht die Verbindung. Eine Sekunde später klingelt es erneut, und sie ergänzt lachend: »Ich freue mich, dich zu sehen, meine ich«, sagt sie. »Mich selbst sehe ich ja ständig.«

Damit bringt sie mich zum Lachen, und das tut unendlich gut.

Ein wenig später mache ich mich auf den Weg ins Krankenhaus. Zielstrebig schlage ich den Weg zum Leichenraum an, doch schon bald verstellt man mir den Weg. »Wo wollen Sie hin?«, fragt ein grünbekittelter Pfleger.

Ich sage es ihm in aller Naivität.

»Das geht nicht so einfach. Der Zutritt ist natürlich verboten, das müssen Sie doch verstehen.«

Ich senke verschwörerisch meine Stimme. »Sie können ja nicht wissen, wer ich bin. Ich bin der Bruder dessen, der hier als Erster *verschwunden* ist.«

Er sieht mich an und rümpft leicht die Nase. »Das ist etwas anderes. Aber ich kann Sie trotzdem nicht einfach so nach unten lassen. Erst recht nicht nach dem, was heute Nacht geschehen ist.«

»Sind wieder Leichen verschwunden?«, frage ich rasch. Ich hatte an diese Möglichkeit noch gar nicht gedacht.

»Nicht nur das!«, rutscht es dem Pfleger heraus, bevor er die Augen zusammenpresst. »Ich darf nicht darüber reden. Ich … ich bringe Sie zum Chef.« Er dreht sich um und ruft mir zu: »Kommen Sie mit mir.«

»Was soll das heißen, nicht nur das?« Ich überhole ihn und bleibe demonstrativ stehen.

»Der Chef soll Ihnen alles erzählen.«

»Oder ich«, unterbricht uns in diesem Moment eine Stimme. Es ist die Wühlmaus. »Ich sehe, Sie haben den Weg hierher auch gefunden«, sagt er mit leichter Ironie zu mir.

»Was ist hier los?«

Die Wühlmaus schickt den Pfleger mit einer raschen Handbewegung weg. »Gehen Sie wieder an die Arbeit.« Dann wendet er sich mir zu. »Kommen Sie mit. Ich habe einen Raum zur Verfügung, in dem wir ungestört sind.«

Dort angekommen, lassen wir uns in breite Ledersessel fallen. »Sehr nobel«, kommentiere ich.

»Ja, das erwartet man hier gar nicht«, sagt die Wühlmaus beiläufig. »Sie verzeihen?«, fragt er und kramt ein in Zellophan gehülltes Brötchen aus seiner Tasche. »Ich bin noch nicht zum Frühstücken gekommen.«

Ich muss unwillkürlich grinsen, als ich sehe, dass die Mahlzeit der Wühlmaus dick mit Käse belegt ist. Wie passend ... »Tun Sie sich keinen Zwang an«, meine ich.

Er beißt zu und erklärt mir mit halb vollem Mund, was vorgefallen ist. »Wie Sie wohl vermuten, ist in der Nacht wieder eine Leiche verschwunden.«

»Ich dachte, Sie wollten Männer abstellen, um das Krankenhaus zu observieren? Konnten die denn nicht fündig werden?«

Er seufzt. »Schön wär's. Ich habe drei Beamte hier postiert. Alle sind niedergeschlagen worden, und alle haben nichts, aber auch rein gar nichts, beobachten können.«

Vielleicht kam die Gefahr ja aus einer Richtung, aus der sie überhaupt nicht damit rechneten, denke ich. *Wenn sie auf Leichenräuber warten, warteten sie ganz gewiss nicht darauf, dass etwas aus dem Leichenraum* heraus *kommt ...*

»Und die Videokamera zeigt wieder nur das verflixte Bild, wie die Tür aufschwingt und niemand in den Raum hineingeht!«

Weil niemand hineingegangen ist ... es ist nur jemand herausgekommen, doch der LIESS SICH NICHT AUF FILME BANNEN. Verdammter Mist! »Wie geht es Ihren Männern?«

»Sie haben ordentliche Beulen davongetragen, doch es ist nichts Ernsthaftes. Wer immer sich hier als radikaler Leichenfledderer betätigt, geht wenigstens relativ sanft vor.« Wieder beißt er ein großes Stück des Brötchens ab und kaut hastig. »Meine Leute könnten tot sein, wenn es nicht so wäre.«

Ich bemerke, wie er die linke Hand zur Faust ballt. »Da hatten sie Glück«, kommentiere ich sarkastisch.

»Was erhoffen Sie sich davon, hierher zu kommen?«, fragt mich die Wühlmaus. »Ich verstehe ja, dass sie wissen wollen, was hier los ist, aber um eins klar zu stellen: die Arbeit mache ich. Sie können hier weder den Sherlock Holmes spielen, noch in Selbstjustiz die verdammten Kerle jagen. Habe ich mich klar ausgedrückt?«

»Das haben Sie«, sage ich. *Doch der Hobby-Holmes hat eine Idee, die Ihnen bestimmt noch nicht gekommen ist. Es liegt doch auf der Hand: die Leichen sind eigentlich Zombies, wissen Sie? Sie spazieren hier heraus, wenn niemand sie sieht, schlagen mal eben Ihre Männer nieder und … – Was? Was meinen Sie? Warum sie so sanft vorgehen? Ach, das ist ebenso, Zombies sind nun mal keine so blutrünstigen Kreaturen wie in den ganzen Filmen. Ach ja – die Filme sind ohnehin Unfug, denn man kann Zombies nicht filmen. Alles klar oder haben Sie noch irgendwelche Fragen?* So eine Scheiße!

»Also rate ich Ihnen: gehen Sie nach Hause, gehen Sie auf die Arbeit, vergessen Sie das Ganze, bis ich Ihnen sage, dass wir das Rätsel gelöst haben, und besuchen Sie Ihre Freundin. Wenn sie meine wäre, wüsste ich schon etwas Besseres zu tun als Detektiv zu spielen.« Der Rest des Brötchens verschwindet in seinem Mund.

»Sie haben recht«, sage ich, doch es ist eine Lüge. Ich weiß genau, dass ich heute Nacht wiederkommen werde, denn tausend auf die Tür zum Leichenraum gerichtete Kameras würden nicht so viel bringen wie meine beiden aufmerksamen Augen, die wissen, wonach sie zu suchen haben.

3.

Am Nachmittag gehe ich erstmals wieder auf die Arbeit. Es ist ein mehr als eigenartiges Gefühl, Sonja zu sehen. Als ich in ihr Büro komme, telefoniert sie und gibt gleichzeitig irgendwelche Daten in den Computer ein. Ein Lächeln huscht über ihr Gesicht, als sie mich wahrnimmt. Mein Blick bleibt länger an ihr haften, als jemals zuvor. Sie bemerkt es nicht, widmet sich wieder ihrem Gesprächspartner. »Geben Sie mir noch einmal die Adresse«, sagt sie, und ich gehe zurück an meinen eigenen Schreibtisch.

Etwa hundert Emails sind in den letzten Tagen aufgelaufen, und die meisten davon sind wichtig.

Was man ebenso wichtig nennt. Bestellungen, Anfragen, Reklamationen, Angebote …

Es lenkt ab, den Berg abzuarbeiten. *Lieber Herr XYZ,* dann die Tasten *Strg* und *V*. Noch ein kurzer Satz dazu, und schon ist wieder eine Nachricht abgehakt.

Als ich etwa die Hälfte erledigt habe, kommt mir ein Gedanke. Warum nicht einmal das Internet nach *Zombie* absuchen?

Die Treffermenge erschlägt mich, und ich werde bei der weiteren Recherche auf allerhand unsinnige Seiten geleitet und bekomme fürchterliche Bilder zu sehen.

Es klopft, und gleichzeitig öffnet sich die Tür. Ein rascher Klick schließt den Browser. »Sonja«, sage ich, freudig überrascht.

»Ich hatte nicht erwartet, dich heute noch hier zu sehen. Auf unser Treffen bei mir zu Hause habe ich mich allerdings gefreut.«

»Nicht nur du«, sage ich, und es entspricht der Wahrheit. Nach wie vor bin ich mir aber nicht schlüssig, ob ich Sonja in meine Überlegungen einweihen soll. Und ihr das offenbaren soll, was ich in der Nacht plane.

»Gibt es etwas Neues?«

Ich sehe mich unruhig um.

»Die Tür ist geschlossen. Niemand wird hören, was du mir sagst.«

Natürlich hat sie recht. »Es ist fast schon Routine«, sage ich sarkastisch. »Eine verschwundene Leiche, allerdings ergänzt durch drei niedergeschlagene Polizeibeamte.«

»Und vermutlich schon wieder eine Tür, die sich rein zufällig in der Nacht von alleine öffnet, weil sie abends nicht richtig geschlossen wurde?«

Ich ziehe den rechten Mundwinkel hoch.

»Was meint Kommissar Mühlhaus? Die Tür muss doch der Schlüssel zu allem sein. Irgendwie manipuliert irgendjemand die Videoaufnahme, und die Sache mit der Tür dient der Vertuschung.«

»Weißt du, die Wühlmaus hat sich aufgeregt, damit ich nicht …«

»Wühlmaus?«, unterbricht mich Sonja.

Habe ich es wirklich noch nie ausgesprochen, wenn sie dabei war? »Kommissar Mühlhaus war der Meinung, ich solle nicht als Privatschnüffler auftreten und mich verziehen.« Wohin, das verschweige ich ihr. Vielleicht werde ich es ihr später sagen.

»Hat er eine Spur?«, bleibt Sonja hartnäckig.

Ich schüttele den Kopf.

»Was ist mit deiner Idee?«

»Nichts. Hat sich erledigt.« Die Worte sind ausgesprochen, ehe ich es verhindern kann. Eine tolle Basis für eine sich anbahnende Beziehung. Heute lüge ich Sonja an, und morgen sage ich ihr, dass ich sie mag? Aber war das nicht ohnehin gleichgültig angesichts dessen, dass sich Nacht für Nacht *Zombies* aus dem Krankenhaus erhoben und sich mein Weltbild in Nichts auflöste?

»Hast du Mühlhaus davon erzählt?«

»Er hatte dieselbe Idee, aber es hat sich als Trugschluss herausgestellt.« *Ich sage dir nicht die Wahrheit, Sonja, aber ich liebe dich!*

»Was wirst du tun?«

»Ich werde nach der Arbeit mit zu dir gehen und dann abwarten, was geschieht.«

Sie nickt. »Das mit deinem Bruder tut mir wirklich leid, aber es ist nicht deine Aufgabe, das Rätsel zu lösen. Was immer dort vor sich geht, lass die Polizei sich darum kümmern.«

»Was wollen wir heute Abend unternehmen?«

Als Antwort sieht sie mich durchdringend an, und für einen Moment überlege ich ernsthaft, Zombies Zombies sein zu lassen.

Aber nur für einen Augenblick.

Sonja sieht gut aus. Verdammt gut.

Und sie ist dermaßen verständnisvoll, dass ich (wäre nur diese verrückte Zombie-Geschichte nicht gewesen, die nur in meinem Kopf existiert!) trotz des Todes meines Bruders alles andere vergessen hätte.

Aber es ist nun einmal nicht so.

Wir sitzen auf ihrer Couch, näher als wir uns je gewesen sind, und wir reden. Ihre Haare umschmeicheln das Gesicht, und wenn sie lächelt, blitzen ihre Zähne. Wir sprechen über alles Mögliche, nur nicht über verschwundene Leichen.

Bald finden sich unsere Hände, dann die Lippen.

Aber während sie die Arme um mich legt, rasen meine Gedanken. Wir lösen uns voneinander, und sie sagt irgendetwas. Ich schrecke erst auf, als sie laut sagt: »Hast du gehört?«

Das reißt mich in die Wirklichkeit zurück. Nein, ich habe es nicht gehört. »Es tut mir leid«, sage ich.

»Entschuldige bitte«, antwortet sie zu meiner Überraschung. »Es ist jetzt nicht der richtige Zeitpunkt.« Sie schließt die Augen und rückt etwas von mir weg. Keinerlei Ablehnung liegt in dieser Bewegung, und gerade das ist es, was meinen Widerstand zerbrechen lässt. Ich beschließe, ihr alles zu sagen. Später.

»Doch, das ist es.« Ich ergreife ihre Hände.

»Sag mir, was dort oben vor sich geht.« Sie streichelt bei diesen Worten mit angedeuteter Zärtlichkeit über meinen Hinterkopf.

»Verrückte Dinge«, meine ich. Und rede von Toten, die sich von ihren Bahren erheben.

Was ist das in ihrem Gesicht? Weder Spott noch Mitleid, da bin ich mir sicher. Aber was dann? Zweifel? Abwehr?

Ich finde keine Antwort auf diese Frage und rede deshalb weiter. Ich stocke nicht einmal, als ich ihr meine Version der Videogeschichte erkläre. Vampire haben kein Spiegelbild, und Zombies lassen sich nicht auf Film bannen. Ich habe mir diesen Satz schon tausendmal vorgesprochen, und mittlerweile hat er jede Irrationalität verloren. Er klingt so logisch.

»Woher weißt du das?«

Eine gute Frage, das muss ich eingestehen. Besser als die anderen Möglichkeiten. *Bist du verrückt? – So einen Schwachsinn habe ich noch nie gehört. – Scheiß-Idee, findest du nicht auch?* Nur, was soll ich ihr darauf antworten? »Ich weiß es nicht«, sage ich.

»Du willst also heute Nacht selbst ins Krankenhaus gehen und die ganze Sache beobachten?«

»Wie kommst du darauf?«

»Ist das nicht das einzig Logische, das du in dieser Situation tun kannst? Du hast gar keine andere Wahl, als nachzuprüfen, ob deine Überlegungen der Wahrheit entsprechen.«

»Du überraschst mich.«

»Das beruht ganz auf Gegenseitigkeit.« Sie wirft einen Blick auf die Digitalanzeige des DVD-Spielers. »Es wird noch drei Stunden dauern, bis es dunkelt.«

Dann überrascht sie mich schon wieder.

Besagte drei Stunden später verlasse ich ihre Wohnung. Es hat mich einiges an Überredungskunst gekostet, sie nicht mitnehmen zu müssen. Ich habe ihr versprochen, nichts zu unternehmen, sondern nur zu beobachten, egal was geschieht. Eigenartigerweise scheint sie nicht an meiner Theorie zu zweifeln. Muss sie nicht jedem wie völliger Irrsinn erscheinen? Ich selbst kann meistens nicht glauben, was in meinem Kopf vorgeht. Doch dann, wenn ich darüber nachdenke, verschwinden die Zweifel und weichen einer völligen Überzeugung.

Ich betrete das Krankenhaus. Die Dame an der Rezeption sieht mich ein wenig verdattert an, denn um diese Zeit sollen eigentlich keine Besucher mehr eingelassen werden. Doch ich ignoriere ihren fragenden Blick. Von mir aus kann sie mich für einen werdenden Vater halten oder für sonst irgendjemanden, der auch bei Anbruch der Nacht noch Zutritt hat.

Zielstrebig laufe ich Richtung Leichenraum, bis ich zu der Treppe komme, die nach unten führt. Es ist ein um diese Zeit völlig verlassener Seitentrakt des Gebäudes.

Ich weiß, dass es im Untergeschoss keinen Ausgang gibt. Also muss der Zombie mit einiger Wahrscheinlichkeit genau diese Treppe nach oben nehmen. Nur, wohin wird er sich dann wenden? Wohl kaum in Richtung Hauptausgang. Dort ist die Gefahr, dass ihm Menschen über den Weg laufen, viel zu groß.

»Was machen Sie hier?«, fragt eine schneidende Stimme unvermittelt.

Ein Polizist! Einer der Männer der Wühlmaus, die hier nach dem Rechten sehen und weitere Leichendiebstähle verhindern sollen. Offenbar glaubt er, endlich jemanden erwischt zu haben. »Das wüsste ich auch zu gern«, erwidere ich. »Ich habe keine Ahnung, wo ich bin. Wie komme ich von hier am schnellsten nach draußen?«

Meine Unschuldsmimik überzeugt den Polizisten. »Den Gang geradeaus weiter. Dort ist ein Seitenausgang.«

Bingo! Das ist ein Volltreffer. Genau dort wird der Zombie das Krankenhaus verlassen …

Ich lege mich draußen auf die Lauer. Ein Busch bietet ausreichenden Blickschutz. Es ist schneidend kalt, doch ich habe mich entsprechend vorbereitet. Selbst ein Eskimo kann keine dickeren Klamotten tragen.

Ich kann von meinem Platz aus genau durch die Glastür ins Innere sehen. Hin und wieder schlendert der Polizist durch den Gang, nähert sich der Ausgangstür und dreht um. Er ist sichtlich gelangweilt. Eben läuft er erneut in meine Richtung.

Eine zweite Gestalt taucht auf! Unvermittelt ist sie direkt hinter ihm. Sie hebt ihren rechten Arm. Der Polizist hat sie noch nicht bemerkt.

Jetzt! Ein Schlag!

Ich sehe, wie der Polizist zusammenbricht. Die Gestalt wankt an ihm vorbei. Dann öffnet sich die Tür.

Ich weiß genau, welcher Anblick mich erwartet, doch es ist, als schnüre sich mir der Hals zusammen. Es kostet unendliche Mühe, nicht erstickt aufzuschreien.

Es ist ein Zombie. Eine männliche Leiche, wachsbleich, mit einem Totenhemd. Mit jedem Schritt, den der lebende Tote zurücklegt, wird sein Gang sicherer, als müsse er sich erst wieder an den Bewegungsablauf gewöhnen.

Er läuft an mir vorbei, ohne mich zu sehen. Es ist, als strebe er einem mir unbekannten Ziel zu.

Kann das sein? Ist diese Kreatur dazu fähig zu denken? Sind Zombies denn nicht tumbe Gestalten?

Ich merke, dass ich in ein Klischeedenken verfalle. Was ich über lebende Tote zu wissen glaube, ist einigen Horrorfilmen entnommen, die mit der Realität nichts zu tun haben. Dort hätte der Zombie dem Polizisten den Kopf abgerissen und sein Herz gefressen.

Das Herz rast in meiner Brust, aber ich achte nicht darauf. Ich folge dem unheimlichen Toten.

Er läuft wie eine Maschine immer weiter. Ich kenne die Gegend nicht, in die mich meine Verfolgung führt, doch eins ist klar: es wird wohl das menschenverlassenste Ende der ganzen Stadt sein. Ideal, wenn man nicht gesehen werden will.

Der Zombie legt ein beachtliches Tempo vor, es bereitet mir Mühe, ihn nicht zu verlieren. Anfangs verfolge ich ihn sehr vorsichtig, doch mit der Zeit werde ich immer kühner und unachtsamer. Er dreht sich kein einziges Mal um. Entweder fürchtet er keine Verfolgung, oder er ist nicht dazu fähig, sich darüber Gedanken zu machen.

Wenig später erreichen wir eine Wegkreuzung. Der Zombie wendet sich nach rechts, und als ich Sekunden danach dort bin, lese ich das Schild, das in diese Richtung weist.

»FRIEDHOF«, ist darauf zu lesen.

Ein Schauer läuft mir über den Rücken. Ich habe schon von dem verlassenen Leichenacker am Stadtrand gehört, der als historische Stätte in letzter Zeit Beachtung gefunden hat. Er wird nicht mehr benutzt, seit es den neuen Friedhof gibt.

Es treibt die Toten zum Friedhof, durchzuckt mich ein makabrer Gedanke. Ob ich dort auf die anderen verschwundenen Leichen treffe?

Das Herz krampft sich mir zusammen, als ich erstmals diesen Gedanken bis zum Ende verfolge. Wenn das der Fall ist, werde ich dort meinen Bruder sehen.

Der wandelnde Tote öffnet quietschend das Friedhofstürchen und geht hindurch. Danach wendet er sich nach links. Das Gelände ist unbeleuchtet, doch der Mond steht beinahe voll am Himmel, so dass die Gräber in fahles Licht getaucht werden. Ich husche ebenfalls durch die schmiedeeiserne Tür.

Sekunden später erkenne ich das Ziel des Zombies. Ein winziges Gebäude, wohl eine ehemalige Leichenhalle. Die Tür steht offen, die Mauern scheinen jede Sekunde einzustürzen.

»Du bist hier«, höre ich eine dumpfe Stimme aus dem Inneren.

Ich gehe bis direkt an das Gebäude heran, als die Tür geschlossen wird. Durch ein schmieriges Fenster gelingt mir ein Blick nach innen. Eine flackernde Öllampe brennt und erhellt eine makabre Szenerie.

Mehr als zehn Leichen sind hier versammelt. Fünf von ihnen tragen Leichenhemden, ähnlich dem des Zombies, den ich verfolgt habe. Ich erkenne die uralte Frau, von der die Wühlmaus geredet hat. Die anderen Zombies befinden sich in unterschiedlichen Stadien der Verwesung.

Sie müssen ihren Gräbern entstiegen sein …

Eine skelettierte Hand zeigt nach draußen. Entsetzen durchfährt mich, doch sie weist nicht auf mich. Ich bin nicht entdeckt worden. »Wie lange noch?«, fragt eine hohle Grabesstimme.

»Morgen in der Nacht«, wird dem Monstrum geantwortet.

Ich drehe mich um und flüchte. Das Entsetzen peitscht in mir, und mir wird klar, was ich soeben gehört habe. Morgen werden sich die widernatürlichen Kreaturen erheben und zum Angriff auf die Menschheit übergehen.

Ich kann die Fratze der widerlichen Gestalt nicht vergessen, die die Frage gestellt hat. Leere Augenhöhlen in einem blanken Skelettschädel. Diese Kreatur kann unmöglich noch über natürliche Stimmwerkzeuge verfügen.

Es gibt keine Alternative. Irgendwie muss ich diese Versammlung von Zombies vernichten, bevor sie ihre Pläne in die Tat umsetzen. Plötzlich, ich habe den Friedhof schon lange hinter mir gelassen, revoltiert mein Magen. Würgend übergebe ich mich am Straßenrand.

Danach hetze ich atemlos weiter. *Morgen in der Nacht.* Es bleibt mir nur ein Tag.

Sonja sieht mich schockiert an. Das Grauen, das nach wie vor in mir wütet, muss mir ins Gesicht geschrieben stehen. Wortlos geht sie zur Seite, damit ich in ihre Wohnung eintreten kann.

Meine Hände zittern. »Es stimmt«, sage ich zu ihr.

Sie zweifelt nicht. »Ich frage mich, woher du es gewusst hast.«

»Es sind nicht nur die Leichen aus dem Krankenhaus. Sie kommen auch aus ihren Gräbern heraus.« Ich schließe die Augen und sehe die skelettierte Hand. In meiner Erinnerung beugt sich der knochige Zeigefinger und winkt mich heran. *Komm nur, komm … du kannst schon bald zu uns gehören …* Ich wende mich abrupt um und haste ins Badezimmer. Mein Magen ist völlig leer, und ich kann nur noch bittere Gallenflüssigkeit ausspucken.

Später sitze ich auf der Couch, die Knie an den Körper herangezogen. »In vierundzwanzig Stunden werden sie die ersten Opfer finden, wenn wir nichts dagegen unternehmen.«

»Wir?« Sonja schüttelt den Kopf. »Was können wir schon tun? Du musst damit zu Kommissar Mühlhaus gehen. Er kann …«

»Er wird mich auslachen und sonst nichts!«, unterbreche ich sie. »Oder meinst du, er wird mir auch nur ein Wort davon glauben?«

»Dann beweise es ihm doch! Geh mit ihm auf den alten Leichenacker und zeige ihm die Zombies.«

»Ich habe eine bessere Idee.«

Sie sieht mich auffordernd an. Ich habe keine Ahnung, ob Zombies tatsächlich so unsterblich sind, wie man landläufig meint, aber eines wird sie sicher vernichten können: Feuer. In Filmen und Romanen kann man sie mit Kugeln aus einem Maschinengewehr durchlöchern, und sie stören sich nicht daran, doch Feuer tötet sie immer. So wird es auch in der Realität sein, davon bin ich überzeugt. »Ich besorge mir Benzin und werde die ganze Brut verbrennen.«

Sonjas Blick huscht hin und her. »Warum du?«

»Ich weiß es nicht. Vielleicht, weil mein Bruder der Erste war.« Ich stehe auf. »Ich muss seinem Körper die Ruhe verschaffen, die er verdient hat.«

»Warte, bis es Tag wird.« Sie lacht, und es klingt etwas hysterisch. »Ich weiß auch nicht, warum ich das sage. Vielleicht schlafen sie am Tag und können dir nicht gefährlich werden.«

Auch in mir steigt das Bild des bleichen Vampirs auf, der tagsüber in seinem Sarg liegt und die Sonne fürchtet, weil sie für ihn den Tod bedeutet. Aber ich glaube nicht daran, dass es so sein wird. Dennoch wird es besser sein zu warten, bis die Sonne aufgeht.

Einige Stunden später fahre ich mit Sonja in einen Baumarkt. Dort kaufen wir vier Benzin-Ersatzkanister. Danach halte ich an einer Tankstelle und fülle sie. Der Tankstellenwart sieht mich verwundert an, denn er hat wohl bemerkt, was ich getan habe. »Ist was?«, frage ich pampig, und er schüttelt hastig den Kopf.

»Bringen wir es hinter uns«, meint Sonja.

»Gehen wir zuerst noch einmal in deine Wohnung. Ich möchte noch etwas anderes vorbereiten.« Dort angekommen, hole ich einige leere 1,5-Liter-Flaschen und zerschneide ein altes Betttuch.

Sonja durchschaut schnell, was ich vorhabe. Ich gieße die Flaschen voll mit Benzin aus einem der Kanister und stecke Tuchfetzen in die Öffnungen. Ehrlich gesagt, habe ich keine Ahnung, ob so ein Molotow-Cocktail tatsächlich funktioniert, aber es erscheint mir angemessen, *irgendetwas* in der Hand zu haben, das über einige Kanister und etliche Feuerzeuge hinausgeht.

Immerhin ziehe ich in den Krieg gegen zehn Zombies.

»Wer fährt?«, fragt Sonja hart, doch ich schüttele den Kopf.

»Ich gehe alleine.«

»Du bist verrückt! Ich komme mit, und ich werde nicht darüber diskutieren!«

»Du musst hierbleiben. Wenn ich nicht zurückkomme, muss irgendjemand Bescheid wissen.«

»Dann hinterlassen wir eine Nachricht für Kommissar Mühlhaus, wo wir zu finden sind.«

Ich lehne kategorisch ab. »Es ist meine Aufgabe.«

Widerwillig stimmt Sonja zu. Eine eigenartige Gefühlskälte hat mich ergriffen, als ich den Wagen in Richtung Gottesacker lenke. Das letzte Stück fahre ich extrem vorsichtig und parke schließlich direkt neben dem schmiedeeisernen Türchen. Ich werfe einen Blick über die Mauer. Alles scheint ruhig zu sein.

Also steht mir nichts im Wege. Langsam schlendere ich wie ein argloser Besucher über den Leichenacker. Kein Geräusch dringt aus der ehemaligen Leichenhalle hervor. Ob die Zombies sich überhaupt noch darin aufhalten?

Wie zufällig lenke ich meine Schritte in die Nähe des Gebäudes. Die Tür ist geschlossen, und ich zweifle nicht daran, dass sie verschlossen ist. Im Vorbeilaufen werfe ich einen Blick durch eines der Fenster. Die Zombies sitzen in einer Ecke zusammengekauert da und rühren sich nicht.

Offenbar haben sie nicht bemerkt, dass jemand sie entdeckt hat.

Ich gehe zurück zum Auto und deponiere zwei der Molotow-Cocktails auf der Friedhofsmauer, so dass ich sie von innen erreichen kann. Für alle Fälle, falls die Kreaturen mich verfolgen werden. Dann greife ich mir zwei der Kanister. Die darin enthaltene Benzinmenge wird sicher ausreichen, das zerfallene Gebäude in Flammen aufgehen zu lassen.

Den ersten Kanister leere ich rund um die Außenwände aus. Einiges Benzin schütte ich danach vor die Ausgangstür. Hinter dem Gebäude, weit abseits von jedem Fenster, gelingt es mir, auf das Dach zu klettern. Ich versuche, möglichst kein Geräusch zu machen, als ich die Ziegel mit Benzin tränke.

Als ich schon bereit bin, das Feuer zu entzünden, kommt mir eine Idee. Ich gehe noch einmal zum Auto und hole einen weiteren Behälter. Zurück bei dem Versteck der Zombies trete ich gegen die Tür, die aus den Angeln gerissen wird. Ich schleudere den Kanister ins Innere. Sicher ist sicher.

Dann zischt mein Daumen über das Rädchen des Feuerzeugs.

»Nein!« Eine stinkende Gestalt springt auf mich zu, und in der nächsten Sekunde spüre ich einen stechenden Schmerz in der Hand. Das Feuerzeug brennt, doch es wird mir aus der Hand gerissen. Sofort erlischt die winzige Flamme.

Eine widerliche Fratze starrt mich aus toten Augen an. Dünne Haare hängen an den Resten der Kopfhaut herab.

Wie eine Maschine fasse ich erneut in meine Jackentasche und fische nach einem zweiten Feuerzeug. Ich habe genügend von ihnen dabei.

Kalte Leichenhände nähern sich mir.

»Lass ihn!«, höre ich eine Stimme, die ich sofort erkenne.

»Er darf uns nicht hindern«, widerspricht die Schreckensgestalt, und der Atem des Todes weht mir entgegen.

»Er weiß nicht, was er tut«, sagt mein toter Bruder daraufhin.

Das Zwiegespräch der lebenden Leichen dauert einige Sekunden, und diese Zeit reicht mir. Das Feuerzeug brennt, ich halte es gegen die Wand, es knallt entsetzlich laut, und unfassbare Hitze schlägt über mir zusammen.

Ich weiß, dass ich mit den Monstern gemeinsam sterben muss, doch das zählt in diesen Sekunden nicht.

Ein vielstimmiger Aufschrei ertönt, dann spüre ich, wie ein gewaltiger Schlag gegen meine Brust donnert. Ich werde zurückgeschleudert, aus den Flammen heraus. Mein Kopf schlägt gegen irgendetwas Hartes, dann ist da nichts mehr.

4.

Als ich wieder zu mir komme, herrscht Stille um mich herum. Es ist dunkel geworden, und ich weiß nicht, wo ich bin.

Mein toter Bruder sitzt neben mir und sieht mich an. »Was du getan hast, ist schrecklich«, sagt er. Nichts Totes liegt in seiner Stimme.

»Ich habe Monster vernichtet, und ich bin bereit, dafür den Preis zu bezahlen«, spucke ich aus. »Töte mich, damit es vorbei ist.«

»Sehe ich aus wie ein Monster?«, fragt er, und es klingt unendlich melancholisch.

»Du bist tot!«, schreie ich ihn an.

»Sei leise.« Er blickt sich um. Die Wunden, die er bei dem tödlichen Verkehrsunfall davongetragen hat, bedecken seinen Körper, doch kein Blut tritt aus ihnen hervor, denn sein Leib kann nicht mehr bluten. »Der Brand hat genug Aufmerksamkeit auf sich gezogen.«

»Was ist geschehen?«, frage ich, um überhaupt etwas zu sagen.

»Alle außer mir sind in der Hölle verbrannt, die du angezettelt hast. Ich habe dich gerettet.«

»Dafür soll ich wohl dankbar sein?« Ich versuche spöttisch zu klingen, doch es will mir nicht gelingen. Irgendetwas stimmt hier ganz und gar nicht.

»Ich hätte dich sterben lassen können, denn für das, was du getan hast, hast du den Tod verdient. Doch du bist mein Bruder, und du hast nicht gewusst, was du tust.«

Die Kreatur mit dem Körper meines Bruders sprach vernünftig, und das ist es, was die Situation unwirklicher macht als alles andere. »Ich habe …«

»Du hast nicht das Böse vernichtet, Bruder, sondern diejenigen, die das Böse aufhalten wollten.«

Ich will nicht glauben, was ich höre. »Wo sind wir?«, lenke ich ab.

»Ich habe dich weggebracht, als die ersten Löschfahrzeuge kamen. Die Polizei ist auf der Suche nach dir, denn sie hat deinen Wagen gefunden und einen Benzinkanister darin. Für sie ist alles eindeutig.«

»Du … du bist tatsächlich mein Bruder«, sage ich tonlos.

»Das bin ich, auch wenn ich gestorben bin. Dass ich mich wieder erhoben habe, hat einen Grund. Es war notwendig. Wir mussten uns versammeln.«

»Wir?«

»Diejenigen, die du vernichtet hast. Die Zombies, wie du sie nennst. Doch wir waren mehr als das. Wir waren die Letzten, die das Grauen hätten aufhalten können.«

Ich setze mich auf. »Wovon redest du?«

»Etwas Böses ist in dem alten Friedhof herangereift. Eine finstere, uralte Kreatur ruht unter der Erde und frisst die Toten, um sich von ihrem Fleisch zu ernähren. Seit Jahrhunderten existiert sie dort, und heute Nacht wird sie sich erheben.«

Die Worte der Leichen, die ich gestern Nacht belauscht hatte, kommen mir wieder in den Sinn. *Wie lange noch? – Morgen in der Nacht …*

»Heute Nacht, in wenigen Stunden, hätten wir uns ihr entgegengestellt, und es wäre uns gelungen, sie zu stoppen. Wir waren zu zehnt, und wir hätten mit Freude unsere Existenz gegeben, um die Bestie, die unsere Brüder frisst, zu vernichten.«

Die Konsequenz dieser Worte war eindeutig, und ich zweifelte keine Sekunde an ihnen.

»Doch durch dein Eingreifen hast du alles zunichtegemacht.«

Das Friedhofstürchen öffnet sich quietschend. Ich trete mit meinem toten Bruder zusammen hindurch. Ein Blick nach links zeigt mir, dass die alte Leichenhalle restlos zerstört worden ist. Das Eingreifen der Feuerwehr kam zu spät.

Ich habe ganze Arbeit geleistet, denke ich mit einem bitteren Gefühl. Denn meine Attacke ist in Wirklichkeit katastrophal gewesen. Ich habe keine Gefahr für die Menschheit ausgelöscht, sondern ein Bollwerk gegen das Böse vernichtet.

Mein Bruder und ich sind rasch übereingekommen, dass wir dennoch versuchen müssen, das Monster aufzuhalten. Vielleicht ist es in dem Moment, in dem es seine unterirdische Behausung verlässt, verletzbar? Womöglich können auch ein einziger Zombie und ein verzweifelter Mensch es aufhalten?

Erleichtert bemerke ich, dass die beiden Molotow-Cocktails, die ich auf der Mauer deponiert habe, nicht entdeckt wurden. Nach wie vor liegen sie dort bereit. Ein stechender Gestank geht von ihnen aus. Mit ihnen verfüge ich wenigstens über eine Waffe gegen das Monstrum. Ob sie wirksam ist, wird sich bald zeigen.

»Wann ist es soweit?«, frage ich den Zombie. Meinen Bruder.

»Es hat schon begonnen.« Er deutet nach vorne, auf einen bestimmten Grabhügel. Dort ist die Erde ins Rutschen gekommen. Feuchte Krumen rollen zur Seite, als sich von unten etwas gegen die Oberfläche drückt.

Dann explodiert die Erde mit gewaltigem Lärm. Faustgroße Brocken werden überall hingeschleudert, auch in unsere Nähe. »Es kommt«, sagt mein toter Bruder.

Eine Hand schiebt sich aus der Erde. Zumindest etwas, das einer Hand ähnlich ist. Doch ich zähle zu viele Finger, die von ihr abgehen, und überall sind hornige Spitzen. Eine zweite Extremität folgt, dann ein gewaltiger, widerlicher Schädel. Augen starren uns entgegen, *zu viele Augen,* und mehrere Reihen gebogener, glänzender Zähne blitzen auf.

Meine Hand zittert, als ich den Molotow-Cocktail hebe und ihn entzünden will.

»Gib ihn mir«, fordert mein Bruder und entreißt ihn mir gleichzeitig. »Das Feuerzeug!«

Ich gebe es ihm und bücke mich, um auch den zweiten Cocktail aufzuheben. Mein Bruder ist schneller als ich, und ein feuriges Etwas wird durch die Luft geschleudert. Gerade fällt es direkt vor dem Monstrum auf den Boden, als es explodiert und einen riesigen Flammenball freisetzt.

Die Hitze dringt bis zu uns vor. »Weiter«, sagt mein toter Bruder und entwendet mir auch die zweite Flasche. »Es bleibt keine Zeit.« Ich entzünde mein Feuerzeug und halte die Flamme an den Stofffetzen, der sofort zu brennen beginnt. Mein Bruder wirft auch diese Waffe.

Das Monstrum schreit in wütendem Zorn, doch es schält sich mit einer gewaltigen Eruption völlig aus dem Boden und lässt das Feuer hinter sich. Die zweite Flasche prallt gegen seinen Körper, und Sekunden später steht es lichterloh in Flammen.

»Du hast es geschafft«, sage ich, gebannt von dem grauenhaften Szenario vor meinen Augen. Das Monster brennt, und es gibt seelenlose, fürchterliche Töne von sich. Es hat sich aufgerichtet, und es ist mindestens vier Meter groß.

Doch dann erlöschen die Flammen. Wir haben unserem Gegner keinen echten Schaden zugefügt.

Er kommt rasend schnell auf uns zu. Es stampft auf vier röhrenartigen, hornigen Beinen. Einige seiner Extremitäten zucken in unsere Richtung, und ich sehe noch, wie der Zombie, den ich für meinen Gegner gehalten habe, durchbohrt wird.

Dann folgt ein scharfer Schmerz, ich schmecke Blut, die Welt um mich herum verschwimmt, und das Monstrum zerquetscht meinen Brustkorb.

Dritter Zwischenruf

Die Geschichte um die Leiche auf Abwegen ruht seit Ende 2004/Anfang 2005 auf meiner Festplatte. Als ich diese Storys zum ersten Mal nach Jahren wieder suchte, habe ich übrigens in grenzenloser Naivität zuerst im Dateiordner »2007« nachgesehen ... die Zeit vergeht eben doch etwas schneller, als man denkt. Vor allem, wenn man drei Kinder zuhause hat. Die übrigens, allen Gerüchten zum Trotz und trotz meiner Autorentätigkeit für »Die drei ???« nicht Justus, Peter und Bob heißen.

Mit dieser Geschichte hatte ich vor Jahren übrigens einen Selbstversuch gestartet, durchaus etwas naiv, das gebe ich zu. Ich sagte mir damals: Zeig dich modern und lade einen deiner alten Texte hoch, an denen du wieder alle Rechte hast! Was übrigens in den wenigsten Fällen der Fall ist (uh, was für eine eklige Wortwiederholung), weil ich zumeist für Serien mit feststehenden Helden geschrieben habe – Figuren also, die meistens primär dem Verlag gehören.

Ich machte keine Werbung, außer einigen Einträgen bei Facebook, und wollte das mal beobachten. Professionell gestaltet war der Text auch nicht. Es war eine andere Zeit, wenngleich es noch nicht viele Jahre zurückliegt, vor dem richtig großen E-Book-Trubel. Ich rauschte mit der Story kurzzeitig in die Top 100, den Platz weiß ich nicht mehr genau, ich glaube, irgendwas im Bereich 40-50. Nicht schlecht! Das hieß damals, dass ich drei Exemplare verkauft habe. Vielleicht auch vier, die Erinnerung mag trügen.

Ich habe die Story dann bald wieder entfernt und mir gesagt: Wenn schon, müsste ich es richtig machen. Und dazu fehlte mir der Nerv, die Zeit, das Engagement. Später gab es all diese Geschichten übrigens mal für etwa ein Jahr mal als *richtige* E-Books, in einem *richtigen* E-Book-Verlag.

Sollten Sie, hochgeschätzter Leser, zu den Auserwählten gehören, die damals die Story gekauft haben und nun wieder, dann lassen Sie mich eins sagen … äh … also … tja … danke.

Die Geschichte ist erstmals in »Schattenreich 13« erschienen, unter dem Titel »Die verschwundene Leiche«, was weniger nach einer Gruselkomödie klingt als der Titel, den ich für die Neuveröffentlichung gewählt habe. Welcher besser ist, mag der Leser entscheiden. Die Story ist jedenfalls nicht unbedingt witzig. Oder nicht immer. Wenn sie auch verrückt ist.

Dunkle Erkenntnis

Kapitel 1
Das Experiment

Neben ihm existierten andere Wesen, genau wie er von Leben erfüllt – aber von einer minderwertigen Art des Lebens: sterblich und schwach. Sie waren *Menschen.* Jämmerlich!

Vor vielen Jahren war er sich seiner selbst bewusstgeworden, hier, in diesem Haus, das er seitdem nie verlassen hatte. Er hatte sich stets damit begnügt zu existieren.

Aber seine Fragen wurden immer drängender:

Wo komme ich her?

Wer bin ich?

Was ist der Sinn?

Es wurde Zeit, diese Fragen zu beantworten. Er plante ein Experiment. Die Menschen konnten ihm dazu dienlich sein. Wenigstens ein Zweck für ihre Existenz.

X minus sechzig Minuten.
Vorbereitungsphase.

Er beobachtete sie schon seit dem Moment, als er seine Augen geöffnet und sich selbst erkannt hatte. Natürlich gab es keine echten Augen, denn er war nicht körperlich.

Er wusste alles über die Menschen, sowohl über den Mann als auch über die Frau. Sie teilten sich das Haus mit ihm, ohne auch nur das Geringste von seiner Existenz zu wissen.

Die Frau hieß Judy. Dreiunddreißig Jahre, blonde Haare, blaue Augen … sie glaubte, ihre Brüste seien zu groß, sie wollte noch mindestens zehn Kilogramm abnehmen. Sie trug meistens weit fallende Klamotten. Auch bei Hitze achtete sie peinlich genau darauf, dass die Ärmel der Blusen, die sie so gerne anhatte, bis über die Ellbogen reichten – niemand sollte das Ekzem sehen können, das sie trotz aller Cremes und Wundermittel nicht wegbekam.

Sie war ein interessantes Studienobjekt; ihr Geist war vielfältig, sie beschäftigte sich immer mit mehreren Dingen zugleich, setzte ständig verschiedene Angelegenheiten zueinander in Beziehung. Wahrscheinlich würde er sie auswählen. Er war sich noch nicht sicher.

Den Mann kannte er ebenso gut. Hank war seit acht Jahren mit Judy verheiratet, und seine Gedanken kreisten vor allem um zwei Pole: zum einen seine Arbeitsstelle und das Geld, das er dort verdiente; zum anderen seine Sorgen um seine sexuellen Kräfte. Er schluckte heimlich Pillen, damit Judy nichts merkte. Er schämte sich vor seiner Ehefrau, und er bekam dieses Problem nicht in den Griff. Er schob es auf seinen Stress, auf die tägliche finanzielle Not, oder einfach auf das Wetter; manchmal sogar auf Judy.

Dem Dämon wurde es mit jeder Sekunde klarer: Hank eignete sich viel eher dazu, das Haus zu verlassen und der Welt von dem einmaligen Experiment zu berichten, das hier bevorstand. Aber Judy ... ja, er wählte sie aus.

Jetzt!

Es dauerte noch mindestens eine Stunde, bis Hank nach Hause zurückkam. So war es immer – an jedem der Tage, die die Menschen *Werktage* nannten. Hank verließ seine Fabrik stets um 17 Uhr, und zwanzig Minuten später schloss er die Tür auf. Judy erwartete ihn dann, und meist endete die Begrüßung im Ehebett. Hank versicherte sich auf diese Weise selbst, dass er kein sexuelles Problem hatte. Dass er manchmal nicht nur eine, sondern zwei seiner Wunderpillen schluckte, ehe er die U-Bahn verließ, verdrängte er dabei geflissentlich.

Anfangs hatte sich der Dämon an dem Treiben im Ehebett ergötzt, doch der Reiz dieser Spiele war längst vergangen. Seine Überlegungen kehrten in die Gegenwart zurück.

Es blieben sechzig Minuten. Zeit genug, das Experiment durchzuführen. Man würde sehen, wo es hinführte.

Er hatte einiges durchdacht, und er hoffte, die drei ultimativen Fragen schon bald beantworten zu können:

Wo komme ich her?

Wer bin ich?

Was ist der Sinn?

Diese Fragen zu beantworten, kostete etliche Vorarbeiten. Judy war zwar minderwertiger als er, aber er hoffte aus dem Moment des Todes einige Erkenntnisse zu ziehen – gerade über den Sinn des Lebens, das abrupt endete.

Und vor allem würden früher oder später andere Menschen kommen, die mehr über ihn und seine dämonische Natur wussten als Judy und Hank, diese beiden Narren.

Das Experiment begann.

Zum ersten Mal zeigte er sich seinem auserwählten Opfer.

X minus fünfundfünfzig Minuten.
Startphase.

Es war genauso, wie er es sich vorgestellt hatte:

Sie schrie.

Er zeigte sich in einer Gestalt, die Judy selbst projizierte. Er offenbarte ihr sein Wesen, seine Dunkelheit, seine Begierde und seine unendliche Grausamkeit; ihr Verstand gab diesen Eindrücken eine körperliche Form.

Der Dämon las ihre Gedanken und erkannte so, was sie sah: ein insektenhaftes, sie weit überragendes Gebilde, das über unzählige schnappende Mäuler und Klauen verfügte. Gelblicher Schleim rann über den harten Körperpanzer, Sekrete tropften von spitzen Zähnen. Fühler und schlangengleiche Extremitäten zuckten und wimmelten vor seinem Körper. Judy zitterte unkontrolliert, stand für Sekunden starr, vor Entsetzen gelähmt. Ihre Lippen bebten, doch kein Laut drang zwischen ihnen hervor.

Ihm gefiel die Gestalt, die sie ihm verlieh. Es war auf dunkle Weise ästhetisch, wenn seine Chitinplatten aneinander rieben und es dumpf knirschte. Er fuhr die Krallen eines seiner vielen Handlungsarme aus. Ein angenehmes, wohliges Gefühl. Sie waren messerscharf, und das Sekret, das über sie floss, gab ihnen dennoch Geschmeidigkeit.

»Hallo Judy«, sagte er. Seine Stimme klang rau, kalt und modrig mit einem gewissen morbiden Hauch. Sie knirschte wie Graberde unter nackten Füßen. Er fand, dass sie perfekt sein Wesen widerspiegelte.

Judys Verstand war erstaunlich faszinierend – mit welcher Brillanz und Schärfe sie den auf sie einströmenden Empfindungen Gestalt verlieh! Sie wankte einen Schritt zurück. Das Zittern ihres Körpers nahm ab, aber ihr linkes Bein schien ihr nicht mehr zu gehorchen. Sie knickte ein, fiel seitlich gegen die Wand. Sie war bleich wie der Tod.

Das war das richtige Stichwort. Eine der beiden Zielsetzungen seines Experiments beschäftigte sich schließlich genau damit: mit dem Tod der Sterblichen. Eine hoffentlich interessante Erfahrung.

»Hi-hilfe«, kam es leise aus Judys Kehle. Und: »Weiche von mir.«

Herrlich! Wie beschränkt die Menschen doch waren. Er lebte seit Jahren neben Judy und Hank in diesem Haus, und sie hatten ihn nie bemerkt. Und jetzt, kaum dass sie ihn sah, wandte sie sofort eine alte Formel der Menschheit an, als sei er der Teufel persönlich.

»Niemand hört dich schreien«, sagte der Dämon. »Doch hab keine Angst. Dein Tod dient einem höheren Zweck und du kannst endlich deine Bestimmung erfüllen. Du wirst mir behilflich sein, mich selbst zu erkennen.«

Er fuhr weitere Extremitäten aus. An einem Tentakel befand sich ein geiferndes Maul. Er ließ die Kiefer dicht vor Judys Augen zusammenschnappen. Etwas Schleim klatschte auf ihre Wangen.

»Nein!« Panisch kroch sie rückwärts. Angst und Entsetzen standen ihr ins Gesicht geschrieben.

X minus dreiunddreißig Minuten.
Leerlauf.

Judy war noch am Leben, doch sie konnte ihm keine Auskünfte geben. Sie wusste nichts über Dämonen und damit über seine Art. Sie hatte nicht die geringste Ahnung, wo er herkam.

»War ich schon immer in diesem Haus?«, fragte er.

Sie starrte mit leerem Blick vor sich. Er spürte, dass sie nahe daran war, den Verstand zu verlieren. »Ich weiß es nicht.«

»Leben in allen Häusern Dämonen? Wo kommen wir her? Sind wir an die Gebäude gebunden, bringen sie uns hervor?«

»Ich weiß es nicht«, wiederholte sie monoton. »Dämonen … existieren nicht.«

Welch rätselhafter Satz: *Dämonen existieren nicht.* Selbstverständlich täuschte sie sich, denn er dachte, also war er. Hank hatte diesen Satz einmal zitiert: *Cogito ergo sum – ich denke, also bin ich.* Ein Mensch hatte ihn gesagt, vor langer Zeit. Das gefiel ihm. »Ich bin«, erwiderte er.

Judy begann zu summen. Eine hohe, unrhythmische Melodie bar jeglicher Harmonie. Bald sang sie dazu Worte, die sich nach und nach in sinnlose Silben verwandelten.

X minus zwölf Minuten.
Endphase.

Der Dämon betrachtete die Klauen seiner Handlungsarme, die bereits verblassten. Blut rann an ihnen herab; Blut, das eine wirkliche, physikalische Substanz besaß.

Seit Judy gestorben war, fehlte das Element, das seine körperliche Projektion stabilisierte. An einigen Stellen ähnelte er flüchtigen Nebelstreifen. Judys Gedanken waren erloschen. Nichts mehr verlieh ihm noch eine stabile Form.

Schade.

Er bedauerte es. Dieser Leib hatte ihm gefallen, und er würde niemals wieder denselben besitzen. Judys Verstand war einzigartig gewesen, das hatte er erkannt. Kein anderer Mensch konnte ihm Kraft seiner Gedanken genau diesen Körper verleihen, schon gar nicht Hank.

So schwach und elend die menschliche Existenz auch war, jedes Individuum war in seiner Art einmalig. Also musste *er* erst recht einzigartig sein. Vielleicht war er die Krone aller Wesenheiten schlechthin, ihr König und Schöpfer.

Ihr Gott.

Judys Tod allerdings hatte keine Erkenntnis gebracht, obwohl er gerade in diesen Moment, als ihr Leben endgültig erloschen war, höchste Erwartungen gesetzt hatte. Sie war gestorben, und er wusste nicht einmal, was aus ihr geworden war. Da war etwas gewesen, irgendetwas … aber er hatte es nicht greifen können.

Sie hatte stets daran geglaubt, dass nach dem Tod noch etwas anderes kommen werde. Offensichtlich hatte sie recht behalten. Sie hatte nun wohl die Erkenntnis gewonnen, nach der sie gesucht hatte; er jedoch war keinen Schritt weitergekommen.

Wo komme ich her? Er wusste es nicht.

Wer bin ich? Er ahnte, dass er einzigartig war, doch jegliche Bestätigung fehlte.

Was ist der Sinn? Diese letzte, ultimative Frage blieb unbeantwortet und in weiter Ferne.

Doch Judys Tod war ja nur eine der Zielsetzungen seines Experiments gewesen. Die zweite stand noch aus. Bald war es soweit.

X minus zehn Sekunden.
Das Ende und der Übergang.

Hank war pünktlich.

Der Dämon hörte, wie sich der Schlüssel im Schloss drehte. Wie die Tür nach innen schwang. Wie Hank nach seiner Frau rief. Und wie er entdeckte, was für ihn hinterlassen worden war.

Die zweite Phase des Experiments nahm ihren Anfang.

X plus vierzehn Minuten.
Ende des Leerlaufs.

Der Beginn der zweiten Phase gestaltete sich zäh.

Verdrossen hatte der Dämon beobachtet, wie Hank dumpf aufgestöhnt und das Bewusstsein verloren hatte. Erst jetzt, mehr als zehn Minuten später, kam der Mensch wieder zu sich. Hanks Augen waren blutunterlaufen. Das namenlose Entsetzen hatte ein Äderchen im Augapfel platzen lassen. Als Hank erneut zu Judy hochschaute, die kopfüber in ihrem Kokon von der Decke hing, erbrach er sich. Er würgte, bis nur noch blasse Gallenflüssigkeit kam.

Hank richtete sich auf, atmete schwer mit offenem Mund ein und aus. Plötzlich huschte sein Blick im Raum hin und her. Er griff sich an die Brust, wankte rückwärts zur Tür.

Dort angekommen, wirbelte er herum und stürzte aus dem Raum. Der Dämon folgte ihm auf direktem Weg quer durch die Wand. Zum ersten Mal nach seiner Entkörperlichung genoss er den geisterhaft-unphysischen Zustand wieder. In seinem Insektenkörper, so herrlich er auch gewesen war, hätte er nie dieses Gefühl verspüren können, die Wand zu durchqueren, eins zu werden mit den kalten Molekülen des Steines und für einen winzigen, unendlich vollkommenen Augenblick selbst Mauer zu sein.

Hank rannte aus dem Haus, als sei der Teufel hinter ihm her. Dieser Gedanke erheiterte den Dämon. Auch Judy hatte auf ihre Weise diesen Vergleich gezogen. *Weiche von mir*, hatte sie gesagt. Auch später, irgendwann als das Blut aus ihrem Mund tropfte, hatte sie ihn noch einmal *Satan* genannt.

Draußen schrie Hank, und bald verließ einer der Nachbarn sein Haus.

Alles lief nach Plan.

Nun musste der Dämon nur noch warten. Zuerst würde die Polizei kommen, schon bald, doch das waren ebenso unwissende Narren wie Judy und Hank.

Doch bald tauchten hoffentlich Fachleute auf.

Parapsychologen.

Geisterjäger.

Mystiker.

Die, die er brauchte. Die ihm Auskunft auf seine drängenden Fragen geben konnten.

X plus achtunddreißig Minuten

Genau wie er es erwartet hatte: Zuerst kamen Polizisten.

Er hörte draußen Hanks Stimme: »I-ich kann nicht hinein gehen. Es ist …« Der Dämon blickte durch die Außenwand des Hauses, und er sah, dass Hank weinte und etwas Unverständliches krächzte, in dem sich namenloses Entsetzen widerspiegelte.

Kurz darauf öffnete sich die Tür, und die Polizisten traten ein.

Ach, wie vorhersehbar die Menschen doch waren. Als sie den Kokon fanden und darin die bleiche, durchbohrte Judy mit den herausgerissenen Kieferknochen, wandten sie sich ab. Der größere der beiden Männer erbrach sich, genau wie zuvor Hank: Langweilig. Er war nicht schnell genug und beschmutzte seine Schuhe. Sein Kollege riss eine Waffe hervor und sah sich hektisch im Raum um;

der Blick huschte vor allem über die Decke, während er beidhändig die Pistole umklammerte.

Diese Narren.

Einen Augenblick lang überlegte der Dämon, ob er sich zeigen sollte. Wer weiß, welche Gestalt ihm die Polizisten verleihen würden. Er hatte Gefallen an der Verkörperlichung gefunden. Doch er entschied sich dagegen.

Eins nach dem anderen. Zuerst musste die zweite Phase des Experiments ablaufen. Danach konnte man weitersehen.

»Es stimmt«, sagte der Polizist mit der Waffe fassungslos. »Es – scheiße, es stimmt …! Schau dir das an, es stimmt!«

»Ist gut«, unterbrach sein Kollege, der sich wieder aufrichtete. Er ging einige Schritte rückwärts und lehnte sich gegen die Wand. »Verschwinden wir von hier. Was immer diese Frau in diesen Kokon eingesponnen hat – es könnte noch hier sein.«

»Was meinst du damit?«

»Scheiß drauf, das ist wie in einem Horrorfilm. Eine mutierte Spinne, oder was weiß ich. Sieht es nicht aus wie Spinnenfäden? Das hat nie und nimmer ein Mensch getan.«

Mutierte Spinne. Das klang gar nicht gut. Der Dämon war davon überzeugt gewesen, dass er ein eindeutiges Zeichen seiner selbst hinterlassen hatte. Er wusste, dass nur wenige Menschen an die Existenz des personifizierten Bösen glaubten, aber er hatte vermutet, dass sie für Beweise offen waren. Und jetzt das! Er wollte, dass Fachleute für das Dämonenwesen den Weg in dieses Haus fanden, nicht Biologen oder Naturwissenschaftler, die nach einem mutierten *Tier* suchten.

Es blieb nur eine Wahl. Er musste rasch handeln – er zeigte sich.

Beide Polizisten verliehen ihm dasselbe Aussehen. Er wurde zu dem, was sie sehen wollten – wovon sie geredet hatten. Ihre Gedanken bündelten die auf sie einströmende

Grausamkeit und Boshaftigkeit und projizierten sie in eine physische Gestalt, die den Menschen den Weg zur Tür versperrte.

Eine Spinne.

Größer als jedes Exemplar, das seit der Urzeit über die Erde gewandelt war. Dicke, borstige Haare wucherten über den ganzen Körper, sogar über die stämmigen, geknickten Beine. Der fette Hinterleib zuckte, und vor dem Maul klapperten Beißzangen, von denen eine milchige, giftige Flüssigkeit tropfte.

Beide Polizisten schrien, die Augen weiteten sich, und es dauerte nur eine Sekunde, bis die ersten Kugeln in seinen Leib einschlugen. Die Projektile fügten ihm keinen Schaden zu.

Um den Menschen zu imponieren, ließ er schwarzes Blut aus seinem Körper spritzen. Wo es auf Wände, Decke und Boden traf, fraß es sich wie Säure durch die Materie. Die beiden Polizisten verschonte er, denn er benötigte sie als Zeugen.

Er wollte nicht den Eindruck eines Tieres hinterlassen, also beschloss er, seine dämonische Existenz eindeutig zu beweisen. »Die Zeit der Menschheit ist an ihr Ende angelangt«, sagte er mit dem aufgerissenen Maul der Spinne. Ein bisschen pathetisch, aber hoffentlich wirkungsvoll.

Die Zangen klickten aufeinander, als er redete. Diesmal war seine Stimme hoch und unangenehm schrill. Überhaupt wies die aktuelle Projektion seines Körpers große Mängel auf. Judys Verstand hatte einen wesentlich anspruchsvolleren, phantasievolleren und angemesseneren Leib erzeugt.

Die Polizisten blieben wie vom Donner gerührt stehen, hoben erneut ihre Waffen. Weitere Kugeln schlugen in seinen Körper ein. Bald klickten die Pistolen nur noch, als alle Munition verschossen war.

»Ich werde euch nicht töten«, fuhr der Dämon fort. Mit jedem Wort versprühte er Speicheltröpfchen, die sich noch in der Luft zu Nebel verflüchtigten. »Ihr sollt nur wissen, dass die Hölle nach der Herrschaft greift.« Diese Worte mussten doch eindeutig sein. Selbst der beschränkteste Mensch würde sie verstehen, gerade weil sie maßlos übertrieben waren. »Nehmt die Frau mit als Beweis meiner Macht!«

Die Polizisten warfen sich wortlos herum und versuchten zu fliehen. Sie öffneten mit zitternden Händen das Fenster.

Der Dämon nutzte die Gegebenheiten seines aktuellen Körpers und huschte auf seinen vielen Beinen durch den Raum. Bald schoss er einen dicken Faden aus der Drüse seines Hinterleibs; er zuckte an den Polizisten vorbei, klebte am Fensterrahmen. Weitere Fäden, dick wie Unterarme, folgten. »Nehmt die Frau mit und geht«, wiederholte er.

Der schmächtigere der beiden Menschen schien über größere psychische Kraft zu verfügen. Er nickte und näherte sich schwankend dem Kokon, während sein Kollege an der Wand nach unten sank und reglos sitzen blieb.

»Steh auf und hilf ihm«, forderte der Dämon aus dem Maul der Spinne.

Unbeschreiblicher Ekel stand auf den Gesichtern der beiden Männer, als sie an dem Kokon zogen. Er löste sich mit einem schmatzenden Geräusch von der Decke. Judys Körper ruckte tiefer, ihre abgetrennte Zunge fiel aus dem Mund und platschte als fleischloser Lappen auf den Boden.

Die Männer trugen die Leiche nach draußen. Als sie das Haus verließen, verwehte die Projektion der Spinne.

Nun waren endgültig die Weichen gestellt. Diese Geschichte war an Deutlichkeit nicht zu überbieten, und auch die Untersuchung der Leiche Judys in den Labors der Menschen musste für sich selbst sprechen.

Das Experiment war gelungen.

Bald würden Fachleute kommen und die Fragen des Dämons beantworten.

Kapitel 2
Erinnerungen:
Die Fragen

Es ging nicht so schnell, wie er erhofft hatte. Bei weitem nicht. Er wartete schon lange, doch es tat sich nichts. Stunden vergingen. Tage. Wochen, Monate, schließlich Jahre.

Niemand betrat das Haus. Es zerfiel, nicht einmal die Nachbarn kümmerten sich darum. Kein Kind streunte auf dem Grundstück herum, das wild mit Gras und Unkraut überwucherte.

Der Dämon wartete, und er dachte zurück. Seine Gedanken wanderten in die Zeit, als er sich seiner selbst bewusstgeworden war. Damals, in der …

… Stunde null

Aus dem Nichts werde ich, und ich fühle.

Das erste, das ich fühle, ist: ICH BIN.

Danach, fast identisch und doch so viel mehr: ICH WERDE SEIN.

Und schließlich, die Erkenntnis schlechthin: ICH BIN ICH.

Diesen drei Empfindungen folgt nie wieder etwas Gleichwertiges. Ich genüge mir selbst für viele Monate und Jahre, bis ich meine Sinne ausweite und meine Umgebung erforsche. Dieser Schritt ist nötig geworden, denn ich frage mich, ob nur ich bin.

Die Antwort erhalte ich schnell. Um mich herum existiert anderes Leben. Dass es minderwertig ist, erkenne ich sofort.

Die Frau nennt sich Judy. Der Mann bezeichnet sich als Hank. Judy und Hank Mannings. Sie sind Menschen, und sie leben in einem Haus. Ich lebe mit ihnen hier, aber sie wissen nichts von mir. Es gibt einen großen Unterschied: sie wissen, wann sie hierhergekommen sind

(»Ach Hank, weißt du noch, wie schön es war, nach der Hochzeit hier einzuziehen.«) und wo sie vorher waren (»Raus aus unserer stinkenden Studentenbude und rein in unser eigenes Haus!«). Ich hingegen weiß es nicht.

Ich lese die Gedanken der beiden Menschen, und bald weiß ich, was ich bin. Sie denken nie bewusst an mich oder an solche wie mich ... doch das Wissen ist tief in ihnen verborgen. Ich muss in ihr Unterbewusstsein vorstoßen, sogar in ihr unbewusstes Sein. Dort finde ich den Begriff und das, was er bedeutet:

Dämon.

Teufel, Widersacher, Feind, Verkläger – das Böse.

Böse. Ja, ich bin böse. Der Meinung dieser Menschen nach bin ich böse. Einmal verirrt sich ein Tier auf den Speicher des Hauses, eine Katze. Es bereitet mir Spaß, mit meiner geistigen Substanz in die Kreatur hineinzufahren. Es ist eine faszinierende Erfahrung. Ich sehe mit den Augen des Raubtiers, fühle seine primitiven Instinkte, seine animalische Wildheit. Seine Bewegungen sind geschmeidig und elegant. Ich konzentriere mich auf das rasch pochende Herz, lasse es immer schneller schlagen. Die Katze spürt das nahende Ende, faucht und beginnt sinnlos herumzujagen. Schließlich bringe ich das Herz zum Platzen. Aus den Augen quillt Blut. Es stinkt.

Für die Menschen war dies ein durch und durch böses Tun, etwas völlig wider jede Moral und jede Ethik, wie sie es nennen. Ich frage mich, ob ich mit Hank oder Judy dasselbe tun soll. Aber ich warte ab und beobachte. Ich lerne von den beiden, erfahre alles über die Welt, in der sie existieren und in der ich erwacht bin. Sie denken oft an früher – an ihre Kindheit, ihre Eltern.

Ich aber habe keine Vergangenheit ... ich weiß nicht, woher ich komme.

Fragen nagen in mir und bestimmen immer mehr mein Dasein.

Die Menschen sind kleinlich.

Judy hat zugenommen, und Hank verzweifelt über seinen Potenzproblemen. Lächerliche Nichtigkeiten. Judy redet immer wieder darüber, doch Hank schweigt eisern. Der Kummer, den es ihm bereitet, verschafft mir Freude. Er frisst es in sich hinein, manchmal läuft er deswegen gebückt, als drücke etwas seine Schultern nach unten. In seinem Magen wachsen Geschwüre; einmal schicke ich einen Teil meiner Selbst durch seinen Rachen und seine Speiseröhre und beschleunige dieses Wachstum. Solange das rasche Wuchern andauert, sind Hanks Kräfte bis an die Grenzen beansprucht. Er zittert, übergibt sich und fühlt sich schlecht, nennt es eine Kolik.

Jetzt liegen sie auf der Couch und sehen einen Film, der die Frage stellt, was Realität ist und was nicht. Hinterher reden sie miteinander, und das, was sie sagen, reißt mich aus meinen eigenen Grübeleien.

»Das hat mich erschüttert«, meint Judy. »Stell dir das vor … nichts ist so, wie wir es kennen.«

Hank grinst. »Ach Unsinn. Wir leben, und es ist doch schön, oder nicht?« Er schiebt seine Hand unter Judys T-Shirt.

Sie windet sich von ihm weg. »Nicht jetzt!«, sagt sie verärgert. »Fragst du dich manchmal nicht auch, wo wir eigentlich herkommen, wo wir hingehen, und was der Sinn des Ganzen ist?«

Er schweigt einen Moment und sitzt wie versteinert, dann lehnt er sich in der Couch zurück. »Ist das jetzt dein Ernst?«

»Du kannst manchmal ganz schön plump sein!« In ihren Augen blitzt Ärger auf.

»Ich kann auch anders!« Er räuspert sich, seine Stimme nimmt einen dozierenden Tonfall an. »Also gut, wenn du willst: ich bin aus meiner Mutter Leib gekommen, und ich …«

»Quatsch nicht! Und vorher? War da gar nichts?«

Das ist der Augenblick, in dem ich hellhörig werde. *Und vorher …?* Was war, ehe ich in diesem Haus zu mir selbst gekommen bin? Bevor ich hier erwachte und fühlte, dass ich bin?

»Da war eine kleine Spermie, und außerdem ein süßes Ei, und die tapfere Spermie ging auf eine weite und gefährliche Reise durch eine ganz und gar feindliche Umgebung; sie kämpfte mit Heeren von Feinden und siegte!«

Judy verdreht die Augen und zieht die Mundwinkel nach unten. »Es hat ja doch keinen Sinn, mit dir darüber zu reden.«

»Entschuldige!« Hank senkt den Blick, hebt die Hände. »Ich weiß nicht, was war. Keiner weiß es. Es ist mir auch ziemlich egal. Da ist die Frage, wo ich einmal hingehe, schon interessanter. Manchmal glaube ich, dass nach dem Tod eben nichts mehr kommt, nur das Grab, und dann fressen Würmer meine fleischliche Hülle. Aber dann …« Er legt eine Pause ein. »Dann sehe ich dich, und ich sage mir, dass da mehr sein muss. Du bist so wundervoll, du kannst nicht aus einem Zufall heraus entstanden sein.«

Judy lächelt. »Damit hast du dir Bonuspunkte gesammelt, Hank Mannings. Das war haarscharf an einem ordentlichen Streit vorbei!«

Ich höre ihnen nicht mehr weiter zu. Ich denke an seine Worte. Die Frage, wo ich einmal hingehe … Was kommt nach dem Tod? Ist das für mich wichtig? Menschen sterben. Dämonen nicht. Oder doch? In dem Film wurde behauptet, alles, was einen Anfang hat, hat auch ein Ende. Also auch ich? Nein, das glaube ich nicht. Aber die andere Frage, die Judy ebenfalls gestellt hat, nagt in mir. Was ist der Sinn?

Irgendwann werde ich dem nachgehen müssen. Doch erst lenkt mich etwas von den Grübeleien ab: Judy küsst Hank, und heute hat er keinerlei Potenzprobleme.

Ich habe viele Versionen eines Experiments durchdacht, um Antworten zu erhalten. Manches habe ich wieder verworfen, doch eine Idee setzt sich durch.

Was sind die Fakten?

Erstens brauche ich Gewissheit über den menschlichen Tod. Gibt es etwas danach? Ich muss es wissen, denn es könnte mir Rückschlüsse auf mein eigenes Sein erlauben. Die Vorstellung, dass wirklich alles ein Ende hat, beängstigt mich. Lächerlich, dass auch ich irgendwann sterben könnte, aber …

… nun ja, es kann nichts schaden, ein wenig zu forschen.

Zweitens müssen andere in dieses Haus kommen. Menschen, die Erfahrungen mit Dämonen gesammelt haben und die mir sagen können, warum ich hier bin.

Und ich habe eine Idee. Hank und Judy könnten mir behilflich sein.

Kapitel 3
Gegenwart:
Der Unwissende

Der Dämon versank in seinen Grübeleien und Erinnerungen, bis irgendwann, endlich, das Undenkbare geschah.

Jemand betrat das Grundstück und näherte sich dem Haus. Ein Mann. Er mochte etwa vierzig Jahre alt sein, trug einen eleganten, schwarzen Anzug, darunter ein weißes Hemd; sogar eine dezente graue Krawatte lugte hervor. Als er die Hand auf die Türklinke legte und entdeckte, dass sich die Tür öffnen ließ, zog er seine dunkle Sonnenbrille ab, die bislang seine Augen unkenntlich gemacht hatte. Sie waren blau.

Er trat ein, blinzelte mehrmals. Draußen herrschten Temperaturen von über dreißig Grad bei strahlendem

Sonnenschein; im Haus war es im Vergleich dazu dunkel. Es dauerte einige Zeit, bis sich die Augen des Besuchers auf die neuen Bedingungen eingestellt hatten.

Der Mann zog ein kleines Gerät aus der Tasche seines Anzugs und drückte einen Knopf. »Beginn der Aufnahme. Sonntag, sechsundzwanzigster November Zweitausendundzwölf. Vierzehn Uhr zweiundzwanzig. Ich stehe im Eingangsbereich des Hauses. Nichts erinnert an die grausige Tat, die hier vor einigen Jahren geschehen ist. Ich spüre keine übernatürliche Präsenz.« Er drückte erneut einen Knopf und lachte. »Verdammte Spinnerei! Und da soll man ernst bleiben!«

Der Dämon näherte sich unsichtbar dem Eingetretenen.

Dieser runzelte die Stirn und blickte über die Schulter nach hinten, genau dorthin, wo sich scheinbar niemand befand. Seine Augen verengten sich. Er schüttelte den Kopf. »So ein Scheiß! Ich lasse mich doch von den ganzen Geschichten nicht anstecken! Alles Quatsch!« Er räusperte sich, begann wieder mit der Aufnahme. »Soeben sprachen meine medialen Sinne an. Ich bin mir sicher – hier in diesem Haus befindet sich etwas! Jemand … ein Geist, ein Zeuge dessen, was nach dem Tode auf uns wartet.«

Noch mal ein Knopfdrücken. »Holy Shit! Wenn ich mich so reden höre, könnte ich glatt selbst daran glauben.« Er steckte das Aufnahmegerät in die Tasche, zog stattdessen eine flache Flasche hervor. Mit fahrigen Fingern schraubte er den Deckel ab und gönnte sich einen herzhaften Schluck.

Der Besucher öffnete nacheinander alle Türen, warf kurze Blicke in die Räume. Als er das Wohnzimmer erreichte, in dem Judy gestorben war, nickte er. Gezielt suchte er die Decke ab, konnte jedoch nichts außer Spinnweben entdecken. Die Zeit hatte längst alle Spuren beseitigt.

»Ich bin in dem Raum, in dem Judy Mannings in den geheimnisvollen Kokon eingesponnen worden sein soll.« Er redete mit ernster, getragener Stimme. »Was ist hier vor sich gegangen? Die Polizisten sprachen von einer Monsterspinne. Als der Fall zur Geheimsache erklärt wurde, schlugen die Gerüchte hoch. Niemand traute sich mehr hierher; man hörte von Aliens ebenso wie von einer geplanten Invasion aus der Hölle. Ich bin der Wahrheit auf der Spur, und ich ahne – nein, ich spüre, dass die Lösung des Rätsels auf einer anderen Ebene zu suchen ist. Hier geschehen Dinge, die uns einen Blick ins Jenseits erlauben. Eine neue Dimension der Erforschung des Paranormalen öffnet sich vor mir! Das Geheimnis des Lebens selbst hat hier einen Abdruck hinterlassen, dem zu folgen die Menschheit auf eine dramatische Spur locken kann.«

Ein rascher Druck auf den Knopf, der die Aufnahme beendete. »So ein Scheiß!«

Der Dämon fragte sich, was das zu bedeuten hatte. Er drang in die Gedanken des Mannes ein. Sein Name war Joshua Carpenter. Er war Journalist, und er hatte seinen letzten Job verloren. Jetzt war er nicht nur arbeitslos, sondern völlig pleite, und er war gekommen, um aus *der alten Mannings-Geschichte* Kapital zu schlagen. An Übernatürliches glaubte er nicht; er machte sich einen Spaß aus der ganzen Sache.

Also beschloss der Dämon, sich ebenfalls einen Spaß zu erlauben.

»Joshua Carpenter«, sagte der Dämon, nach wie vor körperlos. Es war nach all den Jahren, die er bereits existierte, eine neue Erfahrung für ihn, die einen gewissen Reiz aufwies.

Der Journalist wirbelte herum. Natürlich konnte er nichts entdecken, also suchte er den Raum systematisch ab. Wieder stieß er einen Fluch aus, doch darin klang weniger Ärger, als vielmehr Unsicherheit mit.

»Joshua Carpenter«, wiederholte der Dämon, diesmal lauter. Seine Stimme drang durch bis in den letzten Winkel des Raumes. Er sprach mit düsterem Unterton, wie er es in vielen Filmen gehört hatte, die Hank und Judy angeschaut hatten.

Der Besucher atmete schwer. Seine Augen bewegten sich ruckartig. Dann grinste er. »Timmie? Bist du das? Bist du mir gefolgt, du altes Arschloch?«

»Ich bin es. Der Mörder von Judy Mannings.« Der Dämon ließ ein gellendes Lachen folgen, ebenfalls genauso wie in den Filmen.

Carpenter verschränkte die Arme, seine Haltung straffte sich. »Ich hätte dir nicht sagen sollen, was ich vorhabe, du Idiot. Lass mich hier meine Arbeit machen. Wenn du willst, kannst du mir helfen. Ich beteilige dich mit zehn Prozent am Gewinn.«

»Möchtest du mich sehen?«

»Wie könntest du mir sonst helfen, Timmie? Und sag mir, wie du diese Gruselstimme gebastelt hast. Klingt ja echt unheimlich.«

»Ich werde mich dir zeigen.« Der Dämon *offenbarte* sich. Er strömte mit seinem Wesen auf den Verstand des Journalisten ein, und dieser verlieh ihm einen Körper.

Wieder einmal.

Das Gehirn des Besuchers verarbeitete all die Grausamkeit, all die Bosheit und Dunkelheit und projizierte sie in eine Gestalt.

Diesmal glich der Dämon nichts, das auf der Erde existierte. Er war nur eine dunkle, brodelnde Masse aus *Angst* und *Entsetzen*. Irgendwo in der Schwärze blitzten Augen, Dutzende, Hunderte lidlose Augen, deren Weiß das Licht des Raumes reflektierte. Es gab keinen Mund, mit dessen Hilfe sich der Dämon artikulieren konnte, doch das hinderte ihn nicht daran zu reden. »Du wolltest mit Dingen spielen, die du nicht verstehst.«

Carpenter zitterte. Er schluckte, brach in die Knie, schlug die Hände vor die Augen. Seine Schultern sanken herab.

»Doch das, was wir nicht verstehen, ist kein Spaß! Es muss erforscht werden! Es gibt Geheimnisse, die unser Leben bestimmen. Auch ich stelle mir Fragen, doch ich wollte keine Witzfigur wie dich hierherlocken.«

Ein dumpfes Stöhnen drang zwischen den Händen des Journalisten hervor. Es ging in einen gellenden Schrei über.

»Oder doch?« Aus der Schwärze schob sich etwas heraus. Es kroch über den Boden, ein dunkles, schwärendes *Ding*. Es erreichte Carpenters Füße und umspielte sie. Der Journalist zog kraftlos den Fuß zurück.

»Du kannst nicht entkommen. Öffne deine Augen!«

Der andere gehorchte. Tausende Fühler aus Dunkelheit, einige von ihnen mit glotzenden Pupillen besetzt, schwebten auf ihn zu. Vor seinem Körper schoben sie sich auseinander, als wollten sie ihn nicht berühren; hinter ihm schlossen sie sich. Der Journalist war gefangen in einem gespenstischen Schreckensreigen.

»Wer bin ich?«, fragte der Dämon. »Wo komme ich her, und was war vorher?«

»Ich weiß es nicht«, wiederholte Carpenter die Worte, die Judy vor Jahren gesprochen hatte.

Da schlossen sich die Fühler um den gefangenen Leib und drangen in ihn ein. Es war anders als damals, als der Dämon mit den Klauen seines Insektenkörpers Judy durchbohrt hatte: Carpenters Körper versagte nicht.

Zwar überzog an den entsprechenden Stellen Raureif seine Haut, zwar sank seine Bluttemperatur auf einen Wert, der menschliches Leben unmöglich hätte machen müssen … zwar gefroren die Muskeln, sodass jeder elektrische Nervenimpuls unterbunden wurde … zwar gerann die Gehirnflüssigkeit zu Eis –

– aber als sich die Tentakel zurückzogen, drehte sich der Journalist um und verließ das Haus.

Der Dämon hatte einen winzigen Teil seiner Selbst abgespalten, mit dem er dem Körper untotes, geisterhaftes Leben verlieh. Der Mensch Joshua Carpenter war längst tot; doch seine Hülle folgte den Befehlen, die sie erhalten hatte.

Der Zombie stampfte mit ungelenken Schritten aus dem Haus, öffnete mit einer gezielten Bewegung die Tür, durchquerte das Grundstück, trat auf die Straße und lief mitten auf ihr weiter. Die Sonne, die nach wie vor heiß vom Himmel brannte, vermochte den Leib des Journalisten nicht zu erwärmen; zu groß war die Kälte, die ihn in ihren Klauen hielt und seine Knochen und sein Fleisch in Eis verwandelte.

Durch den Splitter seines Wesens, der sich immer mehr verflüchtigte, je weiter er sich von dem Haus entfernte, erlebte der Dämon im Haus alles mit, was geschah. Er sah mit seiner menschlichen Dienerkreatur, wie sich ein Auto in raschem Tempo näherte.

Dann ein andauerndes Hupen, das kreischende Geräusch quietschender Bremsen. Ein Schlag, und seine Kreatur sah den Himmel, Bäume, Asphalt, wieder den Himmel.

Ein Aufprall folgte.

Sekunden vergingen, dann tönte das Knarzen einer sich öffnenden Autotür, sich hastig nähernde Schritte. Ein schwarzhaariger, etwa dreißigjähriger Mann beugte sich über die Dienerkreatur. Sein Gesicht war bleich, die Wangenmuskulatur zuckte. »W-wie geht es Ihnen?« Eine zaghafte Berührung an der Schulter. Der Mann sprang auf, wedelte verzweifelt mit den Armen. »Er ist tot! Hilfe!«

»Ich lebe«, widersprach der Dämon durch den Mund des Journalisten. »Es geht mir gut.«

Die Worte sorgten nicht für Beruhigung. Im Gegenteil. Der Helfer begann panisch zu schreien, taumelte einige Schritte zurück. Sein Atem ging stoßweise.

Der Dämon ließ den Körper sich aufsetzen. »Es ist alles in Ordnung. Ich komme aus dem Mannings-Anwesen.

Dort ist etwas geschehen, das …« Die weiteren Erklärungen gingen im Geschrei des Fahrers unter. Er hetzte zu seinem Auto. Die Tür stand noch immer offen, er huschte hinein. Eine Sekunde später sprang der Motor an, Reifen quietschten und der Wagen schoss rückwärts davon. Er wendete auf der Straße und dem Bürgersteig, schrammte an einem Zaun entlang und entfernte sich rasch.

Der Dämon spürte, wie ihm langsam aber sicher die Kontrolle über den toten Körper entrann. Der Splitter, den er in ihn gelegt hatte, war einfach zu klein gewesen. Er verflüchtigte sich, strömte durch die Poren zurück zu seiner eigentlichen Heimat im Haus. Sollte diese Aktion etwa umsonst gewesen sein? Würde es ihm wieder nicht gelingen, einen erfahrenen Dämonenkenner ins Haus zu locken?

Die Wut über das eigene Versagen schwand, als die Augen des Journalisten sahen, dass auf dem Bürgersteig drei Menschen standen. Neugierige, die sich versammelt hatten. Zwei junge Männer, eine Frau. Er wankte auf sie zu. Der Körper seiner Dienerkreatur gehorchte ihm nur noch bedingt. Es blieb nicht mehr viel Zeit.

Die Augen der Zeugen weiteten sich panisch. Zwei von ihnen flohen, doch einer verharrte auf dem Fleck. Sein Mund stand halb offen, er streckte abwehrend die Hände nach vorne.

»Ich komme aus dem Mannings-Anwesen«, wiederholte der Dämon. »Dort starb ich, aber dennoch lebe ich.« Der Gastkörper brach in die Knie und stürzte erneut auf den Asphalt. Während sich jedes noch so winzige Teil seiner Präsenz aus dem Körper verflüchtigte, starrte der Zeuge fassungslos auf das Unfallopfer mit dem zerschmetterten Hinterkopf und den zweifellos gebrochenen Halswirbeln, die fahl und zersplittert aus dem Fleisch ragten.

In seinem Domizil grübelte der Dämon.

Es gab einen Zeugen, der die Wahrheit berichten konnte. Aber würde er das auch tun? Und hatte er den Kern der kurzen Botschaft verstanden – dass hier im Haus dämonische Aktivitäten vor sich gingen?

Wussten die Menschen nach all der Zeit überhaupt noch etwas anzufangen mit dem Begriff *Mannings-Anwesen*? Gewiss, der Journalist hatte es gekannt, aber er war ein Fachmann gewesen, hatte sich mit der Geschichte des Hauses beschäftigt.

Der Dämon hatte erst, als sein Splitter beim endgültigen Ausfahren aus Carpenters Körper kurz das Bewusstsein des Zeugen gestreift hatte, verstanden, warum alle so panisch reagiert hatten. Der Journalist wäre unter *normalen* Umständen bei dem Autounfall zweifellos gestorben. Dass er dennoch gelebt und sogar geredet hatte, war nicht die eigentliche Sensation, die auf die Mediziner wartete, die den Leichnam untersuchten. Das konnten sie zunächst als Halluzination oder bewusste Irreführung des Zeugen einschätzen. Was sie vor wirkliche, wissenschaftlich greifbare Rätsel stellen musste, war die Kälte, die er in Carpenters Körper gelegt hatte. Die Hälfte des Blutes war gefroren, und es würde tagelang nicht in seinen flüssigen Zustand zurückkehren. Viele Muskeln würden auch dann noch vor Kälte steif bleiben, wenn die Pathologen Hitzestrahler auf sie richteten. All das konnte nur zu einem Schluss führen: was der Zeuge berichtete, war die Wahrheit, auch wenn es unglaublich klang. Und wenn sich seine Botschaft verbreitete, wenn die Welt endlich von seiner Gegenwart erfuhr …

… dann würden die zu ihm kommen, die er so dringend benötigte. Und sollte das alles nicht der Fall sein, beschloss er, musste er das Haus verlassen, auch wenn er davor eine kreatürliche, unerklärliche Angst verspürte. Er glaubte, dass er an diesen Platz gebunden war.

Aber zunächst hieß es warten.

Ein letztes Mal!

Kapitel 4
Die Wissenden

Er musste nicht lange warten.

Diesmal, so schien es, ging sein Plan in allen Einzelheiten auf.

Schon am nächsten Tag betraten zwei Männer das Haus. Sie trugen unauffällige, sportlich-elegante Kleidung; dazu schwarze Hüte, die sie vor der Sonne schützten und die sie auch im Haus nicht ablegten. Die alten Turnschuhe wollten nicht recht zu dem Gesamtbild passen.

Kaum waren sie eingetreten, ergriff einer der beiden das Wort. »Wir wissen, dass du hier bist!« Er klang fest, zuversichtlich und bestimmt. Das passte zu seinem markanten Gesicht und den eisblauen, stechend blickenden Augen. »Ich bin Dean, das sollte genügen. Der Nachname tut nichts zur Sache.«

»Mein Name ist Stephen«, fügte sein Begleiter hinzu. Seine Stimme war weicher, fast weiblich. Sie vibrierte bei den hohen Tönen etwas, wie es bei einem Jungen im Stimmbruch der Fall war. Trotzdem war er der muskulösere und zweifellos auch ältere der beiden Männer. Unter seinem Hut hervor ragte bis in den Nacken graues Haar.

»Wir wünschen, dass du dich zeigst!« Deans Blick irrte im Raum umher. »Die Zeichen, die du hinterlassen hast, sind eindeutig. Unserer Auffassung nach wolltest du, dass jemand zu dir kommt, der über dich Bescheid weiß. Jemand, der dir Fragen beantworten kann, wie sie sich Deinesgleichen zu stellen pflegen.«

»Wir sind diese Wissenden, die du suchst«, fügte Stephen hinzu.

Es war vollbracht! Diese beiden übertrafen seine Erwartungen bei weitem. Sie ließen nicht nur keinen Zweifel daran, dass sie von den Dämonen als solchen wussten; nein, sie hatten seine Spuren hundertprozentig richtig gedeutet. Und sie kannten seine Fragen.

Aber bevor er sich den Besuchern zeigte, wollte er mehr über sie erfahren. Nach ihren Antworten würde er sie töten. Er konnte keine Mitwisser gebrauchen. Außerdem hatte er Lust am Morden gefunden; es entsprach seiner bösen Natur.

Vor allem musste er herausfinden, was ihm Sorge bereitete – was ihn an den beiden Besuchern abstieß und ihm Unbehagen verursachte. Unsichtbar näherte er sich ihnen. Das Empfinden großer Gefahr nahm zu, steigerte sich zu echtem Schmerz. Instinktiv wollte er zurückweichen, doch er zwang sich zur Ruhe und dazu, näher heranzugehen, das Zentrum dessen zu suchen, das ihn quälte.

»Du bist hier.« Stephen drehte sich um, bis er ihn genau ansah, oder angesehen hätte, wenn er sichtbar gewesen wäre. Der Mensch zog die Augenbrauen zusammen, schob den Kopf leicht nach vorne. »Ich spüre dich. Du bist nicht der erste deiner Art, auf den wir treffen. Wir wissen Dinge über dich, die dich interessieren.«

Der Dämon löste sich von Stephen, huschte näher an Dean heran.

»Du musterst uns«, sagte dieser. »Die Zeit der Spiele ist vorbei. Zeig dich uns, sonst zwingen wir dich dazu.« In seiner Aussage lag nicht ein Hauch von Unsicherheit.

Wut stieg in ihm hoch. Sie wollten ihn zu etwas zwingen? Lächerlich! Er tat, wonach immer ihm der Sinn stand! Wenn er die beiden töten wollte, konnte er es ebenso tun wie bisher! Er verließ den Eingangsbereich des Hauses durch die Wand, raste in die Küche. »Ihr zwingt mich nicht«, grollte er von dort, so laut, dass die Besucher ihn hörten.

Ohne zu zögern eilten sie zu dem Ursprung der Worte. »Du hast Fragen«, stellte Stephen lapidar fest, als sei es eine Selbstverständlichkeit.

»Woher wisst ihr davon?« Er ließ seine Stimme aus dem Wasserhahn dringen, gefolgt von einem gurgelnden

Geräusch. Dann schoss explosionsartig Wasser heraus und verspritzte die Wände.

»Lass die Spiele«, kommentierte Dean ungerührt. »Poltergeist-Phänomene beeindrucken uns nicht.«

»Woher wisst ihr von meinen Fragen?« Diesmal donnerte seine Stimme aus dem geöffneten Herd, der sich in Sekundenschnelle erhitzte. Eine Feuerlohe schoss daraus hervor, auf die beiden Besucher zu. Sie verpuffte jedoch, bevor sie sie erreichte. Der Dämon wollte ihnen keinen Schaden zufügen. Nicht, ehe er wusste, was sie ihm zu sagen hatten.

»Wir werden erst Antworten geben, wenn du dich zeigst. Wir wollen wissen, mit wem wir es zu tun haben!«

Er beschloss, ihren Wunsch zu erfüllen. Er *offenbarte* sich, und das Ergebnis überraschte ihn. Er stand als Mensch vor den beiden Besuchern, als nackter, geschlechtsloser Sterblicher, dessen Augen in einem dumpfen Rot glommen. Seine Arme und Beine waren schmächtig, sein Leib ausgemergelt, die grauen Haare hingen ihm lang und verfilzt in den Nacken. Die Rippenknochen stachen hervor, die Haut spannte sich dürr und pergamentartig darüber.

»Willkommen«, sagte Stephen voller beißender Ironie. Seine Hand fuhr in die Tasche seiner leichten Sommerhose. Einen Lidschlag später kam sie wieder zum Vorschein. Die Faust ballte sich um etwas, das der Mensch vor dem verkörperlichten Dämon auf den Boden schleuderte.

Sofort jagten Schmerzen durch seinen ganzen Körper. Es war, als schossen tausende glühende und zugleich gefrorene Nadeln von dem Ding aus auf ihn ein und zerfetzten sein Fleisch. Er wollte zurückweichen, doch in derselben Sekunde spürte er die Wirkung auch in seinem Rücken.

Dean!

Er hatte einen zweiten Gegenstand auf den Boden geschleudert.

Der ausgemergelte Menschenkörper des Dämons brach in die Knie. Er stöhnte und versuchte sich zurückzuziehen, doch er blieb in diesem schwächlichen Leib gefangen! »Was – habt ihr mit mir gemacht?«

Stephen trat einen Schritt heran. »Was vor und hinter dir auf dem Boden liegt, sind dämonenbannende Gemmen. Sie sind in ihrer Wirkung nicht gerade schwach, wie du zweifellos bemerken dürftest, aber es sind auch nicht die stärksten Waffen, die wir besitzen.«

Der Dämon wollte aufstehen, doch die Knie des Leibes, in den er gezwungen worden war, gaben keinen Halt. Wogen der Übelkeit wallten durch seinen Körper.

»Wir sind bereits auf viele wie dich getroffen«, fuhr Dean fort. »Die erste Begegnung überlebten wir nur, weil wir verdammt viel Glück hatten, aber inzwischen sind wir besser geworden. Wir haben Forschungen betrieben. Die Gemmen, die dich bannen, sind eines der Ergebnisse.«

»Ihr kennt viele wie mich?« Trotz seiner verzweifelten Lage war dem Dämon vor allem wichtig, die Antworten auf seine Fragen zu erhalten. Danach konnte er immer noch zusehen, wie er sich aus dieser Falle wand.

»Auch wenn es dich nichts angeht«, sagte Stephen voller Abscheu und spuckte auf den Boden. »Sowohl Dean als auch ich haben durch Deinesgleichen eine Ehefrau verloren. Den, der es getan hat, haben wir vernichtet.«

Die Worte drangen wie Messer in den Leib des Dämons. Er meinte, Judys Stimme zu hören. *Fragst du dich nicht manchmal auch, wo wir hingehen?* »Vernichtet?«

»Dasselbe Schicksal, das dir bevorsteht. Du hast Menschen getötet. Wir ziehen dich zur Rechenschaft. Sieh dich an. Du bist kein ernst zu nehmender Gegner für uns, sondern eine jämmerliche, schwache Kreatur. Wir haben uns die Art, wie du dich verkörperlichst, zunutze gemacht, es ist unsere stärkste Waffe geworden. *Wir* verleihen dir Gestalt. Ein einfacher Trick, denn deine Bösartigkeit, deine

Grausamkeit und Dunkelheit können uns nicht mehr schockieren. Wir sind daran gewöhnt! Wir verwandeln sie …« Er schnipste mit den Fingern. »… in Schwäche!«

»Deine bösen Gedanken fressen dich auf«, ergänzte Stephen. »Sie haben längst in dir Gestalt angenommen, wuchern als wilde Geschwüre. Der Krebs wächst ständig, die Metastasen zerstören deine Organe, dein Gehirn … und egal, wie sehr du es versuchst, du kannst der bannenden Wirkung der Gemmen nicht entkommen. Sie fesseln dich an deinen kranken, sterbenden Menschenleib.«

Dean verschränkte die Arme vor der Brust. »Wir müssen nichts anderes tun als warten. Manchmal sind es Stunden, dann wieder Tage. Wir opfern diese Zeit gerne, im Gedenken an die Menschen, die wegen dir böser Kreatur gestorben sind.«

»Wo komme ich her?«, krächzte der Dämon. »Was war, bevor ich mir meiner selbst bewusstgeworden bin?«

»Vielleicht schickte dich die Hölle auf die Erde, wir wissen es nicht. Wir haben es nie herausgefunden. Erst wenn ihr euer Unwesen treibt, werden wir auf euch aufmerksam. Zumal es meist denselben Weg nimmt. Ihr wollt, dass man euch findet, denn ihr sucht Antworten!«

»Und wo gehe ich hin?«

»Diese Frage wirst du dir selbst beantworten, schon bald.«

»Wer bin ich?«

Dean und Stephen schwiegen.

»Was ist der Sinn?«

Keine Antwort erfolgte, und das war schlimmer als alles andere.

Von diesem Moment an schwiegen Dean und Stephen beharrlich. Sosehr der Dämon es auch provozierte, er konnte sie zu keinem einzigen Wort mehr bewegen. Gleichzeitig fraß ihn die Schwäche auf.

Einmal versuchte er, zur Seite wegzukriechen; sofort platzierte Stephen dort eine weitere Gemme. Nun war der Dämon umringt von sechs dieser unscheinbaren Amulette, die seiner Existenz ein Ende bereiten würden.

Nein, sagte eine leise Stimme in ihm, *nicht die Gemmen. Sie fesseln dich nur in diesen Körper. Die Krankheit dieses Leibes tötet dich, die Krebsgeschwüre. Die manifestierte Bösartigkeit deines Wesens streut Metastasen. Du verschlingst dich selbst.*

Nach Stunden ließ die Aufmerksamkeit der beiden Menschen nach. Sie waren sich sicher, dass ihr Opfer nicht mehr entkommen konnte. Sie hatten dieses grausame Spiel schon oft durchgeführt. Er bezweifelte die Wahrheit ihrer Worte keine Sekunde lang. Zu perfekt war ihr Vorgehen gewesen, als dass es nicht von langer Routine zeugte.

Vorsichtig näherte er seine Hand einer der Gemmen. Augenblicklich nahmen die Schmerzen zu; jeder Millimeter, den er sich auf den Banner zu bewegte, entfachte eine wahre Folter in ihm. Er stöhnte auf, zog die Hand zurück.

»Ich glaube, diesmal wird es schnell gehen«, sagte Stephen.

Dean antwortete nicht, und sie versanken wieder in brütendes Schweigen.

Der Dämon wusste, dass das Ende nahte. Die Falle der beiden Menschen war vollkommen. Aber seine Peiniger rechneten nicht mit einer Tat, die von Wahnsinn zeugte. In dem Moment, als der Gedanke kam, zögerte er keinen Augenblick. Wenn er erst einmal darüber nachdachte, konnte er es niemals tun. Die Angst würde ihn handlungsunfähig machen.

Er spannte alle Muskeln seines Menschenkörpers an, dann …

… griff er die Gemme vor sich, umfasste sie und schleuderte sie weg. Der Schmerz überstieg alles. Seine

Hand verdorrte. Das Fleisch platzte ab, die bloßen Knochen überzogen sich mit Schwärze wie mit Ruß. Er schlüpfte aus seinem Gefängnis, kroch davon, weg von der lähmenden Ausstrahlung.

Sofort verließ er den Gastkörper.

Doch der Schmerz verschwand auch nicht, als er reine geisterhafte Substanz war. Die Gemme hatte einen Teil seiner selbst zerstört.

Stephen und Dean sprangen auf. Sie schrien, griffen die Banner. Der Dämon fuhr unsichtbar durch die Lüfte und kappte die Aufhängung der schweren Lampe an der Küchendecke. Sie stürzte nach unten, auf Dean zu. Dieser wich zur Seite aus, die Lampe krachte auf den Boden, traf nicht. Er gönnte den Menschen keine Ruhe. Eine Schublade öffnete sich, Messer schwebten daraus hervor, richteten sich mit den scharfen Klingen auf ihr Ziel aus.

Stephen riss die Tür auf.

Die Messer jagten heran.

Dean schlüpfte aus der Küche. Stephen schrie, als eine der Klingen ihn traf. Sie bohrte sich in seinen Rücken. Dean wirbelte herum. Die Tür schlug zu. Dumpfe Laute drangen hindurch.

Schreie.

Ein hohles, hämmerndes Hacken.

Wieder. Wieder.

Und wieder.

Die Schreie verstummten.

Kapitel 5
Die Antworten

»Nur noch wir beide«, sagte der Dämon. Die Mordlust und der Hass drohten ihn zu zerreißen. Was die Gemme getan hatte, es war schrecklich. Er war nicht mehr vollständig. So wie sein Gastkörper zuletzt ohne Hand existiert hatte, fehlte noch immer ein Stück seiner selbst. Er konnte nicht mehr alles tun, was er zu tun gewohnt war.

Er schwebte nach oben und hielt sich unter der Decke des Flurs auf. Er beobachtete Dean. Nicht die kleinste Regung entging ihm.

Der Mensch stand schwer atmend da. Er starrte noch immer die Küchentür an, hinter der seinen Kollegen das Schicksal ereilt hatte. Zwei Messerspitzen hatten das Holz glatt durchbohrt und ragten ins Freie; das Metall war rot. Durch den Türschlitz quoll ein dünner Strom aus Blut.

Dean riss sich von dem Anblick los, wankte zur Ausgangstür.

»Nein!«, rief der Dämon. »Wenn du weitergehst, werde ich das Haus über dir zusammenstürzen lassen!« Er wusste nicht, ob er dies trotz seines Handicaps noch vermochte, aber darauf kam es nicht an. Die Drohung wirkte.

Dean rührte sich nicht mehr von der Stelle. »Was willst du?«

Antworten. »Du hast viele wie mich gesehen und vernichtet. Was geschah, als sie starben?«

»Warum sollte ich es dir sagen?«

»Wenn du es tust, werde ich dich gehen lassen.«

»Ich glaube dir nicht.«

»Dann stirbst du jetzt gleich.« Er konzentrierte sich, und das Haus bebte. Putz rieselte von der Decke.

»Warte!« Dean hob die Hände über den Kopf, um sich zu schützen. Dieser Narr! Was hätte ihm das geholfen, wenn Tonnen an Gestein und Gebälk über ihn gestürzt wären? »Beweise mir, dass du mich wirklich gehen lassen wirst!«

»Rede oder stirb!« Der Dämon ließ sich nicht erweichen. Es gab keinen Grund dazu.

»Als sie starben, nahmen sie ihre wahre Gestalt an«, erklärte Dean.

Er war auf der richtigen Spur! Endlich, nach all den Jahren lagen die Antworten auf seine Fragen so nahe vor ihm. »Wie sehen wir aus? *Wer sind wir?*«

»Ich zeige es dir! Offenbare dich mir, und ich lasse dich so sein, wie du wirklich bist!«

Der Dämon machte sich bereit, bündelte seine Energien, fokussierte sich auf den Verstand des Menschen unter ihm …

… und durchschaute den Plan. Er hätte ihn erneut in eine hilflose Gestalt transferiert. »Du lügst!«

»Ihr seid die Dunkelheit des Alls, die die Sterne umfängt! Ihr seid das glutflüssige Feuer im Inneren der Erde!«

Er senkte sich herab, näherte sich unsichtbar Deans Rücken. Der Mensch log, wand sich wie ein widerlicher, ekelerregender Wurm, versuchte seinen Kopf aus der Schlinge zu ziehen. Der Dämon erinnerte sich, wie er vor Jahren in den Leib der Katze gefahren war und ihr Herz zerstört hatte. Genau das würde er jetzt wieder tun. Er besetzte den Körper des Menschen …

… drang in seine Adern und Arterien …

… lähmte die Muskeln und Nerven …

… pulsierte im Herzschlag …

… strömte mit dem Sauerstoff durch das Blut …

… erreichte das Herz …

… weitete sich aus, bereitete den finalen Schlag vor, der das Gewebe explodieren ließ …

… und wurde aus dem Körper ausgestoßen.

Er sah, wie Dean zwei der Gemmen in den Händen hielt und gegen seine Brust presste. »Ich spürte dich hinter mir«, sagte der Mensch. »In jeder Sekunde weiß ich, wo du bist.« Er schleuderte die Banner auf die geisterhafte, unsichtbare Substanz des geschwächten Dämons.

Seine Kräfte versiegten.

Er würde nun erfahren, wo er hinging.

Aber wo kam er her?

Wo – kam – er – her?

Deans Gedanken drangen in ihn ein und verkörperlichten ihn, ohne dass er es wollte. Er war klein. Ein sich windender Wurm …

Dean hob seinen Fuß und trat zu.

EPILOG

Stephen: Das war ich. Die Erinnerung verblasst, läuft mit dem Blut aus einem Dutzend Wunden aus mir heraus. Ich will bleiben, doch ich kann nicht. Es ist kein Platz. Das Haus ist schon besetzt.

Auch dieses Wissen schwindet.

Alles löst sich auf …

Dann eine letzte Erkenntnis, ein Halt, ehe ich verwehe: Ich kann bleiben, denn der andere geht …

Der andere?

Alles verblasst in der …

… Stunde Null

Aus dem Nichts werde ich, und ich fühle.

ICH BIN.

ICH WERDE SEIN.

ICH BIN ICH.

Vierter Zwischenruf

Okay, ich gebe es zu: Diese Geschichte ist anders. Fast ein wenig experimentell. Mir hat mal jemand dazu geschrieben: Ich glaube, ich finde sie gut, aber ich verstehe das Ende nicht. Was soll ich sagen? Mal was anderes!

Anders als alle anderen Geschichten in diesem Buch kam diese nicht zuerst in der Schattenreich-Serie. Dafür hatte ich sie zwar geschrieben, aber der Hammer fiel vor der Veröffentlichung – zack! Das Schattenreich wurde eingestellt.

Die Geschichte erblickte das Licht der gedruckten Welt dann nicht im Heftroman, sondern gleich im Hardcover. Was sie weder besser noch schlechter macht. Genauer gesagt, im sechsten Hardcover der »Vampir«-Serie des Zaubermond-Verlags, das den Titel »Der Geist im Totenbrunnen« trägt; dort hieß meine Geschichte »Die Fragen des Bösen«.

Anders als vorne behauptet, habe ich diese Geschichte für eine frühere Neuveröffentlichung (im *richtigen* E-Book-Verlag, Sie erinnern sich?) merklich überarbeitet. Vielleicht, weil das mit den eher experimentellen Texten so eine Sache ist: irgendwie gefiel es mir nicht mehr so richtig. Ist sie jetzt besser? Keine Ahnung. Ich finde schon, aber so etwas sollte nicht der Autor entscheiden.

Sie entstand, soweit ich das nachvollziehen kann, Anfang 2005. Und keine Sorge, die nächste Geschichte ist wieder … normaler. Was man eben so normal nennt in der bunten Welt des Heftromans, der all diese Geschichten entsprungen sind.

MONSTER-
DÄMMERUNG

Die Zahl der Toten ist unüberschaubar.
Millionen sind den Monstern zum Opfer gefallen.
Wir müssen zurückschlagen.
– Stellungnahme des obersten Militärkommandanten
am dreiundzwanzigsten Tag der Kämpfe –

1.

Der erste Schuss schlug direkt vor ihm in den Boden ein. Andro schrie auf, warf sich zur Seite. Nur so entging er der zweiten Salve. Hinter sich hörte er einen Schrei. Er kannte den jungen Soldaten nicht – und er würde ihn nie kennenlernen. Mehrere Kugeln schmetterten in seinen Körper, und der Kopf zerplatzte.

Andro fühlte einen Brechreiz, doch er unterdrückte ihn. Es blieb keine Zeit. Er musste funktionieren. Sonst überschwemmten die Monster bald die ganze Welt. Eine mörderische Horde der schrecklichen Kreaturen näherte sich unerbittlich. Schritt für Schritt gewannen sie Boden. Ihre Waffen spuckten Tod und Verderben. Sie brüllten Laute und Worte ihrer widernatürlichen Sprache, deren Klang jedem, der sie hörte, Schauer über den Rücken laufen ließ.

Ihm blieb keine andere Wahl. Er gab den Befehl weiter, der einen der entsetzlichsten Einsätze startete, die die Welt je gesehen hatte. Er war nicht beispiellos, oh nein, das nicht, aber Andro fühlte nur Kälte in sich, weil *er selbst* den Befehl gab.

Seit die Monster aus ihrer fremden Dimension kamen, war nichts mehr wie zuvor. Alte Werte mussten neu überdacht werden. Es ging um den Fortbestand der Welt – also galten althergebrachte Konventionen nicht mehr? Skrupel waren nur noch … hinderlich. Uneffektiv.

Du machst dir etwas vor. Er belog sich, hatte schon so lange die beschönigenden und vertuschenden Worte gesprochen, dass er sie mittlerweile selbst glaubte.

Die Bestätigung traf ein. Andro wusste, dass in diesem Moment einhundert Freiwillige ihren letzten Weg antraten. Sie würden den Vormarsch der Horrorkreaturen stoppen – für diesmal. Doch der Preis war so hoch, dass er sich fragte, ob das Ergebnis ihn rechtfertigte.

Sekunden vergingen, während um ihn herum die Schlacht in unverminderter Härte tobte. Es war gelungen, die Bestien im unbesiedelten Niemandsland vorerst zu stoppen, ehe sie die nächste größere Stadt erreichten.

Schüsse fielen. Schreie gellten in seinen Ohren. Dann sah er sie, die Helden. Sie stürmten aus der Deckung des Hügels hervor. Ewiger Ruhm stand ihnen bevor, zumindest, falls es Zeitmaßstäbe wie die Ewigkeit nach der Invasion der Monster überhaupt noch geben konnte. Ihre Familien würden das höchste Ansehen der Regierung und der gesamten Bevölkerung genießen und alle denkbaren Privilegien auskosten können.

Schale Gedanken.

Nichts als Lügen.

Dasselbe, das er sich verzweifelt einzureden versuchte. Doch indem er es wiederholte, wurde es nicht besser und nicht wahrer. Andro kamen die Worte wie der reinste Hohn vor, obwohl er sie höchstpersönlich als erster niedergeschrieben hatte. Letzten Endes starben diese Freiwilligen wegen ihm. Denn der Einsatzplan stammte von ihm.

Die vorderste Front der Angreifer erreichte das mit Sprengstoff verminte Land. Andros Stellvertreter zündete die Minen, Dutzende Explosionen entfachten die Hölle.

Hunderte der Ungeheuer wurden in Stücke gerissen. Selbst ihre Todesschreie klangen wie pure Bösartigkeit, als verfluchten sie alles um sie herum noch im Augenblick ihres Todes. Kreaturen wie diese existieren nur zu einem Zweck: Leid und Schmerz auszulösen. Doch auch diese brutale Verteidigungsaktion konnte den Vormarsch letzten Endes nicht stoppen.

Die Front der Freiwilligen erreichte die Phalanx der Monster. Blutige Einzelkämpfe brachen los. Es gab die ersten Toten, doch die Helden hatten nur Eines im Sinn: weiter in die Masse der Höllenkreaturen vordringen. Möglichst weit vorankommen, egal um welchen Preis. Jeder Schritt zählte. Jede Verletzung war akzeptabel, solange man nur noch laufen konnte. Die Schmerzen waren zeitlich und würden bald vergehen.

Und dann …

… zündeten sie den Sprengstoff, den sie um ihre Körper trugen.

Von einem Augenblick auf den anderen verwandelte sich das Schlachtfeld auf der Seite der Angreifer in ein Inferno. Gewaltige Feuerbälle stiegen in den Himmel, ohrenbetäubender Lärm ließ Andro glauben, taub zu werden.

Es dauerte nicht lange, und das Chaos ebbte ab. Das Feuer erstickte, fand auf dem kahlen Boden keine Nahrung mehr. Auf einer riesigen Fläche war *nichts* mehr zu sehen. Keine Monster. Nicht einmal abgerissene Körperteile. Nur zerstörte, in Ewigkeit verbrannte Erde.

Angesichts dieser Niederlage zogen sich die wenigen überlebenden Monster, die weit genug abseitsgestanden hatten, zurück. Sie flohen, sammelten sich, und ein blau gezackter Dimensionsriss tat sich auf und verschluckte sie. Doch sie würden wiederkommen. Bald. Daran gab es keinerlei Zweifel.

Andro verspürte keinen Triumph. Nur tiefen Schmerz ob der hundertfachen Ernte, die der Tod in diesen Sekunden gehalten hatte.

Andro saß in angenehmem Halbdämmer an dem primitiven Tisch, den sie in ihrem provisorischen Hauptquartier errichtet hatten. *Ein Zustand wie vor Hunderten von Jahren,* dachte er missmutig. Der Wind pfiff durch alle

Ritzen des undichten Gebäudes; Andro fror. Und er sah seinem Gegenüber an, dass es ihm auch nicht besserging. Sein bester Freund, mit dem er schon die Kindheit gemeinsam verbracht hatte.

»So kann es nicht weitergehen, Chris.« Er räkelte sich unbehaglich auf dem unbequemen Stuhl, der in allen Fugen knarrte, als breche er jeden Moment unter der unerwünschten Last.

»Was willst du ändern, Andro? Du hast gegeben, wozu du in der Lage warst. Mehr ist nicht möglich.«

»Man sagt mir nach, ich sei einer der besten Militärstrategen seit einem Dutzend Generationen!« Seine Gedärme zogen sich krampfhaft zusammen, und die Luft im Raum schien plötzlich schal zu sein, als stinke sie nach Tod, Blut und Verwesung. Als kämen die Geister der *freiwilligen Helden* aus ihren Sphären, um ihn heimzusuchen – und als würden sie den Geruch des Jenseits mit sich führen, damit die Sterblichen ihre Anwesenheit bemerkten. »Ich sei der Beste!« Andro lachte bitter. »Doch bin ich fähig, die Invasion abzuwehren?«

Chris schwieg. Was hätte er auch sagen sollen? Ihn in seiner Bitterkeit bestätigen?

»Ich kann uns einen lausigen Aufschub verschaffen, einige der Monster vernichten, indem ich unsere Leute in den Tod schicke. Aber das ändert nur etwas am Zeitplan – nichts am tödlichen Ende!«

Schweigen breitete sich aus. Als Chris schließlich das Wort ergriff, tat er es besonnen wie immer. Ohne den steten und zuverlässigen Rat seines Freundes hätte es Andro nie soweit bringen können. In Wahrheit stammten einige der Strategien, die seinen Weltruhm begründeten, in ihrem Kern von Chris, einem Soldaten, der kein einziges Mal befördert worden war. Andro fragte sich, wie oft es schon so gewesen war – wie oft sich der Ruhm jemandem zugewandt hatte, der es eigentlich nicht verdiente. Wie oft die Welt von Unbekannten gerettet worden war, während man andere feierte und ihre Namen die Zeiten überdauerten. »Niemand könnte die Ungeheuer aufhalten. Sie sind die schrecklichste Bedrohung, die es jemals gab.«

»Ich will einfach nicht glauben, dass sie das Ende unserer Kultur sind!«, brauste Andro auf. »Es gab so viele Katastrophen, die wir überstanden haben, und jetzt …«

»Noch nie zuvor gab es etwas Vergleichbares!« Chris' Stimme durchschnitt scharf die Worte seiner Klagerede, doch er ließ sich nicht beirren.

»Diese verdammten Bestien tauchen hier auf und machen alles zunichte, wofür wir Jahrhunderte lang gearbeitet haben! Kennst du schon den neuesten Bericht?« Andro erhob sich und starrte seinen Freund wütend an. Ohne eine Antwort abzuwarten, stieß er die nächsten Worte voller Verbitterung aus. Seine Finger krallten sich um die Lehne des Stuhls. Wieder ächzte das Holz protestierend. »Sie haben die komplette Einwohnerschaft einer Großstadt ausgerottet und dort ihr Hauptquartier errichtet!«

Der Schock stand seinem Freund ins Gesicht geschrieben.

»Zehn weitere Millionen Tote, nach vorsichtigen Schätzungen. Vielleicht zwölf Millionen, oder dreizehn. Und die Monster verfügen jetzt über eine uneinnehmbare Basis in unserer Welt. Sie haben die Stadt abgeriegelt. Nichts und niemand kann die Wälle durchbrechen oder an den Wächtern vorbeigelangen. Sie haben Fuß gefasst und es gibt keine Chance, sie wieder zu vertreiben!«

»Du musst …«

»Du willst es nicht wahrhaben. Es ist zu Ende! *Ich* bin am Ende.«

»Du bist noch nicht am Ende, Andro! Du bist frustriert und innerlich abgestorben wegen dem, was du zu tun gezwungen warst und bist, aber du bist noch nicht am Ende.« Er wiederholte es immer wieder wie eine Beschwörung, als verfügten seine Worte über magische

Kräfte, die die verletzte und zerstörte Seele des Freundes heilen könnten.

Nach einigen Augenblicken des Schweigens setzte sich Andro. »Was ich jetzt sage, ist nur für deine Ohren bestimmt. Ich habe sehr lange darüber nachgedacht. Niemand weiß davon, denn nur in dich setze ich genügend Vertrauen.«

Chris' Miene drückte Zuversicht aus.

»Ein fliegendes Wort verbreitet sich überall. Du wirst es auch schon gehört haben. Der Verteidigungskrieg sei zum Scheitern verurteilt. Die Lösung läge darin, zurückzuschlagen.«

»Jeder kennt diesen Spruch, aber es ist unmöglich. Die Höllenwesen tauchen aus einer fremden Dimension auf! Wir können nicht dorthin gelangen!«

»*Unmöglich* ist ein Wort, das wir nicht mehr verwenden dürfen. Seit Jahren hat man über die Möglichkeit theoretisiert, dass solche Fremdwelten existieren und dass man sie auch erreichen könnte. Nun ist uns ein definitiver Beweis für diese Theorien geliefert worden! Den Monstern ist ein Dimensionswechsel gelungen.«

»Du willst darauf hinaus, dass wir es auch können sollten, wenn sie es vollbracht haben.«

»Wir *müssen* zurückschlagen, wenn wir überleben wollen.« Andro sprach kühl und völlig emotionslos. Er unterdrückte den Hass. »Und ich habe einen Plan.«

Der Name des Wissenschaftlers blieb geheim, und das aus gutem Grund. Er hatte verlangt, dass allen weiteren Teilnehmern der Runde seine Identität verborgen bleiben sollte. Ja, er hatte es sogar zur Bedingung seines Erscheinens gemacht.

Niemand außer Chris war zusätzlich anwesend – doch auch dem besten Freund gegenüber würde Andro den Wunsch seines Gastes erfüllen. Der Wissenschaftler war der seltsamste Kauz, den er jemals gesehen hatte. Kleine Augen blickten listig unter einer außergewöhnlich weit vorgewölbten Stirn. In seiner Rechten hielt er einen goldglänzenden Brieföffner und tippte damit ununterbrochen auf den Tisch. Wenn er selbst das Wort ergriff, verschnellerte sich der Rhythmus. *Tack … tack … tack … tack-tack-tack-tackackack.*

»Wir sind hier zusammengekommen, um die Monster in ihre Schranken zu weisen«, sagte Andro lapidar, als sei es die größte Selbstverständlichkeit.

Tack … tack … tack …

»Wir wissen längst«, fuhr er fort, »dass es sich nicht um Bewohner eines anderen Planeten handelt, wie wir zunächst annahmen.«

Tacktackack-tackack-ack … »Sie sind aus einer fremden Dimension über uns hereingebrochen«, erwiderte der Gast. »Aus einer Parallelwelt. In aller Bescheidenheit möchte ich darauf hinweisen, dass ich schon seit vielen Jahren bewiesen habe, dass …«

»Genau deshalb sind Sie hier«, unterbrach Andro. *Tack … tack …* Es begann, ihn nervös zu machen. »Weil Sie ein Fachmann sind.«

»*Ich* kenne mich mit der Theorie der Dimensionsreisen aus.« *Tacktacktack.* »*Sie* sind Andro – mehr zu sagen, erübrigt sich. Sie sind aus gutem Grund hier.« Zum ersten Mal seit langem endete das enervierende Geräusch, als die Spitze des Brieföffners auf Chris deutete. »Aber wer ist er? Ich sah ihn nie, und ich hörte nie seinen Namen. Was in aller Welt will er hier?«

»Ohne ihn gäbe es nicht den Andro, den Sie hier vor sich sehen.« Inzwischen hatte es wieder eingesetzt, das ewige Tacken. »Das sollte als Grund genügen.«

»In der Tat.« *Tacktackacktackack …* Noch schneller als zuvor, vielleicht weil der Wissenschaftler einen kleinen Misserfolg hatte hinnehmen müssen. Die Spannung zwischen den Versammelten nahm zu.

»Wir sind nicht hier, um darüber zu reden, ob wir stark genug sein werden, die Monster in ihrer Welt zu schlagen. Ich bürge dafür, dass alle Kräfte gebündelt zuschlagen, sobald es möglich ist. Man wird auf meinen Rat hören. Wir sind hier, weil ich wissen muss, ob wir Ihre Theorien in die Praxis umsetzen können. Wir müssen in die Dimension unserer Feinde vordringen.«

Schweigen, nur unterbrochen vom *Tack ... tack ... tack ...*, das deutlich machte, dass der Wissenschaftler sich nicht äußern würde. Noch nicht.

»Was benötigen Sie, um ihre Theorien wahr werden zu lassen?«

Tack-tack-tack ... es wurde rascher. Andro triumphierte. »Wie können wir bestätigen, dass Sie sich nicht getäuscht haben?«, ergänzte er listig.

Tacktacktack ..., und ihr Gast ergriff das Wort. »Ich brauche nicht mehr und nicht weniger als eines der Geräte, das die Monster benutzen, um von ihrer Dimension in die unsere zu wechseln. Sonst erreichen wir niemals das richtige Ziel. Es gibt unendlich viele Möglichkeiten, woher sie gekommen sein könnten.«

»Diese Antwort hätte mir jeder geben können! Wenn wir eines dieser Wunderwerke hätten, ...«

»Eines ihrer Geräte, oder wir werden nicht dort ankommen, wo wir ankommen müssen. Die Zahl der möglichen Dimensionen ist potenziell, wie ich soeben schon sagte, unendlich. Sie errechnet sich aus der Potenz einer Wahrscheinlichkeit, die daraus entsteht, dass ...« Er hob dozierend den Brieföffner und hielt ihn sich unvermittelt gegen den Mund. »Ich vergeude meine Zeit, indem ich zu Narren spreche. Auf Wiedersehen.« Er erhob sich, und der Brieföffner verschwand in einer Tasche. Der Wissenschaftler wandte sich dem Ausgang zu.

»Sie bleiben hier!«, giftete Chris. Noch ehe die letzte Silbe ausgesprochen war, durchfuhr Andro ein eisiger Schreck. Mit unglaublicher Geschwindigkeit wirbelte ihr

Gast herum – und nun zeigte sich, dass der Brieföffner nicht nur dazu diente, Gesprächspartner in den Wahnsinn zu treiben. Zitternd steckte er mit der Spitze nur handbreit neben dem Kopf seines Freundes in der Wand.

»Nein, wie ungeschickt von mir«, sagte der Wissenschaftler locker, trat näher und holte sich sein Lieblingsspielzeug zurück. »Ich wollte etwas weiter nach links zielen. Nicht so dicht an Sie heran, Unbekannter, ohne den Andro nicht Andro wäre.« Seine Stimme triefte vor Ironie. »Offenbar lässt meine Zielsicherheit nach. Ich sollte ein wenig üben, denn wenn die Monster mich angreifen, eines nicht allzu fernen Tages, will ich meine Haut so teuer wie möglich verkaufen. Mein kleiner, bescheidener Beitrag zur Verteidigung unserer Welt, ehe ich aufgeschlitzt werde, oder enthauptet, oder ehe sie mir den Kopf aufschneiden, um meine Augen zu verspeisen. Vielleicht sind sie ja deswegen hier – um sich erlesene Delikatessen zu besorgen. Doch wir haben ja nichts Besseres zu tun, als die möglichen Wege zur Rettung von vorne herein abzuschmettern. *Nein, wir können keines ihrer Geräte beschaffen.*« Ein bitteres Lachen folgte. »Auf Wiedersehen, meine Herren.«

Noch ehe Chris zu einer weiteren Reaktion fähig war, ergriff Andro das Wort. »Ich werde Ihnen bringen, was Sie benötigen.«

»Ist es nicht *unmöglich*?«, widersprach ihr Gast, deutete auf seine Augen und gab schlürfende Geräusche von sich.

»Sie verfallen in denselben Fehler, den heute schon mein Freund begangen hat. Nichts ist unmöglich. Nicht mehr.« *Denn die Verzweiflung lässt alles möglich erscheinen.*

»Wie wollen Sie vorgehen?«

»Die Monster haben eine Basis auf unserer Welt. Dort schlagen wir zu.«

»Wir?«, lachte der Wissenschaftler.

»Wer sonst? Niemand außer uns weiß von diesem Plan.«

»Ihre Basis ist uneinnehmbar«, widersprach Chris. »Das sagtest du selbst!«

»Alles ist möglich«, erwiderte Andro bitter. »Es hat möglich zu sein.«

2.

Den Plan auszuarbeiten, bereitete keine Schwierigkeiten. Zumindest keine offensichtlichen. Und doch wuchs Andros Nervosität. Es ärgerte ihn, dass er sich immer schlechter konzentrieren konnte. Er kannte den Grund für seine Unruhe genau: es verging Zeit. Was nichts anderes bedeutete, als dass die Monster ihre Position stärkten, und dass sie töteten. Vernichteten. Den Pesthauch ihrer schieren Existenz verbreiteten und das Krebsgeschwür ihrer Gegenwart in der Welt sich verbreiterte.

»Wir gehen zu fünft«, sagte Andro abschließend, nachdem alles beschlossen war. »Es wäre mir lieber gewesen, wir hätten niemanden einweihen müssen, aber es lässt sich nicht ändern. Sind wir nur zu dritt, ist es zu unsicher.« Sie brauchten zwei Leute, die ihnen den Rückweg offenhielten. Soldaten, auf die sie sich einhundertprozentig verlassen konnten.

»Ich weiß, wer geeignet ist, uns zu begleiten.« Chris erhob sich.

Andro hatte ihm schon lange angesehen, dass die körperliche Inaktivität ihm ebenso zu schaffen machte wie ihm selbst. Er hatte es zu verbergen versucht, aber er kannte ihn zu gut, vermochte jede Gefühlsregung an seiner Körperhaltung abzulesen, an den kleinen Bewegungen und Geräuschen, die niemand Fremdem aufgefallen wären. »Ich verlasse mich auf dein Urteil«, versicherte er. »Unter der Voraussetzung, dass du *rasch* wieder hier sein wirst.«

»Glaubst du im Ernst, dass ich auch nur einen Augenblick verschwenden würde?« Grimmige Heiterkeit – ohne auch nur einen Hauch echten Amüsements – legte sich auf Chris' Züge. »Sie befinden sich ganz in der Nähe.« Der Freund verließ den Raum.

In der Zeit des Pläneschmiedens war der Wissenschaftler – natürlich kannte Andro seinen Namen, aber er hatte sich so sehr an die gewünschte Anonymität gewohnt, dass er diesen nicht einmal *dachte* – weitgehend still gewesen. Nach eigenem Bekunden verstand er von militärischen Operationen nicht viel. »Meine Talente liegen auf anderen Gebieten«, hatte er gesagt, und es hatte nicht wie das Eingeständnis einer Niederlage geklungen, sondern wie purer Triumph, die Revanche für eine Begebenheit, die sich nur wenige Momente zuvor zugetragen hatte. Denn als er zu Beginn der Besprechung den Brieföffner hatte zücken wollen, hatten Chris und Andro es ihm gleichzeitig untersagt. Nun ergriff er das Wort. »Sie verfügen über Erfahrung.«

Die Worte verwirrten Andro. »Und?«

»Und ich möchte wissen, wie groß unsere Chancen sind, den Einsatz zu überleben und darüber hinaus erfolgreich zu sein.«

»Sie begehen einen grundlegenden Denkfehler. Den Einsatz lebend zu überstehen und erfolgreich zu sein, sind keine zwei voneinander getrennten Dinge. Entweder trifft beides zu – oder nichts davon.«

»Lassen Sie die Haarspaltereien und diesen militärischen Mist, Andro.« Seine Hand fuhr in die Tasche, und diesmal ließ er sich nicht abhalten: *Tacktacktacktack,* ertönte es in perfekter Regelmäßigkeit. »Ich interessiere mich nicht für diesen Unsinn! Wie – groß – sind – unsere – Überlebenschancen?«

»So gering, dass ich dem Einsatz als zuständiger Militärberater nicht zustimmen würde, wenn es eine Alternative gäbe. Ja, sogar so gering, dass ich dieses Unternehmen *verbieten* müsste, wenn es um ein konventionelles Ziel ginge oder ich andere schicken würde.« Andros Entschlossenheit vertrieb den drängenden Hass auf die Monster, der ihn sonst unablässig erfüllte. Ein angenehmes Gefühl, das einen gewissen Frieden in sich barg. »Aber erstens gehe ich selbst, und zweitens müssen wir es tun. Es ist die letzte Chance, das Überleben unserer Spezies zu gewährleisten.«

Später

Andro gelang es unter Aufbietung aller Konzentration, die Ruhe zu bewahren. Er sah, wie der Wissenschaftler direkt neben ihm nervöse Handbewegungen machte. Er war ein Unsicherheitsfaktor, und er drohte zu versagen. *Gerade jetzt.* »Reißen Sie sich zusammen!«

»Ich bin für so etwas nicht geschaffen.« Der andere blickte sich hastig um. Andro sah in seinen Augen, dass er jeden Winkel, jeden Schatten um sie herum absuchte. Sein Blick flackerte.

»Es ist alles in Ordnung! Die Gefahr ist vorbei.«

»Alles in Ordnung?«

Erschrocken erkannte Andro die Hysterie in der Stimme des Forschers. Er streckte ihm gebieterisch die Hand entgegen. »Still!« In der Tat befanden sie sich nach den schrecklichen Ereignissen der letzten Augenblicke wieder in relativer Sicherheit. »Es bleibt keine Zeit, über das nachzudenken, was eben geschehen ist. Die Zeit wird kommen, wenn wir unser Ziel erreicht haben. Aber nicht jetzt!«

»Sie sind tot«, wimmerte der Wissenschaftler. Sein Blick huschte nach wie vor unruhig hin und her.

»Wir mussten Verluste einplanen. Und wenn Sie sich nicht zusammenreißen, werden wir Drei in Kürze ebenfalls tot sein!« Andro deutete erst auf Chris, dann auf sich, schließlich auf den Forscher. »Wir leben noch. Unsere beiden Begleiter starben in Erfüllung ihrer Pflicht. Ohne ihren Einsatz hätten wir die Wachen nicht überwältigen können. Nur durch ihr Opfer ist es uns gelungen, in die Stadt einzudringen!«

»Und das macht es richtiger?« Die Stimme des Wissenschaftlers tönte lauter, als es angemessen war. Der Widerhall verlor sich erst zwischen zwei Gebäuden.

Andro sah vor seinem inneren Auge, wie sie vor einigen Momenten auf die Bastion der Monster zugeschlichen waren. Die beiden Späher hatten einen Bereich gefunden, in dem ein Eindringen möglich erschien; nur wenige der Bestien bewachten den Weg ins Innere. Es hatte so gut ausgesehen, bis eines der Monster aufmerksam geworden war. Seine tückischen Augen hatten etwas wahrgenommen. Es hatte sein hässliches Maul aufgerissen und Worte in der widerwärtigen Totensprache geschrien …

Andro gab den Befehl zum offenen Angriff. Jetzt zählte jede Sekunde. Er hob seine Waffe, sie spuckte den drei finsteren Kreaturen immer wieder Tod entgegen. Einer der entsetzlichen Köpfe platzte. Der Feind fiel nach hinten um und rührte sich nicht mehr. Andro winkte seinen Begleitern. Sie mussten diesen Kampf rasch zu einem Ende bringen. Wenn die anderen Monster sie bemerkten, war alles vorbei. Ihre einzige Aussicht auf Erfolg war, unbemerkt vorzudringen. Sie stürmten voran, an einem kleinen, dem Eingang in die Stadt vorgelagerten Gebäude vorbei.

Plötzlich befanden sich zwei der Bestien in ihrem Rücken. Sie mussten in dem Haus gelauert haben, niemand hatte damit gerechnet. Gleichzeitig schrien die beiden von Chris ausgewählten Soldaten auf und brachen zusammen. Die furchtbaren Waffen der Bestien zerfetzten ihre Brustkörbe … sie fanden ihr Ende, noch ehe ihr Einsatz zur Rettung der Welt richtig begann. Dennoch gab es für die anderen kein Zurück mehr.

Einen Augenblick später trug der Wissenschaftler eine leichte Verletzung davon. Er stand starr, wimmerte vor sich hin und fixierte mit seinem Blick die beiden toten Kameraden. Blut tropfte vor ihm auf den Boden.

Andro und Chris gingen zum Gegenangriff über. Andro schoss, Chris schleuderte zwei lange Klingen. Ihre Gegner starben, ohne einen Laut von sich zu geben. Andro wirbelte herum, um die eigentlichen Stadtwächter zu töten. Er war in einem Blutrausch gefangen und stürmte aufbrüllend voran. Die Welt verschwamm vor seinen Augen in einem roten Schleier. Am Rande seines Bewusstseins hörte er Chris schreien. Blind vor Wut betätigte er wieder und wieder den Abzug seiner Waffe. Dann ein Schlag. Die Waffe flog zu Boden. Ein Schmerz in der Leibesmitte. Andro schrie. Er schlug zu, fühlte unvermittelt den Hals des Monsters. Die Haut pulsierte warm und widerlich. Ekelerregender Geruch strömte ihm entgegen. Andro drückte zu, trat, biss. Der Lebenssaft der Kreatur besudelte ihn. Andro schwankte, drohte das Bewusstsein zu verlieren. Doch er siegte. Der Gegner sank leblos zusammen, seine scheußlichen Extremitäten beendeten ihre Zuckungen.

Chris trat an ihn heran. »Wir haben gewonnen.« Er zerrte den Wissenschaftler mit sich, der keine Reaktionen zeigte. Andros Sinne klärten sich. Der Kampf war zu Ende, er kehrte in die Realität zurück.

Und nun befanden sie sich in der Stadt, die die Monster eingenommen und zu ihrer Basis gemacht hatten. Ihre beiden Begleiter waren tot. Niemand konnte ihren Rückzug decken. Selbst wenn sie das Gerät in ihre Gewalt brachten, war es mehr als fraglich, ob es ihnen gelang zu fliehen.

Um sich und Chris machte er sich keine Sorgen. Sie konnten bis zum letzten Atemzug kämpfen. Sie vermochten Verstand und Funktionalität über Gefühl und Reflex zu setzen. Doch ihr Begleiter, der Wissenschaftler, stand nach wie vor unter Schock. Sie mussten auf ihn achten.

»Wir hätten ihn nicht mitnehmen dürfen«, flüsterte Chris in einem unbeobachteten Moment.

»Wir hatten keine andere Wahl. Nur er kann unser Zielobjekt erkennen und es demontieren, damit wir es transportieren können. Wir wissen nichts über die Technik der Monster. Das Gerät, das ihnen den Dimensionswechsel ermöglicht, kann ebenso gut winzig klein wie gewaltig groß sein.«

»Er behindert unser Vorankommen.«

Andro wusste nur zu genau, dass der Freund sich im recht befand. Er konnte das Unheil förmlich spüren, das sich zusammenbraute.

Wenig später waren sie tief im Innern der Stadt unterwegs.

Der Wissenschaftler hatte sich schließlich beruhigen lassen und setzte inzwischen stoisch einen Fuß vor den anderen. Sie nahmen ihn in die Mitte. Chris ging voran, wählte den Weg, immer im Verborgenen, an Häuserwände gedrückt, im Schatten großer Gebäude, verdeckt vor den zufälligen Blicken eifriger Wächter. Andro bildete die Nachhut, sorgte dafür, dass ihr Begleiter nicht zurückfallen konnte.

So drangen sie weiter vor. Als vorläufiges Ziel setzten sie sich das Zentrum der besetzten Stadt. Es gab keinen Beweis für die Annahme, dass sich die Dimensionstechnik der Monster dort befand, aber die drei Eindringlinge gingen davon aus.

Diese unsichere Prämisse hatten sie bereits während der Einsatzplanung gesetzt; der schwächste Teil des Planes. Niemand vermochte zu sagen, wie ihre Feinde dachten. Ohnehin fiel es schwer, solch schrecklichen und unförmigen Kreaturen Intelligenz zuzugestehen. Doch an der Tatsache, dass sie intelligent waren, durfte man nicht zweifeln. Sie besaßen Waffen und konnten damit umgehen, und sie erzeugten auf technischem Weg eine Pforte aus ihrer Dimension in eine andere hinein.

Aber *dachten* sie in ähnlichen Strukturen wie die Eindringlinge? Würden sie wertvolle Technik dort errichten und verbergen, wo sie am sichersten war; im Zentrum der Stadt? Oder verlief ihr Denken und Planen in völlig anderen Ebenen? Wenn ihre Strategien, ihr Bewusstsein so sehr von allem Bekannten differierte wie ihr Äußeres, konnte sich das Gesuchte ebenfalls am Rande der Stadt befinden. Oder außerhalb. Oder von unbegreiflicher Technik getragen in der Luft schweben oder weit unter der Erde begraben sein.

Andro zwang seine Gedanken in eine andere Richtung. Es würde einen Weg geben, zu ihrem Ziel zu gelangen, oder sie starben, und mit ihnen die ganze Welt unter dem Ansturm der Monster. Darüber nachzugrübeln lohnte nicht.

»Stopp!«, zischte Chris plötzlich. »Ich rieche sie.«

Bisher waren sie innerhalb der Stadt auf keine Gegner gestoßen. Es war unheimlich, durch die leeren Straßen zu wandeln. Mehr als einmal hatten sie gedacht, auf eine Truppe der Monster zu treffen, doch stets hatte es sich nur um den Wind gehandelt, der um Ecken pfiff, oder um klappernde Türen.

Jetzt roch Andro es auch. Pestilenz des Todes, wie nur die Bestien sie absonderten. Als er es vor einer gefühlten Ewigkeit zum ersten Mal gerochen hatte, hatte er geglaubt, sterben zu müssen; als vergifte der pure Geruch ihn und ließe sein Inneres versteinern und gleichzeitig in Verwesung übergehen, bis er innerlich verfault war und sich die Würmer in ihm wanden. In der Nacht danach hatte er geträumt, sich selbst in eine mörderische Kreatur zu verwandeln, die unter dem Befehl der Monster stand und nach dem Blut der Lebenden gierte. Als er aufgewacht war, hatte er seinen Körper gemustert und geglaubt, die bleiche Haut der unheimlichen Feinde zu sehen.

»Wir müssen uns verstecken!« Chris wankte einige Schritte zurück und drückte dann die Tür des großen

Hauses nach innen, vor dem sie gerade standen. Sie war offen. Natürlich. Wie alle Türen. Die Monster hatten sie aufgebrochen, als sie die Stadt eroberten. Systematisch waren sie in jedes Haus eingedrungen, um die Bewohner zu ermorden. Überall sah man Leichen durch die Fenster.

Bislang vermieden Chris, Andro und der Wissenschaftler es, eines der Häuser zu betreten. Nun blieb keine Wahl. Chris und der Forscher schlüpften ins Innere. Andros Muskeln versagten ihm den Dienst. In diesem Augenblick konnte er sich nicht überwinden, den Kameraden zu folgen. Nacktes Entsetzen lähmte ihn. Schreckensbilder entstanden in seiner Vorstellung. *Abgetrennte Gliedmaßen. Ermordete Kinder. Die blutige Spur der Monster.*

Der Moment ging vorüber, und Andro trat durch die Tür. Kaum schloss er sie hinter sich, hörte er, wie sich draußen Monster näherten. Er vernahm das hämmernde, jegliches Leben verachtende Stakkato ihrer Schritte. Hatte er zu lange gezögert? Wenn sie entdeckt worden waren, war es allein seine Schuld. Dann verantwortete er ihren Tod.

Ja und? Du verantwortest schon den Tod so Vieler, welchen Unterschied macht es da, drei weitere Namen der Liste hinzuzufügen?

Der Gestank, der durch die Ritze zwischen Tür und Boden drang, wurde übermächtig. Andros Entsetzen drohte die kühle Überlegenheit hinwegzufegen. Er verlor jede Distanz.

Drei weitere Namen, nur drei. Stirb, dann siehst du nicht, wie die Liste noch viel länger wird, wenn jeder einzelne Tote der Monsterinvasion hinzugefügt wird, denn du hast versagt.

Er hörte die schlurfenden Schritte der Monster, vermeinte die kalte, tödliche Präzision ihrer Bewegungen sogar durch die Tür zu sehen. Gleich würden sie kommen und allem ein Ende bereiten. »Meine Schuld«, flüsterte Andro und spürte, wie sich etwas über seinen Mund legte.

Chris.

»Still«, hauchte seine Stimme.

Draußen entfernten sich die Monster, und der Moment der Panik verlor sich. Andro fühlte Wut auf sich selbst. Vorhin noch hatte er in Gedanken über ihren Begleiter gespottet, und nun hatte er ein nicht weniger erbärmliches Bild abgegeben.

Versagt.

Er drehte sich um und schalt sich einen Narren. Denn jetzt erst gab es einen Grund, vor Entsetzen gelähmt zu sein.

Zwei Dinge trafen zu, die er nicht für möglich gehalten hätte. Die Wirklichkeit überflügelte seine Schreckensvisionen, und sein Hass auf die Horrorkreaturen stieg noch weiter.

Die Bewohner dieses Hauses waren nicht einfach nur getötet worden. Die Bestien hatten sie abgeschlachtet, zerstückelt, hier in diesem Raum zusammengetragen und wie wertlosen Abfall aufeinandergeschichtet.

Andros Blick suchte erst den seines alten Freundes, danach den ihres Begleiters. In beiden las er dasselbe. Entsetzen, das von wilder Entschlossenheit verdrängt wurde.

»Wir werden unsere Mission erfüllen und den Gegenschlag vorbereiten«, sagte Chris.

»Oder sterben«, ergänzte der Wissenschaftler. Keinerlei Spott lag mehr in seiner Stimme, als er das zitierte, was er vor kurzem noch als *militärische Phrase* abgetan hatte. »Auch wenn das nicht akzeptabel ist, denn ...«, er unterbrach sich selbst einen Augenblick lang, »... wir sind im recht!«

Sie verließen das Haus, und Andro war innerlich völlig kalt. Er kannte nur noch eins: sein Missionsziel. Um es den Invasoren zurückzuzahlen. Um sie bezahlen zu lassen für das, was sie getan hatten. Er wollte in ihre Welt vordringen und sie radikal und restlos zerstören!

Diesmal übernahm er die Führung, denn er verfolgte einen speziellen Plan. Es musste schneller gehen! Sie konnten es sich nicht mehr leisten, ziellos herumzuirren.

Die Wege waren verwaist. Keine der Bestien ließ sich blicken. Sie erreichten einen Platz, an dem sich mehrere Straßen kreuzten. Sie blieben in Deckung, beobachteten die Umgebung. Dort! Eine huschende Bewegung … Andro folgte der flüchtigen Wahrnehmung. Eines der Monster ging auf der anderen Seite des Platzes seinen verderblichen Plänen nach. Das ideale Opfer. Keines seiner Artgenossen befand sich in der Nähe.

Andro wandte sich um. »Wir brauchen einen Gefangenen«, sagte er. »Er wird …« Die weiteren Worte blieben auf immer ungesagt.

Die Tür direkt neben Chris erhielt von innen einen gewaltigen Schlag. Es krachte, als sie gegen die Wand schlug und zurückschwang. Mit einem Schrei, der aus den Tiefen des Verderbens kam, stürzte eines der Monster ins Freie. Es hielt eine lange, glänzende Klinge in seinen Klauen und rammte sie Chris in den Leib.

Der Freund schrie und gab einen gurgelnden Laut von sich. Das Monster zog die Klinge zurück. Blut quoll aus der schrecklichen Wunde. Chris stöhnte qualvoll. Trotz der entsetzlichen Schmerzen, die er empfinden musste, fand er Kraft und trat zu. Die Waffe wurde der Bestie aus der Klaue geprellt und nach oben geschleudert. Sie fiel so unglücklich, dass sie Chris' Bein einen langen, tiefen Schnitt zufügte, ehe sie mit einem hellen Klirren auf den Boden prallte.

Das Monster wirbelte herum. Andro war schneller. Er packte den schrecklichen Kopf der Kreatur und riss ihn wuchtig nach hinten. Der kurze, stämmige Hals lag frei. Dort waren sie leicht verletzbar. Blitzschnell riss er selbst eine Klinge hervor und hielt sie an den Hals des Gegners.

Das Monster schien zu verstehen und rührte sich nicht. Der Gestank des Todes, der sie umgab, intensivierte sich. Übelkeit stieg in Andro empor. Die Bestie knurrte etwas, formte widernatürliche Silben. Zuerst hatte es nicht so ausgesehen, doch Sprachwissenschaftler hatten inzwischen herausgefunden, dass diese Wesen tatsächlich über eine eigene Sprache verfügten; sie hatten einige grundlegende Begriffe entschlüsselt, die Andro sich angeeignet hatte.

Er erinnerte sich mit Schrecken an die Stunden, in denen er geübt hatte. Seine Versuche, die knarrenden und zischenden Geräusche nachzuahmen, hatten ihm *körperliche* Schmerzen verursacht, von den wirren Alpträumen, die ihn daraufhin verfolgten, einmal abgesehen.

»Geisel«, presste Andro in der Sprache ihrer Feinde hervor. Es war das erste Mal, dass er versuchte, mit einer der Bestien zu kommunizieren. Nun zeigte sich, ob sie ihn verstehen würden, oder ob er in der Nachahmung ihrer Laute versagte.

Ein Schwall Worte antwortete ihm, der völlig unverständlich war. Ihm graute vor dem Klang. »Geisel«, wiederholte er, um dann den Wissenschaftler anzuschreien, der reglos an die Wand gelehnt dastand. »Kümmere dich um Chris!«

Endlich kam Bewegung in ihren Begleiter. Er bückte sich herab zu dem Freund, der nach wie vor auf dem Boden lag. Er beugte sich über ihn, begann mit einer Untersuchung. »Er benötigt medizinische Hilfe.«

»Ist er bei Bewusstsein?«

»Er ist ohnmächtig, und er verliert weiterhin Blut.«

»Verbinde ihn! Stopp die Blutung!« Andro war durch die Sorge um den Freund abgelenkt. Hinterher überlegte er, ob die Bestie in diesen Momenten von Instinkt oder

Intellekt gelenkt worden war … doch was es auch war, sein Feind nutzte seine Schwäche erbarmungslos und effektiv aus. Andro schrie, als das Monster sein Handgelenk umfasste und es zur Seite bog. Die Klinge fiel zu Boden.

Ein Schuss schlug in den entsetzlichen Leib seines Gegners.

Chris hatte geschossen. Er blickte aus müden Augen, die noch von dem Dämmer der Bewusstlosigkeit gezeichnet waren. Er hielt die Waffe nach wie vor in der Hand, auf das Monster gerichtet.

»Töte es nicht!«, rief Andro. »Wir brauchen es!«

3.

Die Verständigung gestaltete sich mühsam, doch zu Andros Überraschung kooperierte die gefangene Kreatur. Oder besser gesagt, sie antwortete zögerlich, nachdem Andro und der verletzte Chris genügend Druck auf sie ausübten.

Chris hatte aus seiner Oberkleidung einen notdürftigen Verband angefertigt. Mit Sorge beobachtete Andro, wie dieser durchnässte und bald ein dicker Blutstropfen außen herabrann. »Wie geht es dir?«

Chris wehrte ab. »Spielt keine Rolle! Das Problem ist unsere Geisel.« In der Stimme des Freundes lag genau die Aggression, die auch er selbst nur zu gut kannte. Sie resultierte aus verbissenem, mahlendem Schmerz. Und aus Angst.

Das Monster wand sich auf dem Boden, und in seinen böse stierenden Augen lag ein Gefühl, das Andro nie zuvor bei einer der Bestien beobachtet hatte. Deshalb konnte er es auch nicht einschätzen, und die leise Stimme in ihm ignorierte er.

Angst. Es hat Angst. Wie ein in die Enge getriebenes Tier.

Sie machten dem Monster klar, worauf es ihnen ankam: das Gerät, das zum Dimensionswechsel befähigte. Die Kreatur krächzte einige ihrer schaurigen Laute, und Andro verknüpfte das Wort mit einem anderen Begriff, den die Sprachwissenschaftler entschlüsselt hatten. So gelang es ihm, zu interpretieren, was die Kreatur von sich gab. »Der Septawandler.«

Sie fragten weiter.

Und weiter.

Und schließlich wussten sie, wo sie suchen mussten. Ihr Gefangener hatte es ihnen verraten, mit seltsam schwingender Stimme.

Angst. Es zittert vor Angst.

»Was tun wir?«, fragte Chris. Er saß mit dem Rücken an die Wand gelehnt, als wolle er jedes bisschen Kraft sparen, als sei er zu schwach, um zu stehen.

»Wir gehen. Es bleibt uns nichts anderes übrig, als ihm zu glauben.«

»Und wenn es lügt? Wenn es uns eine Falle gestellt hat, uns in die geifernden Klauen seiner Artgenossen schickt?«

»Wir sind darauf vorbereitet und werden uns nicht täuschen lassen.«

»Und was machen wir mit ihm?«, unterbrach der Wissenschaftler. Er hatte einiges dazu beigetragen, dass die Verständigung mit dem gefangenen Monster in Gang kam. Danach hatte er lange geschwiegen, und jetzt legte er den Finger auf eine offene Wunde. »Wir können ihn nicht einfach töten.«

»Nicht?« Chris berührte seinen durchbluteten Verband.

Er spürt es auch, dachte Andro in einem seltsam klaren Moment, der ihn mit dem Forscher verband. *Er fühlt die nackte Angst der Kreatur.*

»Wenn wir es töten, obwohl es hilflos ist, sind wir nicht besser als unsere Gegner«, entschied er. Es gab keinen Widerspruch. »Wir können es aber auch nicht freilassen. Es würde seine Artgenossen warnen.«

Wenig später fesselten sie das Monster, und in seinen Augen las Andro neben der Angst auch Dankbarkeit, als wisse es genau, dass ihm unverdiente Gnade widerfuhr.

Sie gingen weiter, ließen die gefesselte Kreatur zurück, und Andro dachte noch lange darüber nach, was er gesehen hatte. Doch dann siegte ein anderes Bild und vertrieb die verzweifelten, dankbaren Augen der Bestie: Abgeschlachtete Leichen, auf einen Haufen geworfen.

Angst.

Angst und Dankbarkeit.

Andro zuckte zusammen. Er war unaufmerksam gewesen. Und Unachtsamkeit konnte ihrer aller Tod bedeuten.

»Was ist?«, fragte Chris, doch er reagierte nicht.

Dankbarkeit in den Augen der Kreatur des Todes.

»Es scheint die Wahrheit gesagt zu haben.« Andro und Chris blickten aus ihrem Versteck auf dem Dach des Hauses heraus auf die Monsterhorde, die sich vor dem Eingang in das ehemalige Verwaltungsgebäude versammelte. Sie alle waren bewaffnet, und sie trugen Schutzpanzer. »Sie fühlen sich absolut sicher. Immerhin befinden sie sich inmitten des von ihnen besetzten Gebietes.«

»Aber sie täuschen sich, wie wir beweisen«, krächzte Chris. Er wurde immer schwächer, und es gelang ihm nicht mehr, das zu verbergen. Er gab sich den Anschein, noch über Kraftreserven zu verfügen, aber der Klang seiner Stimme zeigte, wie sehr seine Verletzung ihn mitnahm.

»Ich werde alleine gehen«, sagte Andro hart. »Du wirst mir von hier oben Schutzfeuer geben.« Zu seiner

Überraschung widersprach der Freund nicht. Chris befand sich nicht im Zustand, einen körperlich anspruchsvollen Risikoeinsatz durchzuführen. Und sonst gab es niemanden, der ihn begleiten konnte. Der Wissenschaftler musste zunächst zurückbleiben; in Sicherheit. Er durfte nicht getötet werden, denn sein technisches Wissen war unersetzlich. Er würde nachkommen, wenn Andro den Weg bereitet hatte.

Chris zielte unauffällig über die Kante des Daches nach unten. »Ich erwarte dich.« Danach vollführte er eine äußerst knappe Geste der Verabschiedung. Für Sentimentalitäten blieb keine Zeit.

»Wir werden uns wiedersehen«, flüsterte Andro ohne große Überzeugung. Was er tun musste, grenzte an Wahnsinn und war im besten Fall als Vermessenheit zu bezeichnen. Ruckartig wandte er sich ab, betrat durch die Dachluke das Haus und ging nach unten. Er warf einen vorsichtigen Blick nach draußen und trat ins Freie. Er umklammerte seine Waffe, trat einen Schritt vor und sah nach oben. Chris war bereit. Ohne zu zögern schleuderte der Freund die kleine Bombe – eine der beiden, die er mit sich führte. Sie prallte inmitten der Kreaturen auf und zerriss sie.

Gleichzeitig stürmte Andro nach vorne. Das Feuer der Explosion war noch nicht erloschen, als er bereits dort ankam. Eines der Monster rührte sich noch. Andro tötete es mit einer Kugel.

Bis hierher war alles einfach gelaufen. Es galt, das Gebäude zu sichern. Er riss die Tür auf und sprang ins Innere. Er musste die kurzen Überraschungsmomente, die ihm noch blieben, ausnutzen. Ihn erwartete die Hölle. Monster stürzten auf ihn zu. Er schoss. Tote Laute erfüllten die Luft und hämmerten auf ihn ein. Automatisch lud seine Waffe nach, verlor dadurch kaum einen Augenblick.

Irgendwann in dieser Ewigkeit, die nur einige Atemzüge währte, trug er selbst eine Verletzung davon. Er spürte den Schmerz kaum, sondern tötete weitere Gegner. Ihre Monsterfratzen verschwammen vor ihm, als Gestank, Blut und Tränen seine Wahrnehmung verwirrten. Er war überreizt, konnte nicht mehr unterscheiden, was er sah und was er hörte.

Sie haben Angst und sie wollen nicht sterben.

Er gab sich gleich darauf die einzige Antwort, die möglich war. Die Monster töteten, und deshalb verdienten sie den Tod. Sie hatten diesen Krieg begonnen. Und sie fühlten nichts, sie waren kalte Kreaturen des Horrors, der Feind, alles andere war eine Lüge, und die Geisel hatte keine Dankbarkeit empfunden, nein, nein, nein …

Jedes Wort war ein Schuss, und schließlich zerfetzte Andro nur noch leblose Körper im Rhythmus seiner Leugnungen. Der Wissenschaftler trat neben ihn und hob seine Hand. »Es ist zu Ende«, sagte er. »Sie sind tot. Wir müssen das Gerät bergen.«

Sie drangen weiter ins Innere vor, und dort stand es. Genau wie ihr Gefangener es ihnen angekündigt hatte. Er hatte die Wahrheit gesagt.

Und er war dankbar.

»Ich weiß, was ich zu tun habe«, sagte der Wissenschaftler. Er benötigte nur wenige Handgriffe, dann hielt er ein etwa kopfgroßes Etwas in der Hand, das für Andro keinerlei Zweck zu erfüllen schien. Es sah unscheinbar aus, ein metallener Kasten. Nicht wie etwas, für das man tötete und sein Leben riskierte.

»Gehen wir.« Das Haus war völlig leer. Keine Bestie versuchte sie an der Flucht zu hindern.

Als sie wieder ins Freie traten, gellten Schüsse auf. Chris feuerte vom Dach, und Monster schrien in ihrer obszönen Sprache. Durch das andauernde Feuer wurden sie davon abgehalten, das Haus zu stürmen.

Andro und der Forscher hetzten an der Mauer entlang und konnten sich zurückziehen. »Wir müssen Chris befreien«, sagte der Wissenschaftler.

Wir müssen.

Aber wir können nicht.

Es war unmöglich. Ihre Mission gebot, sich sofort und ohne weitere Verzögerung zurückzuziehen. Denn Chris war entbehrlich. Andro stöhnte unter der Unerbittlichkeit der Situation. Und zugleich wusste er, dass er den Freund nicht zurücklassen würde. Egal, ob es notwendig war. Gleichgültig, ob die Mission deshalb scheiterte und die Welt dem Untergang geweiht war. Konnte das Wohl und das Überleben von Milliarden das Leben eines Einzigen aufwiegen?

Eine Explosion unterbrach seine verzweifelten Gedanken.

Jede weitere Überlegung war hinfällig.

Chris hatte die zweite Bombe gezündet. Das Haus stürzte in sich zusammen und begrub die Monster, die sich aufgemacht hatten, den Schützen zu beseitigen. Chris selbst konnte unmöglich noch etwas spüren. Sein Körper existierte nicht mehr. Wahrscheinlich hatte er die Explosion direkt unter sich ausgelöst.

Doch Andro wusste, dass Chris mit seiner letzten Tat nicht die Feinde hatte töten wollen, die das Haus erstürmten, auf dem er Posten bezogen hatte. Er hatte Selbstmord begangen. Er hatte sich getötet, damit Andro ihn nicht zu befreien versuchte. Damit die Mission nicht scheiterte.

Innerlich blind und tot taumelte Andro voran, atmete den Staub des einstürzenden Gebäudes ein. Nun war es der Wissenschaftler, der die Führung übernahm.

4.

Im Nachhinein konnte Andro nicht mehr erklären, wie sie aus der Stadt herauskamen. Er erinnerte sich noch, dass sie ein weiteres Mal auf Monster trafen, und dass es einen Schusswechsel gab; dass sogar der Wissenschaftler einige der Angreifer tötete. Mehr nicht.

Nun waren sie zurück.

Und ihre Mission war ein Erfolg gewesen. Obwohl Chris tot war. Obwohl sie zu fünft losgezogen und nur zu zweit zurückgekehrt waren.

Denn sie hatten, was sie benötigten. Den *Septawandler*.

Es lag noch viel Arbeit vor ihnen. Der Wissenschaftler zog sich in ein Labor zurück, wo bald Kollegen eintrafen, die ihn bei den Untersuchungen des Beutestücks unterstützten. Wissenschaftler mit leuchtenden Augen und aufgeregt zuckenden Händen.

Andro führte inzwischen Gespräche. Bald versammelte sich die komplette militärische Führung. Man gratulierte ihm, immer und immer wieder. Er nahm die Dankesbezeugungen entgegen, doch in Wirklichkeit ekelten sie ihn an, denn in seinem Unterbewusstsein gab es nur das Bild seines toten Freundes, der sich selbst getötet hatte, um die Mission nicht zu gefährden.

Nur das? Keine Monsteraugen, in denen sich Dankbarkeit darüber spiegelt, dass sie weiterleben dürfen?

Man versprach ihm alle Unterstützung, die notwendig war, stellte ihm riesige Truppenkontingente zur Verfügung. »Der Rückschlag«, sagte eines der zahllosen Gesichter, »steht unmittelbar bevor. Und er kommt im letzten Augenblick. Die Monster dringen an vielen Stellen in unsere Welt ein. Ihr Vormarsch ist nicht mehr zu stoppen.«

Die Worte lösten sich auf, Andro nahm sie nicht mehr wahr. Er sah Leichenberge vor sich, die sich in Häusern türmten. Die Zahl der Opfer ließ sie anonym und unfassbar werden. Irgendwann fühlte er nichts mehr, außer Schmerz, doch diesen nicht wegen der Millionen, sondern allein um Chris' Willen.

Man gestattete ihm, sich zurückzuziehen und den Wissenschaftler aufzusuchen. Dieser saß mit seinen Kollegen in die Arbeit versunken um den Metallwürfel. »Es ist vollbracht«, begrüßte er Andro. »Das Geheimnis ist entschlüsselt. Wir können in Kürze eine Testperson hinüberschicken.«

»Eine Testperson?«

»Wir sind uns weitgehend sicher, doch ein Rest des Zweifels bleibt. Wenn wir einen Dimensionsriss öffnen, könnte er in eine andere Welt führen als in die der Monster. Oder er könnte instabil sein und unsere Truppen verschlingen, ohne sie irgendwo wieder auszuwerfen.«

Die Worte arbeiteten lange in Andro, zumindest kam es ihm so vor. Tatsächlich dauerte es nur einen Lidschlag lang, bis er die Entscheidung traf. »Ich werde gehen.«

»Der Plan sieht vor, dass ein Trupp Soldaten überraschend in die Dimension der Monster einfällt und sie empfindlich schlägt. Doch das kann nur der Anfang sein.« Der Militärführer erhob seine Stimme. »Um in Sicherheit zu sein, werden wir die Monster vollständig und unwiderruflich ausrotten. Das heißt im Klartext: Wir müssen ihre Welt zerstören.«

»Wie stellen Sie sich das vor?«, fragte Andro.

»Zuerst dachten wir an den Einsatz von Sprengstoff. Doch das ist ein sinnloses Unterfangen. Zum einen könnten wir dadurch keinen ausreichenden Schaden anrichten, und zum anderen …«

»Sie haben eine Lösung, nicht wahr?«, unterbrach Andro. Das Geschwafel interessierte ihn nicht.

»Sie liegt in dem Gerät unserer Feinde. Dem *Septawandler*, wie unsere Wissenschaftler ihn nennen.«

Wie die Monster ihn nennen. Andro schwieg.

»Sie haben eine Methode entdeckt, das Gefüge der Dimensionen zu erschüttern und auf diese Weise die Welt der Bestien zu eliminieren. Sie haben es mit vielen schlauen Worten umschrieben, aber glauben Sie mir, das Ergebnis wird genau das sein. Ein restloses Auslöschen.

Die Welt der Monster wird getilgt. Danach wird es sein, als sei sie nie vorhanden gewesen.« Seine Augen flackerten in wildem Triumph. »Und der Sieg wird unser sein!«

»Ich hörte, es wird eine Testperson nötig sein, die den Übergang zuerst wagt und Erkundungen anstellt.«

»Allerdings! Wir müssen sicher sein, dass es wirklich die Dimension der Bestien ist, die wir auslöschen.«

»Ich werde gehen«, wiederholte Andro seine Worte.

»Eine gute Wahl.« Der Militärführer zögerte nicht einen Lidschlag lang. Er schien keineswegs überrascht zu sein. »Hätten Sie es nicht selbst vorgeschlagen, hätte ich Sie darum gebeten. Sie sind der Richtige. Ihnen gebührt diese Ehre.«

Ehre? »Ich sehe es als Notwendigkeit an, nicht als Ehre.«

»Ihr Name wird endgültig Unsterblichkeit erlangen! Andro, der große Held. Derjenige, der den Weg fand, die Monster zu besiegen. Das sind Sie jetzt schon! Doch damit nicht genug, wird man noch in vielen Generationen sagen! Er war der Erste, der in ihre Welt vordrang und den Weg ebnete, der zu ihrer Vernichtung führte.« Ein fanatisches Glänzen trat in die Augen des Militärführers. »Er betrat die Welt der Bestien, ehe sie ausgelöscht wurde!«

Das war die Sekunde, in der Andro einen weiteren Entschluss fasste. Er wollte etwas wissen, ehe er das Volk der Bestien für immer ins Vergessen schickte. Er musste herausfinden, ob sie empfindungsfähig waren. Ob sie Gefühle erlebten. Ob sie ängstlich sein konnten.

Oder dankbar.

Andro stand vor dem Septawandler.

»Ich aktiviere ihn«, hörte er die Stimme des Wissenschaftlers, begleitet von einem rhythmischen *tack-tack-tack.* Ein Summen ertönte, wurde zunehmend lauter, bis es in ein leises Wallen überging.

»Es ist ein großer Moment für uns alle«, sagte Andro, obwohl er sich nicht so fühlte. Es erschien ihm allerdings angemessen, irgendetwas zu sagen, das bedeutungsschwer zu sein schien.

»Ich wartete mein ganzes Leben darauf.« *Tackackackackack*, aufgeregt und schneller als je zuvor. »Der Dimensionsriss wird sich jetzt aufbauen.«

Ein blau gezacktes Etwas stand übergangslos mitten im Raum. Verästelungen zweigten davon ab. Es sah genauso aus wie die Tore, durch die die Monster kamen, nur kleiner.

»Ich werde bald zurückkommen«, versicherte Andro.

»Ihre Mission besteht nur darin, herauszufinden, ob es die richtige Zieldimension ist«, wiederholte der Militärführer erneut. »Nichts weiter. Eine Kleinigkeit.«

»Natürlich.« *Aber ich werde erst zufrieden sein, wenn meine Fragen beantwortet sind. Solange werdet ihr warten müssen.*

Aber was dann? Was, wenn Andro herausfand, dass es tatsächlich so war? Dass die Bestien fühlten? Dass sie … Lebewesen waren? Durften sie dann noch ihre Dimension, ihre Welt … ihr *Volk* auslöschen? Wenn sie keine *Monster*, sondern lediglich *anders* waren?

Doch konnte eine *Lebensform* so schrecklich aussehen? So fremd? So hässlich? Konnte sie Leichenberge hinterlassen?

Andro trat durch den Dimensionsriss und befand sich übergangslos an seinem Ziel. Er warf sich zu Boden und ging in Deckung. Es gab keinen Zweifel. Die Wissenschaftler hatten gute Arbeit geleistet und ihn an den richtigen Ort gebracht.

Die Dimension der Monster.

Andro befand sich in einer Stadt der Bestien.

Sieh her, Andro, sie bauen Städte, genau wie wir.

Andro rief sich zur Eile. Er musste Antworten auf seine Fragen finden. Rasch! Man wartete auf ihn.

Andro fand Antwort auf seine Fragen. Er belauschte das Gespräch zweier Bestien. Sie sprachen über die entsetzliche Bedrohung, die von den *Monstern* ausging, in deren Dimension man vorgedrungen war. *Die schrecklichen Kreaturen, die man ausrotten musste, ehe sie zu ihnen kamen und Tod und Verderben brachten.* Die *hässlichen, widernatürlichen Wesen, deren Anblick allein genügte, einem das Herz stehen bleiben zu lassen.*

Da war Andro klar, dass die anderen tatsächlich fühlten. Dass sie Angst kannten, und Dankbarkeit. Vor allem Misstrauen und Argwohn, so schien es ihm, mehr noch als Hass.

Er fand noch mehr heraus.

Die Monster nannten sich selbst *Menschen,* und die Stadt, in der er sich befand, hieß *New York.*

Sagte ich vorhin, es würde normaler werden? Nun, okay … so richtig normal war das auch nicht in einer Sammlung von Gruselgeschichten, denn zuerst kam auch diese Geschichte im seligen Schattenreich des Bastei-Verlags, in Heft 25, um genau zu sein. Und das, was Sie eben gelesen haben, ist nicht gerade klassischer Grusel. Das kann verwirren, das gebe ich zu.

Gern geschehen.

Es gab im Schattenreich am Ende der Serie eine Leserumfrage: *Welche Geschichten haben besonders gefallen, welche überhaupt nicht?* Die Monsterdämmerung kam auf etliche Nennungen für beides: Bester Platz, schlechtester Platz. Wohlgemerkt, von allen Geschichten aus dem Schattenreich, von allen Autoren.

Mir gefällt das, eigentlich. Wenn etwas so sehr polarisiert, muss etwas dran sein. Irgendwie.

Die »Monsterdämmerung« stammt laut meinem Computer vom Mai 2005, und sie ist fies. Vor allem am Ende. Wie gesagt, das mag ich gerne. Sie hoffentlich auch. Wenn nicht, tut's mir zwar leid, aber ändern kann ich's auch nicht. (Denken Sie sich an dieser Stelle ein Grinsegesicht dazu. Lesen fördert ja die Phantasie.)

FLUCHBRECHER

Sie war das ideale Opfer.

Die Gier drohte mich zu überwältigen, als ich ihre hektisch geröteten Wangen sah, ihre langen schwarzen Haare und das zierliche Gesicht. Ich glaubte, das Pochen ihrer Halsschlagader bis in mein Versteck hinein hören zu können. Ihre ganze Erscheinung schien nur eines auszustrahlen: Pures, geballtes Leben. Als schreie sie förmlich danach, dieses Leben zu verschenken. Mir ihr Blut hinzugeben.

Nett von ihr. Nur dass sie selbst nichts davon wusste.

Niemand sonst hielt sich in der Nähe auf. Der Hunger wühlte in meinen Eingeweiden. Ich trat aus dem Schatten heraus. Dabei achtete ich genau darauf, dass meine Vampirzähne verborgen blieben.

»So allein, meine Schöne?«, fragte ich sie.

»Komm, verpiss dich, du Idiot.« Sie bedachte mich nicht einmal mit einem Blick, als sie mich abwics. Sie lief mit hastigen Schritten weiter, hoffte wohl, dass ich zurückblieb.

Ich sah ihr nach. In ihrem Gang lag Unsicherheit. Ihr Herz pumpte das kostbare Blut überlaut durch die Adern. Sie empfand Angst … Das gefiel mir.

Ich eilte ihr nach, sie beschleunigte ihren Gang noch mehr. Dennoch gelang es mir mühelos, sie zu überholen. Selbstverständlich, denn sie war ja nur ein schwacher Mensch. Eine erbärmliche, sterbliche Kreatur.

»Du wirst mir folgen«, sagte ich, mit hypnotischer Kraft unterlegt. »Komm mit mir.« *Komm in die dunkle Seitengasse, damit ich dich aussaugen kann … dort werden wir ganz sicher ungestört bleiben …*

»He, du Arsch, ich hab dir schon einmal gesagt, dass du mich in Ruhe lassen sollst!«

»Du wirst mir folgen«, wiederholte ich und verstärkte die hypnotische Macht.

»Sei froh, wenn ich nicht die Bullen rufe!«

»Still!« Was war das für ein seltsamer Mensch? Ich hob die Oberlippe, präsentierte meine langen Vampirhauer. Das würde sie zum Schweigen bringen. »Du wirst sterben, Weib!«

»Du hast wohl echt eine Macke, dass du so dämlich grinst. Ich warne dich.« Plötzlich hielt sie ein kleines Spraydöschen in der Hand und streckte es mir entgegen. »Wenn ich dir das hier ins Gesicht puste, wirst du dich erst einmal verabschieden, klar? Das haut den Stärksten um. Und einen Tritt in die Eier gibt's exklusiv und kostenlos dazu!«

K.O.-Gas. Wie lächerlich! Damit konnte sie gegen mich nichts ausrichten. Ich riss den Mund auf, näherte mich ihrer Halsschlagader, um ihr köstliches Blut zu trinken.

Es zischte, ein feiner Nebel sprühte mir ins Gesicht, ich lachte sie aus …

… und verlor die Besinnung.

Es konnten nur Sekunden vergangen sein, als ich wieder zu mir kam. Ich hörte noch die Schritte meines Opfers, die sich entfernten. Meines Opfers? Nein … der unbekannten Frau, die mein Opfer hätte werden sollen.

Ich ließ sie ziehen. Was blieb mir anderes übrig? Ich hatte auf ganzer Linie versagt.

Welches Teufelszeug hatte sie mir entgegengesprüht? Was für eine Mixtur vermochte selbst Vampire in eine kurze Ohnmacht zu schicken?

Rasch stand ich auf, strich mit einer beiläufigen Bewegung den Schmutz von meiner blauen Jeanshose. Ein eiliger Rundumblick ergab, dass niemand Zeuge dieses schmählichen Vorfalls geworden war. Welch ein Glück. Wenn ich mich nun noch mit hilfsbereiten – oder verärgerten – Passanten hätte herumschlagen müssen, wäre ich wohl vor Scham und Pein gestorben. Dann lieber einen Pfahl ins Herz und eine Knoblauchzehe in den Mund.

Ich entfernte mich in die entgegengesetzte Richtung, um nach Hause zu kommen. Der Appetit war mir gründlich vergangen. Ich musste dieses Rätsel lösen. Womit hatte die Frau mich attackiert?

Meine Gedanken rasten. Ich verfiel in einen leichten Trab, lauschte dem Rhythmus meiner Schritte. Die dreckigen, dreistöckigen Fassaden der typischen Wohnhäuser dieses schlimmsten aller Viertel in Los Angeles zogen an mir vorüber. Hinter jedem dieser Fenster hätte ich ein Opfer finden können, doch danach stand mir nicht mehr der Sinn.

Ich genoss die Inseln der Finsternis, wenn eine oder mehrere Straßenlaternen dunkel blieben. Das war keine Seltenheit – kaum jemand kümmerte sich in dieser Gegend um solche Äußerlichkeiten, Reparaturen nahm niemand vor.

Das wusste ich, denn meine Frau und ich leben seit Langem hier. Schon bevor wir zu Vampiren geworden waren und das Licht noch etwas Angenehmes gewesen war. Wir waren nach unserer … Veränderung zusammengeblieben, denn wir liebten uns unverändert. Nur die Nahrungsgewohnheiten und andere Kleinigkeiten hatten sich geändert.

Den kompletten Tag über ließen wir die Rollläden unten; die Wohnung verließen wir nur nachts, um auf Beutezug zu gehen. Es war einer der unschätzbaren Vorteile dieses Viertels, dass sich niemand um die Angelegenheiten fremder Leute kümmerte.

Nachdenklich erreichte ich den Eingang zu unserem Haus. Hoffentlich war Jill bereits von ihrer eigenen Nahrungssuche zurückgekehrt. Ich musste dringend mit ihr sprechen. Dringend!

Vielleicht war es sogar nötig, den großen höllischen Herrscher anzurufen, um seinen Rat einzuholen.

Jill presste die Lippen zusammen und schloss die Augen, die für mich immer noch schön waren – trotz der roten Einfärbung. Es gab Momente, da erinnerte ich mich daran, dass sie einmal haselnussbraun gestrahlt hatten.

Ich fragte mich oft, warum ich in Bezug auf Jill, meine liebliche, wunderbare Ehefrau, immer noch solche romantischen Gefühle hegte. Es passte nicht zu der Gefühlskälte und den schwarzen Begierden, die mich sonst umtrieben. Welche Rolle spielte schließlich die Augenfarbe für einen Vampir? Wichtig war einzig und allein das Blut, das in den Adern eines anderen zirkulierte.

Und das war rot.

»Jonathan«, sagte Jill.

Es war so schön, ihre Stimme zu hören. Wie lange wir uns früher unterhalten, wie oft wir unseren Namen genannt hatten. Jill und Jonathan – alle Freunde fanden es lustig, meinten, es klinge wie aus einem schlechten Liebesfilm entnommen. Jill und Jonathan, das ist fast wie Pat und Patachon.

»Jonathan!«, wiederholte sie eindringlich meinen Namen. »Du hast es wieder vergessen, nicht wahr?« Sie klang enttäuscht und unendlich frustriert. »Warum geht es nicht in deinen Kopf rein?« Jetzt erst öffnete sie die Augen. Welchen ungewöhnlichen Kontrast das rote Glimmen zu dem strohblonden Haar bildete, das ihr Gesicht umschmeichelte.

»Ver-vergessen?«, stammelte ich. »Was – was soll ich denn vergessen haben?«

Jill hob ihre Hände, streckte mir dann die Rechte entgegen. »Fühle meinen Puls«, forderte sie.

»Was soll das?«, fragte ich befremdet. »Du bist tot.«

»Fühle – meinen – Puls!« Die roten Augen funkelten mich an. Ich entdeckte einen kleinen Blutfleck auf dem sonst blütenweißen Hemd, das sie sehr elegant wirken ließ. Er schien mich direkt von ihrer Schulter aus anzuschreien.

Gehorsam nahm ich ihre Hand in die meine, fühlte die Kühle, die von ihr ausging. Mein Zeigefinger tastete über die Innenseite ihres Handgelenks. »Nichts. Kein Puls. Zufrieden?«

Sie nickte, fasste jetzt umgekehrt meine Hand und presste ihren Finger auf meine Schlagader. »Und nun sag mir, warum du über einen Puls verfügst. Dein Herz schlägt.«

»Ich – ich …« Fassungslos schüttelte ich den Kopf. »Unsinn. Du …«

»Außerdem empfindest du Kälte, wenn du mich berührst, nicht wahr?«

Ich öffnete den Mund, konnte jedoch nichts erwidern.

»Ich empfinde keine Kälte, keine Hitze, keine Schmerzen.« Bei diesen Worten drückte sie ihren Fingernagel gegen die Seite meines Daumens.

Zischend zog ich die Luft ein und steckte den Finger instinktiv in den Mund, als ein Blutstropfen aus der kleinen Wunde quoll. Erst danach, als ich den leicht metallenen Geschmack auf meiner Zunge spürte, kam mir zu Bewusstsein, dass der Tropfen rot gewesen war. Rot! Die Blutsfarbe der Sterblichen!

»Du lebst, Jonathan«, sagte Jill mit Grabesstimme. »Verdammt noch mal, erinnere dich! Du bist kein Vampir!«

Mir wurde schwindlig. Rasch fasste ich die Lehne eines Stuhls. Die Umgebung drehte sich um mich. Schwer ließ ich mich fallen. Der Stuhl gab ein bedenkliches Knacken von sich, als breche er jeden Moment unter der Belastung zusammen. »Aber«, begann ich schwach.

»Nichts aber! Wir waren gemeinsam unterwegs, vor einem Jahr, und wir sind von einem Vampir angefallen worden. Aber du wurdest nicht gebissen, Jonathan! Ich war das Opfer. Ich!« Sie schlug sich gegen die Brust.

»Dich hat er zur Seite gestoßen, und du bist mit dem Kopf gegen eine Mauer geprallt, so dass du das Bewusstsein verloren hast. Der Vampir hat nur mein Blut getrunken und mich damit zu seinesgleichen gemacht.« Sie hatte sich in Rage geredet, beide Hände zu Fäusten geballt. Ihre Kiefer arbeiteten, als sie schwieg. Dann fügte sie hinzu, verzweifelt und beinahe zu leise, um sie zu verstehen: »Nur mich.«

Jetzt, da das erste Entsetzen überwunden war, kehrte die Erinnerung zurück. Wie hatte ich es nur vergessen können?

Im Nachhinein wurde mir klar, warum die Schwarzhaarige so seltsam reagiert hatte. Sie hatte mich selbstverständlich nicht ernst genommen, als ich versucht hatte, hypnotische Kräfte anzuwenden, über die ich nicht verfügte … Die Drohgebärde mithilfe meiner nicht vorhandenen Vampirzähne hatte sie dämliches Grinsen genannt, und das ganz zurecht!

Scham überwältigte mich, als ich daran dachte, welchen lächerlichen Eindruck ich hinterlassen haben musste. Vielleicht war es Glück gewesen, dass sie mich mit dem Gas außer Gefecht gesetzt hatte. So war mir die Demütigung erspart geblieben, sie beißen zu wollen – möglicherweise sogar ihre Halsschlagader aufzureißen und mich an einem sprudelnden Blutstrom zu verschlucken, mich durch den Gestank und Geschmack vielleicht zu übergeben …

»Ich sehe es dir an.« Jill drehte sich um und begann, unruhig auf und ab zu laufen. »Du erinnerst dich.«

»Wie oft?«, fragte ich. »Wie oft habe ich es schon vergessen?«

»Der Überfall war vor genau einem Jahr an einem Monatsende. Du vergisst es immer dann, wenn wieder das Monatsende naht.«

»Das heißt …« Zwölf Mal? Wir hatten dieses Schauspiel bereits ein Dutzend Mal durchgemacht?

Jill nickte. »Und jedes Mal schleichst du dich aus dem Haus, wenn ich unterwegs bin. Du steigerst dich in den Wahn hinein, selbst ein Vampir zu sein. Zwei Mal bist du schon blutbesudelt zurückgekommen.« Sie fasste die Spitzen ihrer blonden Haare und drehte sie um die Zeigefinger. »Ich brauche dir wohl nicht zu erklären, warum.«

Schweigen breitete sich aus. Ich hatte nicht die geringste Idee, was ich dazu sagen könnte. Also wechselte ich das Thema. »Ich liebe dich, Jill, egal was aus dir geworden ist.«

»Und ich liebe dich«, fügte sie hinzu. »Ich empfinde Emotionen wie jeder andere Mensch auch, vergiss das nie, Jonathan.« Sie beendete die unruhige Wanderung und blieb direkt vor mir stehen. Sie neigte den Kopf zu mir herab und legte eine ihrer kalten Hände an meine Wange. »Es gibt nur zwei Unterschiede zwischen uns. Ich bin tot, und ich muss mich von Blut ernähren.«

Ich bemerkte, wie sich Tränen in meinen Augen sammelten, und blinzelte heftig.

Sie fuhr mit tonloser Stimme fort: »Ich fühle mich genauso wie du. Traurig, leer und mit einer Scheißwut im Bauch. Aber ich kann nicht weinen.«

»Wir müssen etwas unternehmen! Dir irgendwie helfen!« Energisch stand ich auf und sah ihr in die Augen. Ich war unschlüssig, was ich tun sollte. Sie umarmen? Sie – küssen? Langsam, zögerlich, legte ich meine Arme um sie.

»Jonathan«, sagte sie schwach. »Ich bin ein Monster. Ich habe heute Nacht eine Frau umgebracht, weil ich ihr Blut …«

»Still«, forderte ich und umarmte sie fester. »Es ist nicht deine Schuld. Du trägst einen Fluch in dir.«

Sie ergab sich in die Umarmung, und Sekunden später bemerkte ich, wie sich ihre Körperhaltung entspannte.

Kurz darauf spürte ich eine eiskalte Hand an meinem Hinterkopf. Ich erschauerte, doch das Gefühl war nicht nur unangenehm.

Das war der Moment, als ich einen Entschluss fasste. Ihr Leben war mit einem Fluch belegt … so hatte ich es zu ihr gesagt. Und es gab keinen Fluch, den man nicht brechen konnte.

Bis jetzt hatte ich geschwiegen, denn ich wollte Jill einen gut durchdachten Plan präsentieren und nicht nur eine zwar von wilder Entschlossenheit geprägte, aber auch sichtlich aus der Verzweiflung geborene Idee.

Als die Sonne aufging und das Licht des Morgens durch die Ritzen der Rollläden strahlte, zog sich Jill zurück. Sie ruhte im Schlafzimmer. Ich saß vor einem Block und tippte mit der Spitze meines Kugelschreibers immer wieder auf das oberste Blatt. Es war vollgeschrieben mit Anmerkungen und Schlagworten.

Kirche, war da etwa zu lesen, gefolgt von *Priester*. Allerdings zierte ein großes Fragezeichen diese beiden Worte.

Darunter hatte ich eine ganze Assoziationsfolge aufgeschrieben. *Hexe – Zauberei – Jahrmarkt – Zigeuner – real? – Gaukelei, Schauspiel?*

Entschlossen nahm ich den Kugelschreiber in die Hand und strich diese Worte fein säuberlich mit einer doppelten Linie durch, ehe ich damit begann, sie völlig zu übermalen. Bald darauf waren sie nicht mehr zu erkennen.

Blieben zwei Alternativen. Die obere – oder das, was ich mit den Stichworten *Weiße Magie – Schutzzauber, Gegenfluch* skizziert hatte.

Nachdenklich nahm ich den Druckknopf des Kugelschreibers zwischen die Zähne und kaute darauf herum. Beides schien eine reale Möglichkeit in sich zu bergen, aber das zweite stellte uns vor ein nahezu unüberwindliches Problem. Weder Jill noch ich verfügten über die geringsten weißmagischen Kenntnisse oder Fähigkeiten. Wir kannten niemanden, an den wir uns mit der Bitte um Hilfe wenden konnten. Also blieb tatsächlich keine Alternative … einen Priester aufzusuchen.

Dieser Gedanke bereitete mir allerdings Bauchschmerzen. Welcher Priester nahm heutzutage die Existenz höllischer oder dämonischer Mächte noch ernst? Würden die meisten nicht in einen Lachanfall ausbrechen, wenn ich das Wort »Vampir« erwähnte?

Nun, die Wahrheit meiner Worte zu beweisen, konnte nicht schwerfallen. Ein einziger Blick auf Jill, und jeder Skeptiker musste schweigen. Welche Hilfe bot aber ein Kirchenmann, der zum ersten Mal in seinem Leben mit einem übernatürlichen Phänomen konfrontiert wurde?

Ich stützte die Ellenbogen auf und legte die Stirn in die Handflächen. Es tat gut, den Druck der Handballen auf den Augen zu spüren. Ich atmete ruhig und gleichmäßig … und zuckte zusammen, als mir bewusst wurde, dass ich für Sekunden eingeschlafen war.

Geh erst mal ins Bett, sagte ich mir. Überschlaf das Ganze und denke morgen mit neuer Kraft darüber nach.

Um Jill nicht zu stören, legte ich mich auf die Couch und zog eine Wolldecke über mich. Unruhig wälzte ich mich für einige Momente hin und her, dann stand ich wieder auf, nahm das Blatt mit den Notizen und ließ es in einer Schublade verschwinden. Nicht, dass Jill darauf aufmerksam wurde … ich war entschlossen, sie mit einer perfekten Lösung zu konfrontieren, nicht mit dem Beweis meiner vagen Überlegungen.

Danach kehrte ich auf die Couch zurück und fiel augenblicklich in tiefen, bleiernen Schlaf.

Ich träume, und in meinem Traum durchlebe ich das Damals wieder.

Wir küssen uns vor den Toiletten des Restaurants, und keiner von uns weiß, dass es das letzte Mal ist, dass sich unsere Lippen finden … unsere warmen Lippen, zumindest. Jill kichert, als sie sich hinter die Tür zurückzieht, auf der eine stilisierte Frau auf einem Nachttopf von einem Messingschild herunter lächelt.

Ich kenne sie gut genug, dass mir bei dieser Art Kichern der Kragen eng wird.

Seltsam – sogar im Traum spüre ich die bleierne Hitze, die trotz der vorgerückten Abendstunde herrscht. Mir bricht der Schweiß aus, und ich schiebe die Decke von meinem Oberkörper.

Ich erleichtere schnell selbst meine Blase, dann warte ich vor dem Ausgang des Restaurants, wie wir es abgesprochen haben. Jill kommt nach weniger als einer Minute. »Schon ungeduldig geworden?«, fragt sie und fährt mit ihrer Zungenspitze über die Lippen.

»Ab in unser trautes Heim!« Ich winke einem vorbeifahrenden Taxi. Der Fahrer zieht zwar die Augenbrauen zusammen, als ich ihm das Ziel nenne, aber er akzeptiert. Das ist nicht selbstverständlich; mehr als einmal wurden wir in der Vergangenheit gebeten, doch ein anderes Taxi zu suchen, das uns in »diese Gegend« bringt.

Wir knutschen auf der Rückbank wie zwei verliebte Teenager, und ich bin mir sicher, dass der Fahrer über den Rückspiegel die Show beobachtet. Egal.

Dreißig Minuten später sind wir da. Wir halten vor dem Eingang in die Sackgasse, in der die Bruchbude steht, in der auch unsere Wohnung liegt. »Die restlichen Meter packt ihr hoffentlich allein«, brummt der Fahrer. »Oder wirst du sie gleich hier ficken?«

Ich drücke ihm ein ordentliches Trinkgeld in die Hände, was ihn deutlich versöhnlicher stimmt. »Nix für ungut, ihr beiden«, murmelt er, bevor er davonfährt.

»Hundertfünfzig Meter«, haucht Jill. »Zweihundert Schritte. Dann ...« Den Rest lässt sie unausgesprochen.

Wir schaffen gerade einmal ein Drittel der Strecke, als uns der Vampir gegenübertritt. Ich bemerke sofort, dass mit diesem unheimlichen Kerl irgendetwas nicht stimmt. »Komm schon, lass uns vorbei«, zische ich ihm entgegen.

»Dich ja. Sie – nein!« Sein Zeigefinger, dessen Nagel unnatürlich lang hervorragt, wandert von mir zu Jill.

»He, Mann«, sage ich laut, um mir selbst Mut zu machen, denn mein Herz rutscht in die Hose, »verzieh dich!«

Mein Schlaf wird unruhig, ich wälze mich auf der Couch hin und her. Die Augäpfel bewegen sich hektisch, mein Herz schlägt rascher, die Hände verkrampfen sich in die Decke. Ich will diesen Albtraum nicht noch einmal durchleben. Doch mein Unterbewusstsein lässt mir keine Wahl.

Sein Gesicht ist von edlen Zügen geprägt, aber etwas Gnadenloses liegt um seine Mundwinkel. Die Augen schimmern in dumpfem Rot. Es sieht erschreckend aus. Seine Nase ist klein und schief, als sei sie mehrfach gebrochen und nicht wieder richtig zusammengewachsen. Eine Narbe, wie von verbrannter Haut, zieht sich über seine linke Wange.

Als er den Mund öffnet, weiß ich, dass das hier kein Scherz ist. Kein Verrückter, der eine Horrorshow abzieht.

Sein Arm schießt vor, die Hand umklammert Jills Oberarm. Sie stößt einen erschrockenen und schmerzerfüllten Schrei aus. »Wehr dich nicht, du wirst ewig leben«, sagt der Vampir. »Eines Tages wirst du zu mir kommen und mir danken.«

Jill schlägt ihm die Faust gegen die Brust, doch sie erzielt keinen Erfolg damit. Ich trete ihm in den Magen. Er lacht. Sein Blick bohrt sich in den meiner Frau. Jill bleibt reglos stehen, während er sich mir zuwendet. »Wage es nie wieder, mich zu stören!«

Ich greife ihn an. »Jill! Weg!« Noch ehe ich einen ersten Schlag anbringen kann, packen mich seine eiskalten Hände und stoßen mich zur Seite. Hilflos taumele ich, meine Haut scheint an den Stellen, wo er mich berührt, zu gefrieren. Hart pralle ich mit der Schulter gegen eine Mauer, es tut weh – dann ein ungleich größerer Schmerz, als mein Kopf durch die Wucht ebenfalls gegen die Steine schmettert.

Meine Hand zuckt hoch, ich spüre das Blut zwischen den Fingern.

Dann sinke ich nach unten, die Augen weit aufgerissen.

Ich sehe Jill, die immer noch bewegungslos steht. Der Vampir tritt an sie heran, legt seinen Kopf schief, nähert sein Maul dem Hals meiner geliebten Frau.

Ich glaube, wahnsinnig zu werden, als er zubeißt. Dann verschwimmt mein Bewusstsein. Ich werde ohnmächtig.

Ich glaube, wahnsinnig zu werden, als ich es erneut durchlebe. Dann klärt sich mein Bewusstsein. Ich wache auf.

2. Kapitel

Jill schlief noch. Erfahrungsgemäß würde sie noch eine ganze Zeit das Schlafzimmer nicht verlassen. Es war keineswegs so, dass sie die gesamte Phase der Helligkeit hindurch schlief, aber doch noch wenigstens vier Stunden lang.

Phase der Helligkeit – so nannten wir es. Tag verfügte über zu viele positive Erinnerungen und Assoziationen. Wir hatten lange nach einem etwas neutraleren Begriff gesucht.

Ich erinnerte mich genau an meine Überlegungen vor meinem eigenen kurzen Schlaf. Ich hatte nur etwa zwei Stunden auf der Couch verbracht; jetzt fühlte ich mich zerschlagener als vorher. »Egal«, murmelte ich vor mich hin.

Ich huschte ins Badezimmer und warf einen Blick in den Spiegel. Ich sah aus wie der wandelnde Tod in Person. Unter den Augen lagen schwarze Ringe, die braunen Haare standen wirr in alle Richtungen. Ein wenig kaltes Wasser im Gesicht erfrischte mich. Eine Mundspülung vertrieb den schalen Geschmack unter meiner Zunge. Um die Frisur kümmerte ich mich nicht – eine Baseballmütze erledigte alles Notwendige.

Ich musste einen Priester finden. Und das würde ich auch!

Ich hatte lange überlegt, wie ich vorgehen sollte, um einen geeigneten Kirchendiener ausfindig zu machen. Die Antwort lag auf der Hand: ich musste mich einer modernen Suchmethode bedienen. Wozu gab es das Internet?

Da wir keinen Computer besaßen, blieb mir nur der Besuch eines Internetcafés. Nicht einmal einen Kilometer entfernt gab es eines. Ein schäbiger Schuppen, in dem allerlei zwielichtige Gestalten verkehrten. Mit bitterer Ironie dachte ich, dass ich dort wohl ganz gut hinpasste. Welche schrägere Existenz als mich konnte man sich denn vorstellen? *Psychopathischer Ehemann einer Vampirin, der sich selbst regelmäßig für eine Schattenkreatur hält.* Keine allzu schmeichelhafte Umschreibung für eine Kontaktanzeige. Suche dich, wenn du ebenfalls eine Macke hast und …

Etwa eine Viertelstunde später betrat ich die Spelunke, die sich hochtrabend Internetcafé nannte. Qualm wölkte mir entgegen, und eine etwa Zwanzigjährige, deren Ausschnitt so tief reichte, dass die Brüste fast völlig herausquollen, fragte mit rauchiger Stimme: »Was darf's sein?«

»Internet«, erwiderte ich kühl. »Sonst nichts.« Ich wusste von vorherigen Besuchen, dass das hiesige Angebot von miesem Wein über Schnäpse bis hin zu willigen Bettgenossinnen ging. Die Dame vor mir gehörte wohl zu letzterer Sorte.

»Fünf«, schnauzte sie und wies nach vorne, Richtung dichtester Zigarettenqualm. »Ich schalt dich frei.«

Ich ließ mich auf den unbequemen Hocker fallen und öffnete das Fenster einer Suchmaschine.

Priester, gab ich ein, kombiniert mit *Höllenmächte*.

Das Ergebnis war enttäuschend. Einige Hinweise auf obskure Bücher, ein Link auf eine Seite, in der jemand Jesu Verurteilung durch die Hohepriester interpretierte, ein Verweis auf einen Gedichtband eines Schriftstellers. Nichts, das mir irgendwie weiterhalf.

Realität des Übernatürlichen, tippte ich dann und fügte nach einem Moment des Nachdenkens *Priester* hinzu.

Ich traute meinen Augen kaum, als die Ergebnisliste erschien. »Bruder Antonio, ehemaliger Priester … erlebte die Realität des Übernatürlichen hautnah, als er einem Vam…«

Mit klopfendem Herzen klickte ich den Link an. Langsam baute sich die entsprechende Seite auf. Ein wenig Sorge bereitete mir das Auslassungszeichen mitten in dem Auszug des Textes. Was, wenn hier wieder einmal zwei völlig verschiedene Dinge zusammengewürfelt worden waren, nur weil sie zufällig auf derselben Homepage standen?

Alle Sorgen erwiesen sich als umsonst.

Es ging tatsächlich um den ehemaligen Priester Bruder Antonio, der die Realität des Übernatürlichen am eigenen Leib erfahren hatte. Er war danach einer Sekte beigetreten, die sich »Weg des reinen Lichts« nannte. Und bei den Buchstaben »Vam…« ging es in der Tat um das Wort »Vampir«!

Volltreffer!

Das Beste daran war, dass eine postalische Kontaktadresse angegeben war. Ich konnte mein Glück kaum fassen. Der »Weg des reinen Lichts« unterhielt eine Zweigstelle in Los Angeles.

Ich suchte mir die schnellste Verbindung heraus und saß keine zehn Minuten später in der U-Bahn, die mich donnernd zu meinem nächsten Ziel brachte. Darüber, was ich den Brüdern der Sekte sagen sollte, dachte ich nicht nach. Mir würden schon die richtigen Worte einfallen. Hoffte ich.

»Bruder Antonios Internet-Bericht hat schon einige Leute hierher pilgern lassen«, sagte der kurzgeschorene Dicke. Ob seine Brille wohl von der Nase oder von den schwabbelnden Fettmassen seiner Wangen gehalten wurde?

Etwas an seinem Ton gefiel mir nicht. »Leute?«, fragte ich deshalb präzisierend nach.

»Freaks. Gruftis, Dämonenanbeter, Durchgeknallte, selbst ernannte Vampirjäger.« Er sah mich aus seinen Schweinsäuglein lauernd an. »Wie war doch noch Ihr Name?«

»Jonathan«, wiederholte ich die Vorstellung, erneut ohne meinen Nachnamen zu nennen.

»So wie Jonathan Harker, ja?«

Einen Moment lang starrte ich mein Gegenüber verblüfft an. Jonathan Harker? Dann fiel bei mir der Groschen. »Hören Sie zu, Bruder. Das hat nicht das Geringste damit zu tun, dass ich mich für den armen Burschen halte, der bei Bram Stoker Graf Dracula persönlich begegnet und ihm …«

Der Dicke winkte ab. »Lassen Sie es gut sein.«

»Ich heiße nun einmal Jonathan! Geben Sie meinen Eltern die Schuld.«

»Was wollen Sie also von Bruder Antonio?«

»Er ist hier?« Mein Herz übersprang einen Schlag. Damit hatte ich nicht gerechnet.

»Sie haben Glück, Freund Jonathan.«

»Das bezweifle ich«, rutschte es mir heraus, ehe ich mich räusperte. »Das heißt, in Bezug auf Bruder Antonio mag das stimmen, aber sonst …« Ich brach bedeutungsschwer den Satz ab.

»Sonst werden Sie von einem Vampir verfolgt, ja?«

Ich spürte, dass meine Antwort auf diese Frage darüber entscheiden würde, ob ich hochkant aus dem Gebäude des »reinen Weges« hinausgeworfen wurde, oder ob ich in Kürze Bruder Antonio gegenübertreten durfte. »Ich suche Hilfe. Meine Frau ist ein Vampir.«

Da war sie, die Wahrheit – die schlichte, unausgeschmückte, triviale Wahrheit. Die Wirkung meiner Worte hätte nicht größer sein können. Der Dicke erhob sich, hieß mich abzuwarten und verließ das Besucherzimmer.

Verblüfft starrte ich ihm nach und hörte, wie die Tür, die ins bisher geheime Innere des Hauses führte, ins Schloss fiel. Ich stand direkt am Ende eines sich an die Haustür anschließenden winzigen Flurs; weiter war ich bislang nicht vorgedrungen.

Die Wände waren mit Bildern geschmückt. Sie zeigten Szenerien, die ich nur als eigenartig und absonderlich bezeichnen konnte. Alle wurden dominiert von gleißenden Lichteffekten, die irgendwelche dämonischen Schauergestalten zerschmelzen ließen. Je länger ich saß und wartete, desto mehr zweifelte ich daran, dass ich an der richtigen Adresse war. Was, wenn ich freiwillig einen Haufen Wahnsinniger aufgesucht hatte?

Ich spielte nervös mit meinem Ehering und überlegte, ob es nicht besser war, von hier zu verschwinden.

Zu spät! Die Tür öffnete sich knarrend, und der dicke Bruder, der mich empfangen hatte, kam zurück. In seiner Begleitung befand sich eine Gestalt, die das glatte Gegenteil von ihm war.

Der Unbekannte war hager, beinahe ausgezehrt. Strähniges, graues Haar hing ihm bis auf die Schultern. Sein Gesicht war schlicht hässlich – eine dürre Geiernase, schiefstehende Zähne, Augen, die verschleiert und abwesend blickten. »Lassen Sie sich vom äußeren Schein nicht täuschen, mein Freund«, sprach er mich an. »Ich mag keine Schönheit sein, aber ich bin genau der, den Sie brauchen.«

»Bruder Antonio?«

Er nickte hastig. »Und Sie sind Jonathan, der Ehemann einer Vampirin.«

»Sie glauben mir?«

»Warum sollte ich nicht? Ich weiß, dass Vampire auf unserer Erde wandeln. Ich selbst tötete eines der Nachtwesen. Es wollte mich aussaugen, doch ich stieß ihm einen Pfahl ins schwarze Herz!«

»Sie sollen meine Frau nicht töten«, erwiderte ich hart.

»Sonst wären Sie wohl kaum hierhergekommen, sondern hätten es selbst getan, nicht wahr?« Der Blick seiner Augen klärte sich ein wenig. »Sie wollen, dass ich den Vampirkeim von ihr nehme?«

»Sie waren Priester und …«

»Sie glauben an meinen Glauben, Jonathan. Das ist gut. Sehr gut.«

»Haben Sie es schon einmal getan?«

»Einen Vampir zurück zu einem Menschen transformiert?« Er warf den Kopf hastig nach hinten, dass ihm eine Strähne seines fettigen Haares gegen die Wange schlug. Er wischte sie beiläufig zur Seite. »Niemals. Aber ich werde es versuchen.«

»Sie dürfen Sie nicht gefährden! Jill muss leben!«

»Wir werden sehen, mein Freund.«

»Ich will Ihr Wort, Bruder Antonio, dass Sie versuchen, Jills Vampirkeim von ihr zu nehmen, wie Sie es nennen. Ein Exorzismus … oder was immer Ihnen richtig erscheint.«

»Ihre Frau weiß Bescheid?«

»Dass sie ein Vampir ist?«, fragte ich verwirrt.

»Dass Sie mich aufgesucht haben, Jonathan.«

»Ich werde es ihr erklären müssen.«

»Dann erwarten Sie meinen Besuch heute Abend.«

Ich nannte ihm unsere Adresse.

»Bereiten Sie Ihre Frau vor, denn sie muss kooperieren!«

»Du hast was?«, fragte Jill konsterniert. Ihre roten Augen wirkten noch matter als sonst, vielleicht ein Zeichen ihrer Überraschung. Oder ihrer Wut?

»Ich habe einen ehemaligen Priester aufgesucht. Bruder Antonio. Er wird in wenigen Stunden hier eintreffen und versuchen, den Vampirfluch von dir zu nehmen.«

»Wie stellst du dir das vor?«, begehrte sie auf. Ich sah ihr den Ärger überdeutlich an. »Ich bin ...«

»Wir werden das schreckliche Geschehen rückgängig machen! Du wirst wieder ein Mensch sein, Jill!« Eifer überkam mich, wie ich ihn sonst kaum kannte. »Bruder Antonio wird dich befreien.«

»Und wie soll das vor sich gehen, Jonathan? Ich bin nicht besessen, er kann keinen Dämon aus mir austreiben! Mein Körper ...«

»Ich weiß«, unterbrach ich sie erneut. »Ich habe mir über all das Gedanken gemacht, und ich bin zu dem Schluss gekommen, dass es eine Lösung geben muss. Bruder Antonio ist so etwas wie ein Vampirkenner. Er hat Erfahrungen gesammelt.«

»Der Mensch Jill ist tot«, beharrte sie auf ihrer Meinung. »Wenn dieser Antonio das Vampirische aus mir herausnimmt, und ich bezweifle, dass das überhaupt möglich ist, wird eine Leiche übrigbleiben. Ein Kadaver, der bereits seit einem Jahr tot ist und den verzögerten Verwesungsprozess möglicherweise in Sekunden nachholen wird. Ist es das, was du willst? Eine stinkende Leiche?«

»Wir wissen es nicht! Wir werden dem Schicksal ein Schnäppchen schlagen.« Ich wollte ihre Einwände nicht gelten lassen. »Es wird nicht soweit kommen, wie du es vermutest.«

Die nächste Zeit verbrachten wir in brütendem Schweigen. Jill trommelte unruhig mit den Fingerspitzen auf der Lehne des Sessels.

»Siehst du?«, ergriff ich das Wort. »Das Menschliche ist nicht aus deinem Körper verschwunden! Deine Finger … du bist nervös, Jill, und du setzt dieses Gefühl in Handlungen um. Eine seelenlose, tote Vampirkreatur würde niemals so handeln.«

»Ich bin keine seelenlose Kreatur! Ich empfinde so wie du, aber mein Leib ist gestorben, vor einem Jahr.« Sie schloss die Augen. »Ich glaube immer noch nicht, dass wir Erfolg haben können, aber ich danke dir für deine Bemühungen.« Sie erhob sich. »Ich werde mit Bruder Antonio zusammenarbeiten und tun, was er für richtig hält.«

»Er hat mir versprochen, nichts zu unternehmen, was dir Schaden zufügen könnte.« Hatte er das tatsächlich? Ich versuchte, mir das Gespräch ins Gedächtnis zu rufen. Ich hatte ihn dazu aufgefordert, ja, aber hatte er nicht rasch das Thema gewechselt? Ich war selbst zu aufgeregt gewesen, um mich jetzt noch daran erinnern zu können. »Außerdem werde ich gut auf dich aufpassen und Antonio genau im Auge behalten.«

Jill ging zum Fenster und zog den Rollladen nach oben. Es war inzwischen dämmrig geworden, und das Restlicht bereitete ihr kein Unbehagen mehr. »Dort draußen pulsiert das Leben, Jonathan.« Sie sagte es tonlos, mit einem Hauch von Wehmut.

»Wir werden bald wieder ein Teil dieses Lebens sein.«

»Das meine ich nicht. Es … es ist schrecklich. Ich habe Hunger. Wenn Antonio nicht bald auftaucht, kann ich nicht länger warten. Ich muss bald Blut trinken.« Sie lehnte ihre Stirn gegen die Glasscheibe.

Ich stand auf und trat neben sie. »Zügele dich«, bat ich. »Es ist das letzte Mal.«

»Ich werde mich hinlegen«, antwortete sie. »Du findest mich im Schlafzimmer.«

In den nächsten Minuten wanderte ich unruhig auf und ab. Schließlich setzte ich mich und blätterte in einer Zeitschrift. Jedes Mal, wenn ich umblätterte, schüttelte ich ärgerlich den Kopf – ich hatte kein Wort von dem, was ich gelesen hatte, bewusst wahrgenommen.

Verdammt, wo blieb Antonio?

Die Schlafzimmertür öffnete sich, und Jill trat heraus. Erschrocken musterte ich sie. Ihre Wangen waren eingefallen, die Augen lagen tief in den Höhlen, die Lippen dünne Striche, zwischen denen bleich die Zähne hervor lugten.

»Ich kann nicht mehr warten, Jonathan.«

»Du darfst nicht gehen.«

»Ich habe Hunger.«

Die Kehle wurde mir eng, als ich die einzig mögliche Antwort gab. »Dann trinke von mir.«

»Du bist verrückt!«

»Du musst hier sein, wenn Antonio kommt! Wenn du deinen Hunger nicht zügeln kannst, dann bediene dich an mir!«

Ihre Mundwinkel zuckten. »Ich werde warten.«

In dieser Sekunde klingelte es. »Antonio«, rief ich und rannte zur Tür.

Tatsächlich trat wenig später der Bruder des Weges des reinen Lichts ein. Er fixierte sofort Jill und wurde bleich.

»Willkommen«, krächzte sie.

»Ich – ihr Mann bat mich um Hilfe. Also, ich – wir …«

Dass diesen Mann etwas aus der Fassung bringen könnte, hätte ich nicht gedacht. »Was haben Sie sich überlegt, Bruder Antonio?«

»Sie muss dem Teufel entsagen.« Er fuhr sich durch die strähnigen Haare. »Ich werde dann ein kompliziertes Ritual anwenden, um …«

»Ich habe den Teufel nie angebetet, weshalb sollte ich ihm also entsagen?«, entgegnete Jill. »Ich bin nicht besessen, und ich bin keine Hexe! Ich wurde das Opfer eines Vampirs, nichts weiter.« Ihr Blick wanderte zum Hals des ehemaligen Priesters. Wieder zuckten ihre Mundwinkel. Ihre Hände öffneten und schlossen sich mehrfach.

»Aber ich sehe in dir die Begehrlichkeit nach Blut und Tod, die ein Werk der Finsternis ist!« Er zog ein silbernes, mit etlichen Zeichen verziertes Kreuz hervor und streckte es Jill entgegen. »Weiche, weiche von ihr, Satan!«

Jill blickte das religiöse Symbol ungerührt an. »Wenn das alles ist, das Sie zu bieten haben, dann werden Sie mir nicht helfen können.« Sie trat auf ihn zu und nahm ihm das Kreuz aus den Händen. »Ich dachte, sie verfügen über Erfahrungen.« Achtlos legte sie das heilige Artefakt auf einem Regal ab.

»Ich traf einen Vampir und tötete ihn«, erwiderte Antonio schwach.

»Es tut mir leid, Jonathan«, wandte sie sich an mich, stieß den ehemaligen Priester zur Seite und verließ die Wohnung, ehe wir sie aufhalten konnten.

3. Kapitel

Bruder Antonios Blick huschte unruhig in der Wohnung hin und her.

»Sie haben keine Ahnung, wie Sie ihr helfen könnten«, schleuderte ich ihm entgegen.

Er schüttelte den Kopf. »Es gibt nur eine Art Hilfe für sie, und die werden sie nicht akzeptieren wollen.« Er zog einen Holzpflock aus der Tasche seiner weiten Jacke. »Stoßen Sie ihr den ins Herz, und sie wird ihren Frieden finden.«

»Verschwinden Sie!«, schrie ich ihn an, eilte zur Tür und riss sie auf. »Hinaus mit Ihnen, ehe ich mich vergesse!«

»Sie wissen, wo Sie mich finden, wenn Sie wirklich Hilfe benötigen.« Er ging mit hoch erhobenem Kopf an mir vorbei.

Ich warf die Tür hinter ihm zu und trat voller Zorn dagegen. Dann schlug ich mit den Fäusten wieder und wieder gegen das Holz. Das einzige Resultat dieser unsinnigen Handlungsweise war der Schmerz, der meine Hände durchzuckte.

Jill kam erst Stunden später zurück. Sie wirkte wie das blühende Leben, wenn man von der Kälte absah, die spürbar von ihr ausging. »Ist er weg?«

Ich nickte. »Wir müssen von hier verschwinden, denn ich traue ihm alles zu. Womöglich wird er bald zurückkommen, um dich zu töten.«

»Wie kann man etwas töten, das gar nicht lebt?«

»Du lebst, Jill, und ich habe dich noch nicht aufgegeben!«

»Er will mich nicht töten, Jonathan! Er will mich vernichten.«

»Sei still!«, herrschte ich sie an. »Wir werden einem anderen Plan nachgehen. Antonio war nur ein erster Versuch!«

Minuten später saßen wir in einer U-Bahn. Jill verbarg ihre roten Augen mit einer Sonnenbrille, was mitten in der Nacht zwar ungewöhnlich war, aber niemanden um uns her interessierte. In Los Angeles stellten sich Typen zur Schau, die noch wesentlich verrücktere Marotten aufwiesen.

»Willst du mir nicht endlich verraten, was du vorhast?«

»Wir werden auf den Jahrmarkt gehen. Dort unterhält eine alte Zigeunerin einen Stand, in dem sie Menschen die Zukunft vorhersagt.«

»Und?«, fragte sie frustriert.

»Sie ist keine Scharlatanin! Ich habe viel von ihr gehört. Deshalb überlegte ich schon vor dem Versuch mit Bruder Antonio, sie aufzusuchen. Sie hat tatsächlich Verbindungen zu einem übernatürlichen Bereich. Sie kann …«

»Sie kann dir helfen, ja?«

»Dir, Jill! Dir kann sie helfen, nicht mir!«

Sie lachte leise. »Mir kann niemand helfen. Aber es wird gut für dich sein, wenn du das auch akzeptierst.«

»Wir werden sehen«, antwortete ich hart.

Die letzten Minuten der Fahrt verliefen schweigend. Wir waren die einzigen Fahrgäste, die an der Station nahe des Jahrmarktgeländes ausstiegen. Kaum jemand hielt sich zu dieser Zeit noch dort auf. Aus einigen Zelten dröhnten zwar noch die Lieder von Betrunkenen, doch die Süßigkeiten- und Sensationsbuden waren ebenso wie die Fahrattraktionen bereits geschlossen.

»Es ist zu spät«, kommentierte Jill. »Lass uns morgen am frühen Abend wiederkommen.«

»Ich weiß, wo ihr Stand ist. Sie hat ihren Wohnwagen direkt dahinter platziert. Ich bin einmal hier gewesen.« Unbeirrt lief ich weiter, zerrte Jill mit mir.

Wir erreichten den Stand, über dessen Eingang ein schwarzes Schild hing. *Madame Wisdoms Zukunftsblicke*, stand dort in gelben, am unteren Rand zerlaufenden Buchstaben zu lesen.

»Wirkt nicht sonderlich seriös«, lästerte Jill.

»Das spielt keine Rolle. Ich habe …«

»Du hast viel von ihr gehört, ich weiß.«

Ich versuchte die Tür zu öffnen, doch wie erwartet, war bereits abgeschlossen. Ich ging um die Bude herum. Aus den kleinen Fenstern des Wohnwagens drang gedämpftes, flackerndes Licht. »Sie ist wach«, rief ich Jill zu und klopfte.

»Verschwindet!«, ertönte eine knarrende Stimme aus dem Inneren des Wagens.

»Wir brauchen Ihre Hilfe«, antwortete ich ungerührt.

»Kommt morgen wieder vorbei.«

»Nur Sie können uns helfen! Wir zahlen gut.«

Sekunden später öffnete sich die Tür des Wohnwagens einen Spaltbreit. Eine alte Frau starrte uns entgegen. Tiefe Falten durchzogen das von langen grauen Haaren umgebene Gesicht. »Nein«, sagte sie. »Ich weiß, wer ihr seid und was ihr wollt. Verschwindet.« Der Kehlkopf der Alten hüpfte bei diesen Worten beinahe unnatürlich rasch in dem faltigen Hals auf und ab.

»Wir sind keine sensationslüsternen Spinner, die …« Ich wurde unterbrochen.

»Hast du nicht gehört? Ich weiß, wer ihr seid.«

»Sie können es nicht wissen, denn …« Wieder gelang es mir nicht, zu Ende zu sprechen.

»Ich sehe in die Zukunft meiner Kunden, und da glaubst du, ich würde meine eigene Zukunft nicht kennen?« Die Tür öffnete sich einen weiteren Spalt, und dann sah ich die Hände der alten Frau.

Sie hielten einen Holzpflock und einen Hammer.

Sämtliche Farbe wich aus meinem Gesicht.

»Ich kann euch nicht helfen. Verschwindet. In wenigen Minuten werden die Männer meiner Sippe hier auftauchen, und dann kann euch niemand mehr helfen. Sie wissen, wie mit solchen Kreaturen wie deiner Frau umzuspringen ist.«

»Sie müssen uns helfen!«, beharrte ich. »Wir wollen nichts Böses.«

Die Tür wurde zugeschlagen, und in der Ferne ertönten die Geräusche der sich nähernden Männer.

Wir flüchteten.

»Gibst du jetzt endlich auf?«, fragte Jill, als wir im unterirdischen Bereich der U-Bahn-Station saßen und warteten.

»Ich werde nie aufgeben.« Ich starrte auf den hell erleuchteten Streckenplan, als sei er die interessanteste Lektüre, die mir seit Langem untergekommen war.

»Wo fahren wir jetzt hin?«

»Wir gehen in ein Hotel, damit du nicht in Gefahr läufst, von Bruder Antonio gemeuchelt zu werden. Ich vertraue ihm nicht.«

»Und dann?«

»Dann wirst du schlafen, und ich werde recherchieren.«

»Gib auf, Jonathan. Wir müssen entweder so weitermachen wie bisher …« Sie brach ab.

»Oder?«

»Oder ich werde verschwinden, damit du dein Leben in Frieden weiterleben kannst.«

»Vergiss es! Ich will nicht ohne dich leben.« Ich nahm ihre kalten Hände und brachte mein Gesicht nahe an ihres. »Versprich mir, mich niemals zu verlassen, gleich was geschieht.«

Jill schwieg, doch nach einer Weile nickte sie.

Eine halbe Stunde später schlossen wir die Tür eines einigermaßen komfortablen Doppelzimmers auf. Der Nachtportier hatte auf Vorauszahlung bestanden. Zum Glück hatte ich alles Geld eingesteckt, das wir zu Hause aufbewahrten, ehe wir aufgebrochen waren.

»Mach es dir bequem und versprich mir, das Zimmer nicht zu verlassen«, bat ich.

»Wo sollte ich wohl hingehen? Die Sonne wird bald aufgehen.«

»Ich hänge das Nicht-stören-Schild nach draußen. Ich bin am frühen Abend zurück.«

»Du solltest auch ein wenig schlafen.«

»Erst werde ich recherchieren.« Ich sprach in einem Tonfall, der Jill augenblicklich klarmachte, dass ich keinerlei Widerspruch duldete.

Ohne ein weiteres Wort legte sie sich aufs Bett, zog die Decke über sich und drehte sich um. Ich nahm den

Schlüssel und suchte erneut die Rezeption auf. Niemand hielt sich dort auf, also drückte ich die kleine goldfarbene Klingel. Das helle Klingeln zerriss die Stille.

Sekunden später schlurfte aus einem Nebenraum der Nachtportier herbei. »Sie wünschen?«, fragte er verschlafen. Offenbar hatten ihm die wenigen Minuten genügt, wieder zur Ruhe zu kommen und auf einer Couch einzunicken.

»Wo finde ich das nächste Internetcafé?«

»Um diese Uhrzeit sind alle geschlossen. Gedulden Sie sich noch ein paar Stunden.« Seiner Stimme war anzuhören, dass er mich für einen Verrückten hielt.

»Ich muss dringend online gehen«, beharrte ich.

»Dann benutzen Sie den Computer des Hotels«, murrte er. »Er steht Gästen jederzeit zur Verfügung. Kostet einen Dollar pro Viertelstunde.«

»Wo finde ich ihn?«

Wenig später tippte ich wieder einmal Begriffe in eine Suchmaschine ein.

Weiße Magie. Unzählige Treffer wurden angezeigt – völlig unmöglich, allen nachzugehen.

Dann *Vampirismus* kombiniert mit *Krankheit.* Kein Ergebnis. Aus einer spontanen Idee heraus änderte ich in *Blutkrankheit* und wurde fündig.

Kurz danach tippte ich *magische Spezialbibliothek.* Ein Verweis auf eine obskure Bibliothek namens GARIONDA – *Spiritismus – Magie – Okkultismus,* die angeblich nur zu bestimmten Zeiten existierte und sonst im Nirgendwo verschwand. Humbug. Ich änderte die Suchworte. *Bibliothek Vampirismus weiß.*

Wieder erschien ein vielversprechendes Ergebnis.

Zwei Stunden später verließ ich mit einem zerknitterten Zettel voller Telefonnummern und Adressen in der Hosentasche das Hotel. Ich hatte einen Weg vor mir, der mich quer durch die ganze Stadt führen würde.

Es nahm mehr Zeit in Anspruch, als ich erhofft hatte. Ich kam erst gegen 20 Uhr zurück ins Hotel. Mein Körper war zerschlagen, ich konnte mich kaum noch auf den Beinen halten. Ich hatte den ganzen Tag nichts gegessen und nur einmal an einem Wasserspender mehrere Plastikbecher voll in mich hineingeschüttet.

Aber es hatte sich gelohnt. In zwei Tüten, die unter dem Gewicht beinahe zerrissen, befand sich alles, was ich für einen Versuch benötigen würde.

Jill erwartete mich bereits. Sie sagte nichts, sondern sah mich nur auffordernd an.

»Diesmal werden wir es ohne fremde Hilfe angehen.« Ich zog ein dickes Buch aus der Tüte. »Es stammt aus der Universitätsbibliothek, und es hat mich verdammt viel Mühe gekostet, es leihen zu dürfen. Die Kaution, die ich hinterlegt habe, war horrend.«

Ein zweites Buch folgte, das wie das erste in Leder gebunden war und den Geruch großen Alters verströmte. »Dieses Werk existiert offiziell nicht, aber ein Spezialantiquariat führte es. Oder besser gesagt, eine Abschrift davon. Das Original ist seit unbekannten Zeiten verschollen.«

Aus der zweiten Tüte beförderte ich einen Karton ins Freie. Vorsichtig öffnete ich ihn. »Blut«, kommentierte ich, als ich einen dicken undurchsichtigen Plastikbeutel hervorzog.

»Wo hast du es her?«, sprach Jill die ersten Worte seit meiner Rückkehr. Etwas Lauerndes lag in ihrer Stimme, das mir eine Gänsehaut über den Rücken jagte.

»Krankenhaus«, antwortete ich knapp. Aber während ich in der Universitätsbibliothek noch mit Worten zum Ziel gekommen war, hatte ich das in der Klinik gar nicht erst versucht. Ich hatte eine Methode gewählt, die allen Fragen radikal aus dem Weg ging.

»Außerdem habe ich Kräuter, Salben und das hier.« Ich hielt Jill ein Behältnis vor die Augen, in dem eine trübe Flüssigkeit schwamm. »Alles in Ökoläden und verrückten New-Age-Shops zu finden.«

»Was hast du vor?«

Demonstrativ schlug ich die Bücher an mithilfe kleiner Zettel vorbereiteten Stellen auf. »Beide Werke beschreiben ein Ritual, das aus einem Dämon einen Menschen macht.«

Ihre Augen weiteten sich.

»Es ist eine alte Geheimlehre, die davon ausgeht, dass alles Dämonische und Teuflische auf der Menschheit basiert. Alle Kreaturen der Finsternis, ja sogar der Teufel selbst seien einst lebendige Menschen gewesen.«

»Lächerlich.«

»Es ist egal, was wir davon halten! Die Gelehrten, die dieses Ritual niedergeschrieben haben, waren Spezialisten, und sie haben sich jahrelang mit der Materie auseinandergesetzt. Das kann für dich die Rettung bedeuten.«

»Wie alt ist diese Lehre?«

»Sie wird seit dem vierzehnten Jahrhundert nicht mehr verbreitet.«

»Woher …«

»Alte Manuskripte wurden vor zwanzig Jahren von irgendwelchen Forschern gefunden. Verdammt, Jill, es spielt keine Rolle! Du wirst frei sein! Frei!«

Das Ritual war hässlich und ekelerregend.

Als ich darüber gelesen hatte, dachte ich, es sei nicht sonderlich schwer durchzuführen … doch die Realität belehrte mich eines Besseren.

Jill lag auf dem Boden, und sie hatte Hunger.

Denn sie lag seit drei Tagen auf dem Boden, mit den Spezialsalben eingerieben und von einem Kreis aus Kräutern umgeben. Immer wieder las ich im Abstand von einer Stunde die magischen Formeln aus dem Buch.

Das Blut schwamm, vermischt mit der klaren Flüssigkeit, in dem Behälter, keine zwanzig Zentimeter von Jill entfernt. Ihr ganzer Körper wirkte, als sei sie ein von dünner Haut überzogenes Skelett. Immer wieder stöhnte sie, wenn der Hunger und die Gier sie zu überwältigen drohten. Schon mehrfach hatte sie ein krampfhafter Schüttelfrost durchlaufen.

»Das Ritual basiert auf deiner Widerstandskraft«, sagte ich ihr zum tausendsten Mal. Es zerriss mich innerlich, sie leiden zu sehen.

»Wie lange … noch …« Ihre Stimme war nur ein Hauch. Jetzt, in der Nacht, ihrer aktiven Zeit, war der Hunger schlimmer als am Tage.

Auf diese Frage konnte ich ihr keine Antwort geben. Die Bücher sprachen von einem Dutzend Stunden, einmal auch von dreiunddreißig Stunden. Nirgends war von drei Tagen die Rede gewesen. Ich war nahe daran, aufzugeben. Was, wenn wir unsere Hoffnung auf haltlose Spinnereien setzten, auf die überbordende Phantasie von Menschen, die seit Jahrhunderten zu Staub zerfallen waren? Auf uralte Berichte, die keinerlei wahren Kern aufwiesen?

»Es ist wieder Zeit«, sagte ich stattdessen und las die Formeln aus dem Buch vor. Es handelte sich um Anrufungen der Naturkräfte, mit alten, starken Worten formuliert.

Als ich die Rezitation beendet hatte und zu Jill blickte, sah ich, dass sie ohnmächtig geworden war. Ihr Mund stand halb offen, das Weiß ihrer Zähne war einem unansehnlichen Grau gewichen. Die Zunge war ausgetrocknet und geschwollen.

Tränen rannen meine Wangen herab, als ich den Beutel mit der Blutkonserve nahm, ihn aufriss und den Inhalt in Jills Mund träufelte.

Sie kam wieder zu sich. Ich hatte die Bücher in die Ecke geworfen und alle Spuren des weißmagischen Rituals beseitigt. »Du hattest von Anfang an recht«, sagte ich mutlos zu ihr. »Es gibt keine Chance, dich zurück zu verwandeln. Wir können nichts tun.«

»Doch«, widersprach sie zu meinem Erstaunen. »Ich werde jetzt auf Beutezug gehen, und dann werden wir etwas unternehmen.«

»Du hast noch eine Idee?«

»Wir werden uns rächen«, stieß sie hervor und eilte aus dem Zimmer.

Es dauerte weniger als eine Stunde, bis zu zurückkehrte. Sie strotzte vor Energie, die Haare glänzten, und wilde Entschlossenheit lag in ihren Zügen.

»Rächen?«, fragte ich, als sei sie niemals fort gewesen.

»Verschafft dir nicht allein der Gedanke daran Befriedigung?«

Sie hatte recht. Aber … »Wie sollen wir den Vampir finden, der dich gebissen hat? Es gibt keine Möglichkeit, seine Spur aufzunehmen.«

»Ich habe eine Affinität zu ihm. Ich werde ihn jederzeit finden.« Sie lächelte mich an. »Es wird keinerlei Probleme geben.«

»Warum hast du das nicht längst gesagt? Wir hätten ihn töten können!«

»Ich sah keine Veranlassung dazu.« Sie trat nahe an mich heran. Ihre kalten Lippen glänzten nur wenige Millimeter von meinen entfernt. »Hör mir zu, Jonathan. Ich werde meine Hand nicht gegen ihn erheben können, denn er ist mein Meister, ob es mir gefällt oder nicht. Du wirst ihn vernichten müssen.«

»Wie? Ich habe keinen Eichenpflock wie Bruder Antonio oder die alte Zigeunerin. Ich …« Die weiteren Worte blieben mir im Hals stecken.

Jill zog aus ihrer Tasche einen Pflock heraus. »Ich habe vorgesorgt.« Unbändiger Hass sprach aus den wenigen Worten.

»Wo ist er?«

»Er hat seinen Unterschlupf hier in der Stadt. Allerdings am anderen Ende. Folge mir.«

Wenig später fuhren wir erneut mit einer nahezu leeren U-Bahn. Ich dachte an die letzten Reisen, die ich unternommen hatte, und schüttelte ärgerlich den Kopf. Es war nichts als Zeitverschwendung gewesen. Ich war einem Traum nachgehangen. Jill konnte nichts und niemand wieder zu einem Menschen zurückverwandeln.

»Was nützt es uns, wenn wir ihn töten?«, fragte ich sie.

»Wir bestrafen den Schuldigen. Das ist Grund genug.«

»Und danach?«

»Werden wir weiterleben wie bisher.«

Ich schloss die Augen. Die Aussicht auf Rache wurde von Sekunde zu Sekunde bedeutender. Bald würde das Monster, das unser Leben zerstört hatte, nicht mehr existieren.

Eine grimmige Zufriedenheit erfüllte mich.

Jills Instinkt war ein zuverlässiger Führer. Sie lotste uns schließlich aus dem U-Bahn-Gelände und in die Nähe eines Parks.

»Hier war ich schon einmal«, entfuhr es mir. »An den Park schließt sich ein Friedhof an. Hat er dort sein Versteck?«

Sie schüttelte den Kopf. »Dies ist kein Gruselroman, Jonathan!« Dabei wies sie mit ausgestreckter Hand auf ein riesiges Gebäude, das hinter dem Park lag und von einigen Flutern hell erleuchtet wurde. »Dort!«

»Das Hotel?«

»Er bewohnt das Penthouse.«

Als wir in die marmorglänzende Halle des Nobelhotels eintraten, wollte uns ein livrierter Angestellter aufhalten. Sein Blick musterte uns kritisch. »Sie wünschen?« Offenbar bestanden wir die optische Prüfung nicht. Um hier Gast zu sein, musste man wohl um einiges eleganter wirken.

»Ein Zimmer«, stellte ich klar.

»Mitten in der Nacht?«

»Was spricht dagegen?«

»Folgen Sie mir.« Er führte uns zur Rezeption. Die Tatsache, dass ich bar im Voraus bezahlte, stoppte alle Bedenken.

Kurz darauf fuhren wir mit dem Aufzug nach oben. Der dritte Stock, in dem unser Zimmer lag, bildete jedoch nur eine Zwischenstation. Über das Treppenhaus gingen wir weiter nach oben.

Als die Treppe endete, nickte Jill. »Er ist hier.«

Sie führte mich noch einige Meter weiter. »Halte dich zunächst zurück«, bat sie.

Ich stellte mich so, dass ich aus dem Inneren des Zimmers nicht gesehen werden konnte, selbst jedoch zwischen den Ästen einer riesigen Topfpflanze hindurch genau auf die Tür zu blicken vermochte.

Jill klopfte, und die Tür öffnete sich.

Es war, als sei keine Zeit vergangen. Er sah genauso aus wie damals. Immer noch dieses edle Gesicht, diese kleine schiefe Nase, diese Narbe an der Wange.

»Ich heiße dich willkommen«, sagte er.

»Du weißt, wer ich bin?«, fragte Jill.

In meinem Versteck hörte ich jedes Wort.

»Natürlich. Ich vergesse nie eines meiner Kinder.«

Mein Magen verkrampfte sich. Meine Kinder. Welcher Hohn!

»Deiner Opfer, meinst du«, presste Jill heraus.

»Opfer? Ich dachte, du wärst weitergekommen. Siehst du das ewige Leben nicht als Geschenk an? Ich dachte, du seist hier, um mir zu danken, wie ich es dir damals prophezeite.«

Meine rechte Hand krallte sich um den Pflock. Die Arroganz unseres Gegners widerte mich an. Ich malte mir aus, wie sich seine teuflischen Augen weiten würden, wenn ich den tödlichen Stoß durchführte und er röchelnd verendete.

»Ich werde dir niemals danken!« Jill trat energisch einen Schritt vor.

»Aber bitte, komm doch herein«, sagte der Vampir gönnerhaft und gab den Weg frei.

Er wähnte sich in Sicherheit. Dieser Bastard!

»Und sage deinem Mann, dass auch er willkommen ist!«

Mein Herzschlag stockte.

»Was?«, entfuhr es Jill.

»Dein Mann. Er soll aus seinem Versteck herauskommen und ebenfalls eintreten. Er wird den Holzpflock nicht benötigen.« Keinerlei Angst oder Unsicherheit lag in seiner Stimme. Nur Kälte und Überheblichkeit.

Da alles Versteckspielen keinen Sinn mehr machte, tat ich, wie mir geheißen.

»Wir sollten reden«, sagte der Vampir.

Stumm traten Jill und ich ein.

»Ihr beurteilt eure Situation falsch«, fuhr unser Gastgeber fort und schloss die Tür. »Nicht Jill ist das Problem. Eure Schwierigkeiten resultieren aus Jonathan.«

Ich war an seiner Meinung nicht interessiert. Meine Gedanken konzentrierten sich nur auf den Holzpflock, der sich nach wie vor in meiner Tasche befand.

»Ihr liebt euch nach wie vor.« Ein Lächeln legte sich auf die edlen Züge. »Doch ihr gehört zwei verschiedenen Spezies an. Ein Problem.« Er zog die buschigen Augenbrauen nach oben und hob die Hände. »Die Lösung: Jonathan muss ein Vampir werden.«

Das verschlug mir die Sprache.

»Ich weiß, daran habt ihr nie gedacht. Doch überlegt, was das bedeutet. Eure Liebe ist nicht mehr an eure

Sterblichkeit gebunden! Ihr könnt ewig zusammen bleiben. Jill, du weißt, dass dein Körper eine Verwandlung durchlaufen hat, aber deine Gefühle nicht. Das, was du wirklich bist, deine Seele, ist unverändert! Du könntest auf immer mit deinem Mann existieren, ohne Angst vor Krankheit und Tod!«

Meine Hände zitterten.

»Wehre dich nicht, Jonathan. Ihr werdet ewig leben und euch lieben!«

Ich bot meinen Hals dar, und er biss zu.

Es schmerzte, aber es war nicht so schlimm wie befürchtet. Während das Blut aus mir heraus floss, bemächtigte sich etwas anderes meiner.

Ewiges Leben.

Untotes Leben, das Dasein eines Vampirs.

Es war genau, wie der Vampir gesagt hatte. Nichts an meinen Gefühlen änderte sich. Nichts an meiner Liebe zu Jill. Wie konnten wir nur so blind gewesen sein?

Wieso wollten wir sterbliche, erbärmliche Menschen sein?

Nur als Vampire konnten wir uns ewig lieben …

EPILOG

Als er von mir abließ, wusste ich, dass ich mich beeilen musste. Ich war zum Vampir geworden, und er war mein Meister. In Kürze würde ich meine Rache nicht mehr vollziehen können. Schon jetzt spürte ich einen starken inneren Widerstand.

»Mein Sohn«, sagte er und lächelte.

Ich hob den Holzpflock und schlug ihn in seine Brust.

Es war genauso, wie ich es erwartet hatte.

Seine Augen weiteten sich, ehe er zu Staub zerfiel.

Sechster Zwischenruf oder besser: Nachwort

Sie haben nun auch die Lektüre der letzten Geschichte beendet – und sagte ich schon, dass mir das Thema »Unsterblichkeit« gefällt?

Der »Fluchbrecher«, 2005 geschrieben, wurde unter dem Titel »Vampir-Ehe« zuerst in Schattenreich, Heft 20, abgedruckt. Später kam die Geschichte erneut – im zehnten Zaubermond-Buch der »Vampir«-Serie, das ich weiter vorne schon erwähnt habe, diesmal unter dem Titel »Gegen das Schicksal«.

Wie es kam, dass sie in Band 13, der als Gesamtbuch den ein wenig unoriginellen Titel »Der Fluch der Hexe« trug, gleich nochmal kam, daran erinnere ich mich ehrlich gesagt nicht mehr. Da trug sie schon den Titel, den ich auch für den aktuellen Abdruck gewählt habe.

Für die Veröffentlichung bei Zaubermond hatte ich damals selbst Lektor gespielt, indem ich mein Originalmanuskript ein wenig überarbeitet habe, mit der Erfahrung einiger Jahre und vieler, vieler geschriebener Romanseiten. Manches hätte ich beim Neuschreiben vielleicht ganz anders gemacht, aber das führt zu weit. Auch hier ging es darum, die Geschichte so zu lassen, wie sie war, sie nur ein wenig zu glätten.

Ganz am Ende seien mir noch ein paar private Worte gestattet, über phantastische Geschichten im Allgemeinen.

Ich mag die Phantastik. Sie gibt uns die Möglichkeit, so viel mehr zu erzählen und zu erleben, als es »die reine Realität« erlaubt. Wir Autoren können uns die Gesetze so zurechtbiegen, wie es uns gefällt – solange wir innerhalb der Geschichte einheitlich und logisch bleiben.

Die »Monsterdämmerung« in diesem Buch lässt sich zum Beispiel nur schwer auf ein Genre festlegen. Ist das Grusel? SF? Military-Action mit Monstern? Ehrlich gesagt: Das ist mir völlig egal. Es ist »meine« Welt, in die ich Sie gerne mitnehmen wollte, und in sich ist sie korrekt.

Die Story »Fluchbrecher« spielt mit dem Vampirmythos, legt ihn aber ganz anders fest, als man das so gewöhnt ist. Auch ohne Kuschelvampire, wie es sie (zu meinem Leidwesen) inzwischen häufig gibt, was auch so eine Art Neuinterpretation darstellt. Hm. Oder habe ich auch Kuschelvampire? Irgendwie schon. Aber nicht so wie bei anderen Autoren. Außerdem habe ich diese Geschichte schon vor dem Kuschelvampirboom geschrieben.

Ich mag es also, mit den Genregrenzen zu spielen – und offenbar mochte ich es vor knapp fünfzehn Jahren schon, als diese Geschichten entstanden. Sie sind bunt, finde ich auch heute noch, vielleicht nicht unbedingt brillant – zum Teil ein wenig trashig, das gebe ich gern zu.

Macht ja nix.

Viele Grüße
von
Christian Montillon alias Christoph Dittert

Bibliographie

Bibliographie Christian Montillon / Christoph Dittert

Aus Gründen der Übersichtlichkeit ist diese Bibliographie zwar nach Jahren, aber nicht genau nach Erscheinungsdatum geordnet. Alle Romane einer Serie, die in einem Jahr erschienen sind, werden nacheinander gelistet, ehe zu einer anderen Serie gewechselt wird. Serien im Jahr stehen jeweils alphabetisch. Alle bisherigen Nachverwertungen (Stand Ende 2018) werden beim jeweiligen Titel erwähnt und nicht im Jahr der Erscheinung der Nachverwertung einsortiert.

Alle Romane außer »Die drei ???« und »Jerry Cotton« sind, soweit nicht anders vermerkt, unter dem Pseudonym Christian Montillon erschienen. Alle Veröffentlichungen zu »Die drei ???« unter dem Realnamen Christoph Dittert. Alle Veröffentlichungen zu »Jerry Cotton« unter Verlagspseudonym »Jerry Cotton«.

Generell wurde auf Vollständigkeit geachtet – der Verlag nimmt gerne ergänzende Hinweise entgegen.

Christian Montillons Dank geht an Rudolf Metzler für seine unverzichtbare bibliographische Vorarbeit: Ohne dich wäre ich aufgeschmissen gewesen. Außerdem an Robert Linder, der nahezu von Anfang an alle seine Romane testliest … und immer noch dabei ist: Ein Held des Alltags. Kaum weniger auch Oliver Fröhlich und Jochen Adam, die ein paar Jahre später dazugestoßen sind. Dass nebenbei eine Heerschar von Leuten auf die eine oder andere Art mitgeholfen haben, ist selbstverständlich.

Legende zur Bibliografie:

HC	Hardcover
HR	Heftroman
TB	Taschenbuch
TH	Taschenheft
DL	Download
2°	Zweitauflage
N^{ED}	Neupublikation
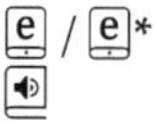	E-Book / E-Book nicht mehr erhältlich
	Hörbuch

2004 (10 ROMANE)

COCO ZAMIS

- JAGD AUF DIE PARIA, Coco Zamis Buch 8 (HC, Zaubermond). N^{ED}: Gesamtbuch als TB / [e] unter dem Serientitel *Das Haus Zamis*, Band 8, Zaubermond-Verlag (2013). Teilromane:
  - DIE STERBENDE HEXE (gemeinsam mit Dario Vandis [= Dennis Ehrhardt])
  - JAGD AUF DIE PARIA

DORIAN HUNTER

- DAS BILDNIS DES TEUFELS, Dorian Hunter Neue Romane Buch 13 (HC, Zaubermond). N^{ED}: Gesamtbuch als TB / [e] unter demselben Titel, Dorian Hunter 49 (2014). Teilromane:
  - TÖDLICHE SCHATTEN
  - DAS BILDNIS DES DÄMONS

JERRY COTTON

- DER KILLER, DER NICHT TÖTEN WOLLTE, Jerry Cotton 2469 (HR, Bastei) (2° 2012). Flämische Übersetzung: *De killer, die niet wilde doden*, Distrigoroman Weekbladnummer 2363 (2006)

MADDRAX

- DAS ARUULA-PROJEKT, Maddrax 127 (HR, Bastei)

PROFESSOR ZAMORRA

- KRISTALL AUS DER VERGANGENHEIT, Professor Zamorra 790 (HR, Bastei)
- ENTFÜHRT IN DIE TOTENSTADT, Professor Zamorra 795 (HR, Bastei)
- »7« (gemeinsam mit Dario Vandis [= Dennis Ehrhardt]), Professor Zamorra Buch 9 (HC, Zaubermond)
- KONZIL DER WÖLFE (gemeinsam mit Werner K. Giesa und Volker Krämer; auf dem Buch ist nur W. K. Giesa als Autor genannt), Professor Zamorra Buch 10 (HC, Zaubermond)

2005 (22 ROMANE, 5 KURZGESCHICHTEN)

ATLAN

- DER ZORN DES ERZHERZOGS, Atlan (Lordrichter) 19 (HR, Pabel-Moewig) / [e] (als Gesamtzyklus)
- DER LETZTE KAMPF DER ERYSGAN, Atlan (Dunkelstern) 26 (HR, Pabel-Moewig) / [e] (als Gesamtzyklus).

- VORSTOSS IN DIE INTRAWELT, Atlan (Intrawelt) 38 (HR, Pabel-Moewig) / [e] (als Gesamtzyklus)

COCO ZAMIS

- ASCHE ZU ASCHE, STEIN ZU STEIN, Coco Zamis Buch 11 (HC, Zaubermond). N^{ED}: Gesamtbuch als TB / [e] unter dem Serientitel *Das Haus Zamis*, Band 11, Zaubermond-Verlag (2014). Teilromane:
    - BLUTIGE ZUSAMMENKUNFT
    - MITTSOMMER-ALPTRAUM

DORIAN HUNTER

- DER TODESKULT DER YORUBA, Teilroman in *Masken des Todes*, Dorian Hunter Neue Romane Buch 14: (HC, Zaubermond). N^{ED}: Gesamtbuch unter demselben Titel, Dorian Hunter 50, (TB / [e], 2014)
- DER SCHLANGENKULT, Dorian Hunter Neue Romane Buch 15: (HC, Zaubermond). N^{ED}: Gesamtbuch als TB unter demselben Titel, Dorian Hunter 51 (TB / [e], 2014). Teilromane:
    - DIE GEISTER-ARMADA (gemeinsam mit Peter Morlar [= Reinhard Schmitt])
    - DAS GRAUEN VON PARIS (gemeinsam mit Peter Morlar)
    - DER SCHLANGENKULT (gemeinsam mit Peter Morlar)

JERRY COTTON

- DREI VIDEOS FÜR MR HIGH, Jerry Cotton 2483 (HR, Bastei) (2° 2013). Flämische Übersetzung: *Drie video's voor Mr. High*, Distrigoroman Weekbladnummer 2377 (2006)
- GEISELNAHME – EIN DRECKIGES GESCHÄFT!, Jerry Cotton 2495 (HR, Bastei) (2° 2013). Flämische Übersetzung: *Gijzelneming – een vuile zaak!* (Distrigoroman Weekbladnummer 2389 (2007)
- MORD BLEIBT MORD, Jerry Cotton 2496 (HR, Bastei) (2° 2013). Flämische Übersetzung: *Moord blijft moord!*, Distrigoroman Weekbladnummer 2390 (2007)
- TÖDLICHE G-MEN, Jerry Cotton 2511 (HR, Bastei) (2° 2013). Flämische Übersetzung: *Dodelijke G-men*, Distrigoroman Weekbladnummer 2405 (2007)
- DIE ZINSEN ZAHLT DER TOD, Jerry Cotton 2529 (HR, Bastei) (2° 2013). Flämische Übersetzung: (*Titel fehlt*), Distrigoroman Weekbladnummer 2423 (2007)

MADDRAX

- ENTFÜHRT!, Maddrax 132 (HR, Bastei)

Professor Zamorra

- Besuch aus der Hölle, Professor Zamorra 802 (HR, Bastei)
- Der Echsenvampir, Professor Zamorra 805 (HR, Bastei)
- Die Schlangenschwester, Professor Zamorra 815 (HR, Bastei)
- Merlins Stern (mit Robert Lamont [= Susanne Wiemer]), Professor Zamorra Buch 14 (HC, Zaubermond). Eine umfassende Erweiterung des ersten Zamorra-Heftromans *Das Schloß der Dämonen*, enthält auch den alten Text.
- Der Weg zur Quelle, Professor Zamorra Buch 15 (HC, Zaubermond)

Schattenreich

- Der Kreis des Lebens (Kurzroman), Schattenreich 8 (HR, Bastei / [e]*, Verlag Thomas Knip). N^{ED}: *Wege der Unsterblichkeit* (TB / [e], Emmerich Books & Media, 2018)
- Die verschwundene Leiche (Kurzroman), Schattenreich 8 (HR, Bastei / [e]*, Verlag Thomas Knip). N^{ED}: *Wege der Unsterblichkeit* (TB / [e], Emmerich Books & Media, 2018)
- Wege der Unsterblichkeit (Kurzroman), Schattenreich 8 (HR, Bastei). N^{ED}: *Dunkles Alphabet*, Vampir Buch 10 (HC, Zaubermond, 2010) / [e]*, Verlag Thomas Knip). N^{ED}: *Wege der Unsterblichkeit* (TB / [e], Emmerich Books & Media, 2018)
- Vampir-Ehe (Kurzroman), Schattenreich 8 (HR, Bastei). N^{ED}: Vampir Buch 10: *Dunkles Alphabet* (HC, Zaubermond, 2010). N^{ED}: *Der Fluch der Hexe*, Vampir Buch 13 (HC, Zaubermond, 2012) / [e]*, Verlag Thomas Knip). N^{ED}: *Wege der Unsterblichkeit* (TB / [e], Emmerich Books & Media, 2018)
- Monsterdämmerung (Kurzroman), Schattenreich 8 (HR, Bastei / [e]*, Verlag Thomas Knip). N^{ED}: *Wege der Unsterblichkeit* (TB / [e], Emmerich Books & Media, 2018)

Sternenfaust

- Angriff der Kridan, Sternenfaust 2 (HR, Bastei). N^{ED}: Sternenfaust Buch 1: *Ein neuer Captain* (TB, Mohlberg-Verlag, 2008)
- Der Wächter, Sternenfaust 5 (HR, Bastei). N^{ED}: Sternenfaust Buch 2. *Planet der sieben Monde* (TB, Mohlberg-Verlag, 2008)

2006 (23 Romane, 9 Kurzgeschichten)

Atlan

- Todeszone Schimayn, Atlan (Flammenstaub) 51 (HR, Pabel-Moewig). [e] (als Gesamtzyklus)

- DIE ACHT NAMENLOSEN, Atlan (Lepso-Trilogie) Band 2 (TB, Fantasy Productions). [e]. NED: unter demselben Titel bei RM Buch und Medien Vertrieb (»Atlan Grünband«) (2010).

COCO ZAMIS

- DAS DÄMONENSCHWERT, Teilroman in *Sei verflucht, Coco Zamis!*, Coco Zamis Buch 12 (HC, Zaubermond). NED: Gesamtbuch als TB / [e] unter dem Serientitel »Das Haus Zamis«, Band 12, Zaubermond-Verlag (2014

JERRY COTTON

- UM JEDEN PREIS Jerry Cotton 2543 (HR, Bastei) (2° 2014). Flämische Übersetzung: *Tot elke prijs*, Distrigoroman Weekbladnummer (2008)
- DER PREIS DER SCHÖNHEIT. Jerry Cotton 2552 (HR, Bastei) (2° 2014). Flämische Übersetzung: *De prijs van de schoonheid*, Distrigoroman Weekbladnummer 2445 (2008)
- KEIN OPFER IST VERGESSEN. Jerry Cotton 2556 (HR, Bastei) (2° 2014). Flämische Übersetzung: *Geen enkel schlachtoffer wordt vergeten*, Distrigoroman Weekbladnummer 2450(2008)
- ZEHN TAGE DER RACHE, Jerry Cotton 538 (TB, Bastei)

PERRY RHODAN

- CHYNDORS WEG, Perry Rhodan 2346 (HR, Pabel-Moewig), [e]. Niederländische Übersetzung: *Chyndors Weg*, Perry Rhodan 2345/46, Big Balloon Publishers (2016). Tschechische Übersetzung: *Chyndorova cesta*, Terranova sv. 147 (Moravská Bastei MOBA) (2018)
- DIE HEIẞE LEGION, Perry Rhodan 2347 (HR, Pabel-Moewig), [e]. Niederländische Übersetzung: *Het hete legioen*, Perry Rhodan 2347/48, Big Balloon Publishers (2016). Tschechische Übersetzung: *Zhavá legie*, Terranova sv. 148 (Moravská Bastei MOBA) (2018) Anmerkung: Weitere Titel sollen in der tschechischen Übersetzung der Perry Rhodan-Serie ab 2019 laufend erscheinen.
- SCHMERZRUF, Perry Rhodan 2356 (HR, Pabel-Moewig), [e]. Niederländische Übersetzung: *Pijnroep*, Perry Rhodan 2355/56, Big Balloon Publishers (2016)
- UNTERNEHMEN KOMBITRANS, Perry Rhodan 2364 (HR, Pabel-Moewig), [e]. Niederländische Übersetzung: *Onderneming combitrans*, Perry Rhodan 2363/64, Big Balloon Publishers (2016)
- DIE DROKARNAM-SPHÄRE, Perry Rhodan 2365 (HR, Pabel-Moewig), [e]. Niederländische Übersetzung: *De drokarnanbol*, Perry Rhodan 2365/66, Big Balloon Publishers (2016)

Profesor Zamorra

- Feuertraum, Professor Zamorra 825 (HR, Bastei)
- Die Hölle der Unsterblichen, Professor Zamorra 829 (HR, Bastei)
- Der Tod des Unsterblichen, Professor Zamorra 830 (HR, Bastei)
- Geheimnis eines Toten, Professor Zamorra 835 (HR, Bastei)
- Der gläserne Tod, Professor Zamorra 841 (HR, Bastei)
- In der Gewalt der Shariden, Professor Zamorra 845 (HR, Bastei)
- Flucht aus Tilasim, Professor Zamorra 846 (HR, Bastei)
- Todesflüsse (Kurzgeschichtensammlung mit neun Storys aus dem Zamorra-Universum), Professor Zamorra Buch 17 (HC, Zaubermond)
- Das dunkle Kind, Professor Zamorra Buch 19 (HC, Zaubermond)

Torn

- Vortex (gemeinsam mit/nach Exposé von Michael J. Parrish [= Michael Peinkofer]), Torn Buch 13 (HC, Zaubermond), e
- Herrscher des Cho'gra (gemeinsam mit/nach Exposé von Michael J. Parrish [= Michael Peinkofer]), Torn Buch 14 (HC, Zaubermond), e
- Auge in Auge (gemeinsam mit/nach Exposé von Michael J. Parrish), Torn Buch 15 (HC, Zaubermond), e

2007 (19 Romane, 2 Kurzgeschichten)

Dorian Hunter

- Die Rache des Puppenmachers, Dorian Hunter Neue Romane Buch 18 (HC, Zaubermond). N^{ED}: Gesamtbuch als TB / e unter demselben Titel, Dorian Hunter 54 (2014). Teilromane:
  - Der Tote aus dem Moor (gemeinsam mit Peter Morlar [= Reinhard Schmitt])
  - Die Rache des Puppenmachers

Jerry Cotton

- Bis der Tod euch scheidet, Jerry Cotton 548 (TB, Bastei)

Mystery

- Die teuflische Wahrsagerin (als George Templeton), Mystery 274 (TH, Cora)

Perry Rhodan

- Plan der Phantome, Perry Rhodan 2372 (HR, Pabel-Moewig), e. Niederländische Übersetzung: *Plan van de Fantomen*, Perry Rhodan 2371/72, Big Balloon Publishers, (2016)

- Escher, Perry Rhodan 2377 (HR, Pabel-Moewig), . Niederländische Übersetzung: *Escher,* Perry Rhodan 2377/78, Big Balloon Publishers, (2016)
- Der Erste Kybernetiker, Perry Rhodan 2378 (HR, Pabel-Moewig), . Niederländische Übersetzung: *De eerste cyberneticus,* Perry Rhodan 2377/78, Big Balloon Publishers, (2016)
- Objekt Ultra, Perry Rhodan 2388 (HR, Pabel-Moewig), . Niederländische Übersetzung: *Object ultra,* Perry Rhodan 2387/88, Big Balloon Publishers (2017)
- Der Gesetz-Geber, Perry Rhodan 2402 (HR, Pabel-Moewig), . als DL / Teil der PR-Sammelbox »Negasphäre-Zyklus 1-20«. Niederländische Übersetzung: *De wet-gever,* Perry Rhodan 2401/02, Big Balloon Publishers, (2017)
- Mission Cheos-Tai, Perry Rhodan 2403 (HR, Pabel-Moewig), . als DL / Teil der PR-Sammelbox »Negasphäre-Zyklus 1-20«. Niederländische Übersetzung: *Missie Cheos-Tai,* Perry Rhodan 2403/04, Big Balloon Publishers, (2017)
- Krieg der Prozessoren, Perry Rhodan 2408 (HR, Pabel-Moewig), . als DL / Teil der PR-Sammelbox »Negasphäre-Zyklus 1-20«. Niederländische Übersetzung: *Oorlog van de processors,* Perry Rhodan 2407/08, Big Balloon Publishers, (2017)
- Mythos Scherbenstadt, Perry Rhodan 2416 (HR, Pabel-Moewig), . als DL / Teil der PR-Sammelbox »Negasphäre-Zyklus 1-20«. Niederländische Übersetzung: *De mythe schervenstad,* Perry Rhodan 2415/16, Big Balloon Publishers, (2017)

Professor Zamorra

- Missgeburt, Professor Zamorra 858 (HR, Bastei)
- Das Mord-Medium, Professor Zamorra Buch 22 (HC, Zaubermond)

Stellaris

- Wolfsnächte, (Kurzgeschichte in Perry Rhodan 2410), Stellaris 2, (als Teil von Stellaris Paket 1). (als Beilage der Perry Rhodan-Silber Edition 16 für Abonnenten)

Torn

- Spiegel des Bösen (gemeinsam mit / nach Exposé von Michael J. Parrish [= Michael Peinkofer]), Torn Buch 16 (HC, Zaubermond),
- Hort des Bösen (gemeinsam mit / nach Exposé von Michael J. Parrish), Torn Buch 17 (HC, Zaubermond),
- Blutrache (gemeinsam mit / nach Exposé von Michael J. Parrish), TornBuch 18 (HC, Zaubermond),

- Torn (HC, Zaubermond) Buch 19: Der Weg ins Cho’gra (gemeinsam mit / nach Exposé von Michael J. Parrish), [e]
- Im Visier der Lu’cen (gemeinsam mit / nach Exposé von Michael J. Parrish), Torn Buch 20 (HC, Zaubermond), [e]

Vampir
- Die Fragen des Bösen, Kurzgeschichte in Vampir 6: *Der Geist im Totenbrunnen* (HC, Zaubermond). [e]* (Verlag Thomas Knip). N^{ED}: *Wege der Unsterblichkeit*, (TB / [e], Emmerich Books & Media, 2018)

2008 (21 Romane, 3 Kurzgeschichten)

Larry Brent
- Das Geheimnis der PSA, Larry Brent 117 (TB, Blitz-Verlag); Buch mit Hintergrundinformationen zur Serie, aus Unterlagen von Dan Shocker (= Jürgen Grasmück) zusammengestellt von Christian Montillon; sowie 3 Kurzgeschichten zur Serie (2 von CM):
  - Die Todeswelle
  - Wer ruft da aus der Totengruft?

Macabros
- Der Leichenorden von Itaron (als Dan Shocker), Macabros Buch 1 (HC / [e]* Zaubermond). Teilromane:
  - Ri-La’rh – Oeuvre des Wahnsinns (Itaron – wo die Zeit gerinnt I)
  - Der Leichenorden von Itaron (Itaron – wo die Zeit gerinnt II)
- At’krala – Seuchengezücht des Molochos (als Dan Shocker), Macabros Buch 2 (HC / [e]*, Zaubermond). Teilromane:
  - Krater des Vergessens (Itaron – wo die Zeit gerinnt III)
  - At’krala – Seuchengezücht des Molochos (Itaron – wo die Zeit gerinnt IV)

Mystery
- Dunkles Geheimnis (als George Templeton), Mystery 283 (TH, Cora). N^{ED}: als Teil von Mystery TH 369 (2016), das drei Romane enthält.

Perry Rhodan
- Ketschuas Mondflug, Perry Rhodan 2420 (HR, Pabel-Moewig), [e]. 🔈 als DL / Teil der PR-Sammelbox »Negasphäre-Zyklus 21-40«. Niederländische Übersetzung: *Ketschua's maanvlucht*, Perry Rhodan 2419/20, Big Balloon Publishers, (2017)

- Perry Rhodan 2443 (HR, Pabel-Moewig), Eschers Plan, . als DL / Teil der PR-Sammelbox *Negasphäre-Zyklus 41-60.* Niederländische Übersetzung: *Eschers plan*, Perry Rhodan 2443/44, Big Balloon Publishers (2018)
- Operation Kobaltblau, Perry Rhodan 2452 (HR, Pabel-Moewig), . als DL / Teil der PR-Sammelbox *Negasphäre-Zyklus 41-60.* Niederländische Übersetzung: *Operatie kobaldblauw*, Perry Rhodan 2451/52, Big Balloon Publishers (2018)
- Perry Rhodan 2453 (HR, Pabel-Moewig), In der steilen Stadt, . als DL / Teil der PR-Sammelbox *Negasphäre-Zyklus 41-60.* Niederländische Übersetzung: *In de steile stad*, Perry Rhodan 2453/54, Big Balloon Publishers (2018)
- Mentale Revision, Perry Rhodan 2467 (HR, Pabel-Moewig), . als DL / Teil der PR-Sammelbox *Negasphäre-Zyklus 41-60.* Niederländische Übersetzung: *Mentale revisie*, Perry Rhodan 2467/68, Big Balloon Publishers (2018). Anmerkung: Weitere Titel sollen in der niederländischen Übersetzung der Perry Rhodan-Serie ab Ende 2018 laufend erscheinen.
- Sturm der Kriegsandroiden, Perry Rhodan-Action 2 (HR, Pabel-Moewig), . als DL / Teil der PR-Action-Sammelbox *Demetria-Zyklus.* NED als Teilroman im TB »Perry Rhodan-Action 1: *Trafalgars Killer*, Edel (2009)
- Die Robotgarde, Perry Rhodan-Action (HR, Pabel-Moewig) 12, . als DL / Teil der PR-Action-Sammelbox *Demetria-Zyklus.* NED als Teilroman im TB »Perry Rhodan-Action 3: *Die Robotgarde*, Edel (2009)
- Die gläsernen Kinder, Perry Rhodan-Action 19 (HR, Pabel-Moewig),

Professor Zamorra

- Eishauch des Todes, Professor Zamorra 889 (HR, Bastei)
- Lucifuge Rofocales Albtraum (Teilroman), Professor Zamorra Buch 25: *Desaster* (HC, Zaubermond)
- Die Quelle des Todes (Teilroman), Professor Zamorra Buch 26: *Die Quelle des Todes* (HC, Zaubermond)
- Eine Handvoll Zeit (Teilroman), Professor Zamorra Buch 27: *Der Höllenhund* (HC, Zaubermond)

Torn

- Der vergessene Gort (gemeinsam mit/nach Exposé von Michael J. Parrish [= Michael Peinkofer]), Torn Buch 21 (HC / , Zaubermond)
- Legion des Grauens (gemeinsam mit / nach Exposé von Michael J. Parrish), Torn Buch 22 (HC / , Zaubermond)

- Nemesis (gemeinsam mit / nach Exposé von Michael J. Parrish), Torn Buch 23 (HC / [e], Zaubermond)
- Der Stern des Lichts (gemeinsam mit / nach Exposé von Michael J. Parrish), Torn Buch 24 (HC / [e], Zaubermond)

- Das Pergament, Kurzgeschichte in: Alisha Bionda (Hg.): *Der Himmelspfeifer* (TB), Lerato-Verlag. N^{ED}: überarbeitet in: Magira, Jahrbuch der Fantasy (2009). N^{ED}: Alisha Bionda (Hg.): *Der perfekte Friede* (TB), p.machinery (2011)

2009 (21 Romane)

Macabros

- Die Verfluchten von Trutzmorodor (als Dan Shocker), Macabros Buch 4 (HC / [e]*, Zaubermond). Teilromane:
  - Die Verfluchten von Trutzmorodor (Itaron – wo die Zeit gerinnt VII)
  - Mascada – Herrin der 1000 Gestalten (Itaron – wo die Zeit gerinnt VIII)
- Rha-Ta-N'mys Totenstadt (als Dan Shocker, gemeinsam mit Reinhard Schmitt), Macabros Buch 5 (HC/[e]*, Zaubermond). Teilromane:
  - Heer der Xantilonier (Itaron – wo die Zeit gerinnt IX)
  - Rha-Ta-N'mys Totenstadt (Itaron – wo die Zeit gerinnt X)

Perry Rhodan

- Die Gründermutter, Perry Rhodan 2477 (HR, Pabel-Moewig). [e]. 🔊 als DL / Teil der PR-Sammelbox *Negasphäre-Zyklus 61-80*
- Licht von Ahn, Perry Rhodan 2478 (HR, Pabel-Moewig). [e]. 🔊 als DL / Teil der PR-Sammelbox *Negasphäre-Zyklus 61-80*
- Die String-Legaten, Perry Rhodan 2487 (HR, Pabel-Moewig). [e]. 🔊 als DL / Teil der PR-Sammelbox *Negasphäre-Zyklus 61-80*
- Der dritte Messenger, Perry Rhodan 2491 (HR, Pabel-Moewig). [e]. 🔊 als DL / Teil der PR-Sammelbox *Negasphäre-Zyklus 61-80*
- Die Frequenz-Monarchie, Perry Rhodan 2501 (HR, Pabel-Moewig). [e]. 🔊 als DL / Teil der PR-Sammelbox *Stardust-Zyklus 1-20*
- Im Museumsraumer, Perry Rhodan 2502 (HR, Pabel-Moewig). [e]. 🔊 als DL / Teil der PR-Sammelbox *Stardust-Zyklus 1-20*
- Die Traitor-Marodeure, Perry Rhodan 2512 (HR, Pabel-Moewig). [e]. 🔊 als DL / Teil der PR-Sammelbox *Stardust-Zyklus 1-20*
- Der verborgene Hof, Perry Rhodan 2513 (HR, Pabel-Moewig). [e]. 🔊 als DL / Teil der PR-Sammelbox *Stardust-Zyklus 1-20*

- PATROUILLE DER HALUTER, Perry Rhodan 2518 (HR, Pabel-Moewig). [e]. [🔊] als DL / Teil der PR-Sammelbox *Stardust-Zyklus 1-20*
- AM RAND VON AMETHYST, Perry Rhodan 2523 (HR, Pabel-Moewig). [e]. [🔊] als DL / Teil der PR-Sammelbox *Stardust-Zyklus 21-40*
- KRISTALLSCHMERZ, Perry Rhodan-Action 24 (HR, Pabel-Moewig). [e].
- REQUIEM FÜR DRUUFON, Perry Rhodan: Teil 2 der Trilogie »Das rote Imperium« (TB, Heyne). [e]
- DAS GENETISCHE SIEGEL, Perry Rhodan: Teil 1 der Trilogie »Die Tefroder« (TB, Heyne). [e]

PROFESSOR ZAMORRA

- DER SCHATTENFRESSER (gemeinsam mit Oliver Fröhlich), Professor Zamorra Buch 32 (HC, Zaubermond)

STERNENFAUST

- ZWISCHEN DEN SONNEN (als Stan Hamilton), Sternenfaust 123 (HR, Bastei)

TORN

- ZEITENDÄMMERUNG (gemeinsam mit/nach Exposé von Michael J. Parrish [= Michael Peinkofer]), Torn Buch 25 (HC / [e], Zaubermond)
- UNVERGESSEN (gemeinsam mit/nach Exposé von Michael J. Parrish), Torn Buch 26 (HC / [e], Zaubermond)

2010 (18 ROMANE)

ATLAN

- STERNENFALL DER GOLDENEN, Atlan X (Tamaran-Zyklus Band 1) (TB / [e], Fantasy Productions). NED: unter demselben Titel bei RM Buch und Medien Vertrieb (»Atlan Grünband«) (2018)

DORIAN HUNTER

- DANIELS PAKT, Teilroman in *Daniels Pakt*, Dorian Hunter Neue Romane Buch 25 (HC, Zaubermond). NED: Dorian Hunter 60: *Krieg der Sieben* (TB / [e]) (2014)
- ASMODIS SABBAT (gemeinsam mit Peter Morlar [= Reinhard Schmitt]), Teilroman in *Der ewige Dämon*, Dorian Hunter Neue Romane Buch 28 (HC, Zaubermond). NED: in Dorian Hunter 62 *Der ewige Dämon* (TB / [e]) (2014)

LARRY BRENT

- MARMORTOD, Larry Brent Buch 3 (HC, Blitz-Verlag). 🔈 Larry-Brent-Hörbuch 1, Romantruhe audio (2012), sowie DL.

MACABROS

- XANTILON – TODESZUG DER WEISSEN PRIESTER (als Dan Shocker), Macabros Buch 6 (HC / [e]*, Zaubermond). Teilromane:
  - SHU'GUZZ – DER GRAUENVOLLE AUS DEM URSCHLAMM (DAS MYSTERIUM DER DÄMONENGÖTTIN I).
  - XANTILON – TODESZUG DER WEISSEN PRIESTER (DAS MYSTERIUM DER DÄMONENGÖTTIN II).

MYSTERY

- DER TEUFELSSCHATZ (als George Templeton), Mystery 311 (TH/[e], Cora)

PERRY RHODAN

- TRANSMITTER-ROULETTE, Perry Rhodan 2528 (HR, Pabel-Moewig). [e]. 🔈 als DL / Teil der PR-Sammelbox *Stardust-Zyklus 21-40*
- DER GESANDTE DER MAAHKS, Perry Rhodan 2534 (HR, Pabel-Moewig). [e]. 🔈 als DL / Teil der PR-Sammelbox *Stardust-Zyklus 21-40*
- UNTER DEM SCHLEIER, Perry Rhodan 2540 (HR, Pabel-Moewig). [e]. 🔈 als DL / Teil der PR-Sammelbox *Stardust-Zyklus 41-60*
- GEHEIMPROJEKT STARDUST, Perry Rhodan 2541 (HR, Pabel-Moewig). [e] . 🔈 als DL / Teil der PR-Sammelbox Stardust-Zyklus 41-60
- IM INNEREN DES WUNDERS, Perry Rhodan 2556 (HR, Pabel-Moewig). [e]. 🔈 als DL / Teil der PR-Sammelbox Stardust-Zyklus 41-60

PROFESOR ZAMORRA

- FEUERROSE (gemeinsam mit Christian Schwarz), Professor Zamorra Buch 36 (HC, Zaubermond)

STERNENFAUST

- CHIMÄREN-TANZ (als Stan Hamilton), Sternenfaust 140 (HR, Bastei)
- ANSCHLAG AUF DEN KONSENSDOM (als Stan Hamilton), Sternenfaust 153 (HR, Bastei)
- WELT DER NANITEN (als Stan Hamilton), Sternenfaust 154 (HR, Bastei)

TORN

- AUFSTAND DER CALAHI (gemeinsam mit / nach Grundidee von Michael J. Parrish [= Michael Peinkofer]), Torn Buch 29 (HC / [e], Zaubermond)

- Die Bestie von Shanghai (gemeinsam mit / nach Grundidee von Michael J. Parrish), Torn Buch 31 (HC / , Zaubermond)

2011 (25 Romane, 1 Kurzgeschichte)

Coco Zamis

- Der Club der Menschenfresser, Teilroman in *Der Palast der Knochen*, Coco Zamis Buch 28 (HC / , Zaubermond). N^{ED}: Gesamtbuch als TB unter dem Serientitel *Das Haus Zamis*, Band 28, Zaubermond-Verlag (2014)

Die drei ???

- Geheimnisvolle Botschaften, Die drei ??? 160 (HC, Kosmos). . Hörspiel (Sony/Europa) als CD und MC sowie DL. 2013. N^{ED}: als TB bei dtv junior (2015). Polnische Übersetzung: *Trzej ??? detektywi*, Zaginiony pergamin. Rea (2014). Chinesische Übersetzung: Jieli (2014)

Larry Brent

- Zombie-Insekten, Larry Brent Buch 5 (HC, Blitz-Verlag). Larry-Brent-Hörbuch 3, Romantruhe audio (2013) sowie DL

Macabros

- Der Dämonenschwarm des Tausendfältigen (als Dan Shocker), Macabros (HC, Zaubermond) Buch 7. *. Teilromane:
  - Shab-Sodds Horror-Welt (Das Mysterium der Dämonengöttin III) (gemeinsam mit Andrea Bottlinger)
  - Der Dämonenschwarm des Tausendfältigen (Das Mysterium der Dämonengöttin IV) (gemeinsam mit Andrea Bottlinger)
- Shab-Sodds Lügenträume (als Dan Shocker), Macabros (HC, Zaubermond) Buch 8. *. Teilromane:
  - Shab-Sodds Lügenträume (Das Mysterium der Dämonengöttin V) (gemeinsam mit Andrea Bottlinger)
  - Mascadas Schreckensgespinst (Das Mysterium der Dämonengöttin VI) (gemeinsam mit Andrea Bottlinger)

Perry Rhodan

- Kosmisches Puzzle. Perry Rhodan 2577 (HR, Pabel-Moewig). . als DL / Teil der PR-Sammelbox *Stardust-Zyklus 61-80*
- Handelsstern im Visier, Perry Rhodan 2580 (HR, Pabel-Moewig). . als DL / Teil der PR-Sammelbox *Stardust-Zyklus 81-100*
- Krieg in der Schneise, Perry Rhodan 2587 (HR, Pabel-Moewig). . als DL / Teil der PR-Sammelbox *Stardust-Zyklus 81-100*

- Requiem für das Solsystem, Perry Rhodan 2596 (HR, Pabel-Moewig). . als DL / Teil der PR-Sammelbox *Stardust-Zyklus 81-100*
- Hyperkälte, Perry Rhodan 2597 (HR, Pabel-Moewig). . als DL / Teil der PR-Sammelbox *Stardust-Zyklus 81-100*
- Im Reich der Masken, Perry Rhodan 2609 (HR, Pabel-Moewig). . als DL / Teil der PR-Sammelbox *Stardust-Zyklus 81-100*
- Die Entscheidung des Androiden, Perry Rhodan 2610 (HR, Pabel-Moewig). . als DL / Teil der PR-Sammelbox *Neuroversum-Zyklus 1-20*
- Navigator Quistus, Perry Rhodan 2614 (HR, Pabel-Moewig). . als DL / Teil der PR-Sammelbox *Neuroversum-Zyklus 1-20*
- Fremde in der Harmonie, Perry Rhodan 2620 (HR, Pabel-Moewig). . als DL / Teil der PR-Sammelbox *Neuroversum-Zyklus 21-40*
- Der Harmoniewächter, Perry Rhodan 2621 (HR, Pabel-Moewig). . als DL / Teil der PR-Sammelbox *Neuroversum-Zyklus 21-40*
- Der verzweifelte Widerstand, Perry Rhodan 2628 (HR, Pabel-Moewig). . als DL / Teil der PR-Sammelbox *Neuroversum-Zyklus 21-40*
- Jupiter (gemeinsam mit Hubert Haensel und Wim Vandemaan [= Hartmut Kasper]), Perry Rhodan (TB, Heyne). .Teilromane:
  - Das Syndikat der Kristallfischer
  - Danaes grösstes Spiel
  - Gravo-Frass

  N[ED]: Das TB ist überarbeitet und ergänzt als 12-teilige Heftroman-Serie bei Pabel-Moewig neu erschienen. CMs Anteile finden sich in:

  Perry Rhodan Jupiter 4: *Syndikat der Kristallfischer* (2016)

  Perry Rhodan Jupiter 7: *Merlins Todesspiel* (gemeinsam mit Kai Hirdt) (2016)

  Perry Rhodan Jupiter 9: *Danae* (gemeinsam mit Kai Hirdt) (2016)

  Perry Rhodan Jupiter 11: *Countdown für Merlin* (2016)

  Alle Hefte auch als E-Book. Alle Hefte auch als Hörbuch, im Einzel-DL / Teil der PR-Sammelbox *Jupiter. Die komplette Miniserie* (2017)
- Utopie Terrania. Perry Rhodan Neo 2 (TH, Pabel-Moewig). . im DL und als Teil der Doppel-CD Perry Rhodan Neo 1/2. N[ED]: Perry Rhodan Neo-Platin-Hardcover-Edition 1: *Utopie Terrania* (enthält Neo 1-4), edel (2014) Japanische Übersetzung: Hayakawa (2017)

Professor Zamorra

- Der Blutkompass (gemeinsam mit Oliver Fröhlich), Professor Zamorra Buch 37 (HC, Zaubermond)

- BLUTWENDE, Professor Zamorra Buch 40 (HC, Zaubermond). Von CM herausgegebenes Buch zum Tod von Volker Krämer. Enthält 6 Kurzgeschichten der PZ-Autoren, darin eine eigene:
  - BLUTWENDE

TORN

- DIE BLUTGALEERE (gemeinsam mit/nach Grundidee von Michael J. Parrish [= Michael Peinkofer]), Torn Buch 34 (HC / [e], Zaubermond)
- NUMQUAM (gemeinsam mit/nach Grundidee von Michael J. Parrish), Torn Buch 35 (HC / [e], Zaubermond)

2012 (29 ROMANE, 2 KURZGESCHICHTEN)

COCO ZAMIS

- DIE FÄHRTE DES GRAUENS, Teilroman in *Die Nacht des Skalpells*, Coco Zamis Buch 29 (HC, Zaubermond), [e]. N^{ED}: Gesamtbuch als TB unter dem Serientitel »Das Haus Zamis«, Band 28, (als »Die Nacht der Skalpelle«) Zaubermond-Verlag (2014)
- DER UNTERGANG DES HAUSES ZAMIS, Teilroman in *Der Untergang des Hauses* ZAMIS, Das Haus Zamis Buch 32 (TB, Zaubermond), [e]

DIE DREI ???

- DIE DREI ??? UND DIE BRENNENDE STADT, Die drei ??? 167 (HC, Kosmos). [e]. Hörspiel (Sony/Europa) als CD und MC sowie DL. 2014. N^{ED} als TB bei Carlsen im Doppelband mit *Die drei ??? und der sprechende Totenkopf* (2017)
- DIE SIEBTE FRAU DES LEUCHTERS, Kurzgeschichte in: Die drei ???: *Das Rätsel der Sieben* (Kurzgeschichtenband) (HC, Kosmos). [e] Die Kurzgeschichte ist einzeln auch als E-Book erhältlich. Hörspiel (Sony/Europa) als CD, MC und Vinyl sowie als DL (2014)
- DAS RÄTSEL DER MARABUS, Die drei ??? Kids (Mini-TB, Kosmos). [e]. N^{ED} im HC-Doppelband *Räuberjagd*, Kosmos (2015)
- ASTRONAUT IN GEFAHR, Die drei ??? Kids (Mini-TB, Kosmos). [e]. N^{ED} im HC-Doppelband *Räuberjagd*, Kosmos (2015)
- MONSTER-TRUCKS, Die drei ??? Kids (Mini-TB, Kosmos). [e]. N^{ED} im HC-Doppelband *Alarmstufe rot!*, Kosmos (2014)
- INSEKTEN-ALARM, Die drei ??? Kids (Mini-TB, Kosmos). [e]. N^{ED} im HC-Doppelband (HC, Kosmos): Räuberjagd (2014)

Dorian Hunter

- Teufels-Irrsinn, Teilroman in *Teufels-Irrsinn*, Dorian Hunter Buch 68 (TB / , Zaubermond)

Macabros

- Höllentanz der Knöchernen (als Dan Shocker), Macabros Buch 9 (HC / *, Zaubermond). Teilromane:
  - Höllentanz der Knöchernen (Das Mysterium der Dämonengöttin VII) (gemeinsam mit Andrea Bottlinger)
  - Buurntos Todesklinge (gemeinsam mit Andrea Bottlinger)
- Phantomas Schnee-Kreaturen (als Dan Shocker), Macabros Buch 10 (TB / *, Zaubermond). Teilromane:
  - Höllen-Hochzeit (gemeinsam mit Andrea Bottlinger)
  - Phantomas Schnee-Kreaturen (Die Hierarchie des Grauens I) (gemeinsam mit Andrea Bottlinger)

Mystery

- Gothic Girl (als George Templeton, gemeinsam mit Björn Berenz), Mystery 336 (TH / , Cora)

Perry Rhodan

- Die Weltengeissel, Perry Rhodan 2629 (HR, Pabel-Moewig). . als DL / Teil der PR-Sammelbox *Neuroversum-Zyklus 21-40*
- Die Stunde der Blender (gemeinsam mit Marc A. Herren), Perry Rhodan 2628 (HR, Pabel-Moewig). . als DL / Teil der PR-Sammelbox *Neuroversum-Zyklus 21-40*
- Das Schema des Universums, Perry Rhodan 2636 (HR, Pabel-Moewig). . als DL / Teil der PR-Sammelbox *Neuroversum-Zyklus 21-40*
- Splitter der Superintelligenz, Perry Rhodan 2640 (HR, Pabel-Moewig). . als DL / Teil der PR-Sammelbox *Neuroversum-Zyklus 41-60*
- Tanedrars Puppe, Perry Rhodan 2643 (HR, Pabel-Moewig). . als DL / Teil der PR-Sammelbox *Neuroversum-Zyklus 41-60*
- Die Seele der Flotte, Perry Rhodan 2648 (HR, Pabel-Moewig). . als DL / Teil der PR-Sammelbox *Neuroversum-Zyklus 41-60*
- Die springenden Sterne, Perry Rhodan 2660 (HR, Pabel-Moewig). . als DL / Teil der PR-Sammelbox *Neuroversum-Zyklus 61-80*
- Der Anker-Planet, Perry Rhodan 2663 (HR, Pabel-Moewig). . als DL / Teil der PR-Sammelbox *Neuroversum-Zyklus 61-80*
- Neuntau, Perry Rhodan 2668 (HR, Pabel-Moewig). . als DL / Teil der PR-Sammelbox *Neuroversum-Zyklus 61-80*
- Das Weltenschiff, Perry Rhodan 2671 (HR, Pabel-Moewig). . als DL / Teil der PR-Sammelbox *Neuroversum-Zyklus 61-80*

- DER CHALKADA-SCHREIN, Perry Rhodan 2676 (HR, Pabel-Moewig). [e]. als DL / Teil der PR-Sammelbox *Neuroversum-Zyklus 61-80*
- RHODANS ENTSCHEIDUNG, Perry Rhodan 2677 (HR, Pabel-Moewig). [e]. als DL / Teil der PR-Sammelbox *Neuroversum-Zyklus 61-80*
- IM LICHT DER WEGA, Perry Rhodan NEO 10 (TH, Pabel-Moewig). [e]. als DL / Teil der Doppel-CD Perry Rhodan NEO 9/10. NED: Perry Rhodan NEO-Platin-Edition 3: *Vorstoß zur Wega* (enthält NEO 9-12), HC, edel (2015). Japanische Übersetzung: Hayakawa (2018); weitere Titel sollen in der japanischen Übersetzung der Perry Rhodan-Serie ab Ende 2018 laufend erscheinen.
- FINALE FÜR FERROL, Perry Rhodan NEO 16 (TH, Pabel-Moewig). [e]. als DL / Teil der Doppel-CD Perry Rhodan NEO 15/16. NED: Perry Rhodan NEO-Platin-Edition 4: *Kampf um Ferrol* (enthält NEO 13-16), HC, edel (2015)
- ZUFLUCHT ATLANTIS, Perry Rhodan NEO 23 (TH, Pabel-Moewig). [e]. als DL / Teil der Doppel-CD Perry Rhodan NEO 23/24. NED: Perry Rhodan NEO-Platin-Edition 6: *Spur der Ewigkeit* (enthält NEO 21-24), HC, edel (2015)
- HORT DER WEISEN, Perry Rhodan NEO 30 (TH, Pabel-Moewig). [e]. als DL / Teil der Doppel-CD Perry Rhodan NEO 29/30. NED: Perry Rhodan NEO-Platin-Edition 8: *Söldner des Imperiums* (enthält NEO 29-32), HC, edel (2016)
- ZEITSPIEL, Beilage zu Perry Rhodan-Extra 15 *Das Plejaden-Spiel,* Hörbuch-Novelle, nicht in gedruckter Form erschienen.

2013 (21 ROMANE)

DIE DREI ???

- DAS GRAB DER INKA-MUMIE, Die drei ??? (Mini-TB, Kosmos). [e]. Hörspiel (Sony/Europa) als Doppel-CD (u. a. limitierte Erstauflage im Digipack) und Doppel-MC sowie DL (2017)
- DER TORNADOJÄGER, Die drei ??? (Mini-TB, Kosmos). [e]. Hörspiel (Sony/Europa) als CD (u. a. limitierte Erstauflage im Digipack) und MC sowie DL (2017)
- DIE DREI ??? UND DAS KALTE AUGE, Die drei ??? (Mini-TB, Kosmos). [e]. Hörspiel (Sony/Europa) als Doppel-CD (u. a. limitierte Erstauflage im Digipack) und Doppel-MC sowie DL (2017)
- HOTEL DER DIEBE, Die drei ??? Dein Fall 2 (HC, Kosmos). Spanische Übersetzung (Kolumbien): *Hotel de Ladrones,* Panamericana Editorial (2017)

Dorian Hunter

- Die Saat des Monsters, Teilroman in *In den Abgrund*, Dorian Hunter Buch 73 (TB / [e], Zaubermond)

Horror-Factory

- Der Blutflüsterer, Horror-Factory 3 ([e] only, Bastei)

Macabros

- Der Todesfluch der Aanss (als Dan Shocker), Macabros Buch 11 (TB / [e]*, Zaubermond). Teilromane:
  - Der Todesfluch der Aanss (Die Hierarchie des Grauens II) (gemeinsam mit Andrea Bottlinger)
  - Höllenwahl – der sechste Hauptdämon (Die Hierarchie des Grauens III) (gemeinsam mit Andrea Bottlinger)
- Kaphoons blutige Tränen (als Dan Shocker), Macabros (TB / [e]*, Zaubermond) Buch 12. Teilromane:
  - Kaphoons blutige Tränen (Die Hierarchie des Grauens IV) (gemeinsam mit Andrea Bottlinger)
  - Llyrengora – in die Dunkelheit (Die Hierarchie des Grauens V) (gemeinsam mit Andrea Bottlinger)

Mystery

- Der steinerne Schattenjäger (als George Templeton, mit Björn Berenz), Mystery 349 (TH / [e], Cora), Sammelband (zwei Romane)

Perry Rhodan

- Kristall-Labyrinth, Perry Rhodan 2689 (HR, Pabel-Moewig). [e]. [🔈] als DL / Teil der PR-Sammelbox *Neuroversum-Zyklus 81-100*
- Unter der Technokruste, Perry Rhodan 2701 (HR, Pabel-Moewig). [e]. [🔈] als DL / MP3-CD / MP3-DVD (PR 2700-2703). N^{ED}: Perry Rhodan-Kompakt 1: *Luna im Visier* ([e] only, Pabel-Moewig)
- Vier gegen Ithafor (gemeinsam mit Arndt Ellmer [= Wolfgang Kehl]), Perry Rhodan 2708 (HR, Pabel-Moewig). [e]. [🔈] als DL / MP3-CD / MP3-DVD (PR 2708-2711)
- Im Wolkenmeer, Perry Rhodan 2713 (HR, Pabel-Moewig). [e]. [🔈] als DL / MP3-CD / MP3-DVD (PR 2712-2715)
- Preis der Gerechtigkeit, Perry Rhodan 2725 (HR, Pabel-Moewig). [e]. [🔈] als DL / MP3-CD / MP3-DVD (PR 2725-2728)
- Totentanz, Perry Rhodan 2726 (HR, Pabel-Moewig). [e]. [🔈] als DL / MP3-CD / MP3-DVD (PR 2725-2728)
- Die Stardust-Verschwörung, Perry Rhodan Neo 37 (TH, Pabel-Moewig). [e]. [🔈] im DL und als Teil der Doppel-CD Perry Rhodan

NEO 27/38. N[ED]: Perry Rhodan NEO-Platin-Edition 10: *Die Macht des Imperiums* (enthält NEO 37-40), HC, edel (2016)

- DIE GENESIS-KRISE, Perry Rhodan NEO 47 (TH, Pabel-Moewig). [e]. [🔊] im DL und als Teil der Doppel-CD Perry Rhodan NEO 47/48. N[ED]: Perry Rhodan NEO-Platin-Edition 12: *Die Mutanten-Krise* (enthält NEO 45-48), HC, edel (2017)
- EPETRANS GEHEIMNIS, Perry Rhodan NEO 57 (TH, Pabel-Moewig). [e]. [🔊] im DL und als Teil der Doppel-CD Perry Rhodan NEO 57/58. N[ED]: Perry Rhodan NEO-Platin-Edition 15: *Intrigen im Kristallpalast* (enthält NEO 29-32), HC, edel (2018)
  Anmerkung: Weitere Titel sollen in der Platin-Edition ab 2019 laufend erscheinen.
- EIN ONRYONISCHES SCHRECKGESPENST, Kurzgeschichte in Perry Rhodan-Kompakt 1: *Luna im Visier* (Sammlung von PR 2700-2703 mit begleitenden Kurgeschichten) ([e] only, Pabel-Moewig). N[ED] der Kurzgeschichte in: *Moon River*, Perry Rhodan-Storys 1. [e] only, Pabel-Moewig (2015)

RAUMSCHFF PROMET

- AUFBRUCH (mit Oliver Müller; ungenannt), Raumschiff Promet Buch 1 (TB, Blitz-Verlag). [🔊] 2014 (Teil 1) und 2015 (Teil 2) sowie im DL

2014 (15 ROMANE, 2 KURZGESCHICHTEN)

DIE DREI ???

- TEUFLISCHES DUELL, Die drei ??? 175.1 (HC, Kosmos) (erster Roman des dreiteiligen Jubiläumsbandes »Schattenwelt«). [e]. Hörspiel (Sony/Europa) als CD und MC und Vinyl sowie DL (2015)
- DER GEFIEDERTE SCHRECKEN, Die drei ??? 177 (HC, Kosmos). [e].Hörspiel (Sony/Europa) als CD und MC sowie DL (2015)
- ZEIT DER OPFER, ZEIT DER WUNDER (Kurzgeschichte nach einer Idee von Kari Erlhoff und Christoph Dittert), in: *Die drei ??? und der Zeitgeist*, Die drei ??? (HC, Kosmos, Kurzgeschichtenband). [e] Die Kurzgeschichte ist einzeln auch als E-Book erhältlich. Hörspiel (Sony/Europa) CD / MC sowie DL (2016)
- JAGD IM DUNKELN, Die drei ??? Kids (Mini-TB, Kosmos). [e]
- DIE MATSCHBOMBE, Die drei ??? Kids (Mini-TB, Kosmos). [e]

HORROR-FACTORY

- HÖLLENBLICK, Horror-Factory 20 ([e] only, Bastei)

MACABROS

- DIE FLIEGENDEN SÄRGE VON RHA'LOSHEM (als Dan Shocker), Macabros Buch 13 (TB / [e]*, Zaubermond). Teilromane:
  - DIE FLIEGENDEN SÄRGE VON RHA'LOSHEM (gemeinsam mit Andrea Bottlinger)
  - TAGE DER APOKALYPSE (gemeinsam mit Andrea Bottlinger)

PERRY RHODAN

- DIE ORDISCHE STELE, Perry Rhodan 2741 (HR, Pabel-Moewig). [e]. DL / MP3-CD / MP3-DVD (PR 2741-2744)
- DIE ZERSTÖRTE WELT (gemeinsam mit Michelle Stern [= Stefanie Rafflenbeul]), Perry Rhodan 2754 (HR, Pabel-Moewig). [e]. DL / MP3-CD / MP3-DVD (PR 2754-2757)
- DIE MESSINGSPIELE, Perry Rhodan 2759 (HR, Pabel-Moewig). [e]. DL / MP3-CD / MP3-DVD (PR 2758-2761)
- RENDEZVOUS IN LARHATOON, Perry Rhodan 2764 (HR, Pabel-Moewig). [e]. DL / MP3-CD / MP3-DVD (PR 2762-2765)
- DAS GENETISCHE KUNSTWERK, Perry Rhodan 2765 (HR, Pabel-Moewig). [e]. DL / MP3-CD / MP3-DVD (PR 2762-2765)
- DIE PARA-PALADINE, Perry Rhodan 2770 (HR, Pabel-Moewig). [e]. DL / MP3-CD / MP3-DVD (PR 2770-2774)
- DIE KRIEGSWELT, Perry Rhodan NEO 71 (TH, Pabel-Moewig). [e]. im DL und als Teil der Doppel-CD Perry Rhodan NEO 71/72
- SPUR DER PUPPEN, Perry Rhodan NEO 79 (TH, Pabel-Moewig). [e]. im DL und als Teil der Doppel-CD Perry Rhodan NEO 79/80

2015 (8 ROMANE, 2 KURZGESCHICHTEN, 1 ADVENTSKALENDER)

- BEN, LEA UND DAS DIEBSTAHL-GEHEIMNIS, Adventskalender 2015 des Landesbibliothekszentrums Rheinland-Pfalz

- WIE EIN PAAR NUDELN DIE WELT RETTETEN (MIT REZEPT: NUDELN MIT KETCHUPSOSSE), Kurzgeschichte in: *Die kleinen Köche*, Ann-Kathrin Karschnick und Diana Kinne (Hg.), Ulrich Burger-Verlag

DIE DREI ???

- HÖLLENFAHRT, Die drei ??? Dein Fall 4 (HC, Kosmos). Spanische Übersetzung (Kolumbien): *Descenso al infierno*, Panamericana Editorial (2017)

PERRY RHODAN

- DAS LABYRINTH DER TOTEN GÖTTER, Perry Rhodan 2787 (HR, Pabel-Moewig). . DL / MP3-CD / MP3-DVD (PR 2787-2790)
- DIE DREI TAGE DER MANTA, Perry Rhodan 2788 (HR, Pabel-Moewig). . DL / MP3-CD / MP3-DVD (PR 2787-2790)
- ZUR LETZTEN GRENZE (gemeinsam mit Oliver Fröhlich), Perry Rhodan 2799 (HR, Pabel-Moewig). . DL / MP3-CD / MP3-DVD (PR 2795-2799)
- AUS DEM ZEITRISS, Perry Rhodan 2806 (HR, Pabel-Moewig). . DL / MP3-CD / MP3-DVD (PR 2804-2807)
- DER FLAMINGO UND DER TERRORIST, Kurzgeschichte zur Hörspielserie »Pleyjaden«, in: *Die galaktischen Architekten* (von Oliver Fröhlich), Perry Rhodan 2816 (HR, Pabel-Moewig)
- FLUCHT EINER WELT, Perry Rhodan 2818 (HR, Pabel-Moewig). . DL / MP3-CD / MP3-DVD (PR 2816-2819)
- MEDUSA, Perry Rhodan 2827 (HR, Pabel-Moewig). . DL / MP3-CD / MP3-DVD (PR 2825-2828)
- WELTENSAAT, Perry Rhodan NEO 93 (TH, Pabel-Moewig). . als DL / Teil der Doppel-CD Perry Rhodan NEO 93/94

2016 (8 ROMANE PLUS 7 »TRIVID-KURZROMANE«)

DIE DREI ???

- DIE DREI ??? UND DER MANN OHNE AUGEN, Die drei ??? 186 (HC, Kosmos). . Hörspiel (Sony/Europa) CD / MC / Vinyl sowie DL (2017)
- DAS RÄTSEL DER SMART CITY, Die drei ??? Dein Fall Buch 5 (HC, Kosmos)

PERRY RHODAN

- DIE JENZEITIGEN LANDE (gemeinsam mit Wim Vandemaan [= Hartmut Kasper]), Perry Rhodan 2850 (HR, Pabel-Moewig). . DL / MP3-CD / MP3-DVD (PR 2850-2853)
- DIE MNEMO-KORSAREN, Perry Rhodan 2851 (HR, Pabel-Moewig). . DL / MP3-CD / MP3-DVD (PR 2850-2853)
- HÜTER DER STAHLQUELLE, Perry Rhodan 2858 (HR, Pabel-Moewig). . DL / MP3-CD / MP3-DVD (PR 2858-2861)
- DER FALL JANUS, Perry Rhodan 2868 (HR, Pabel-Moewig). . DL / MP3-CD / MP3-DVD (PR 2866-2869)
- THEZ (gemeinsam mit Wim Vandemaan), Perry Rhodan 2874 (HR, Pabel-Moewig). . DL / MP3-CD / MP3-DVD (PR 2870-2874)

- Die vereiste Galaxis, Perry Rhodan 2875 (HR, Pabel-Moewig). e. DL / MP3-CD / MP3-DVD (PR 2875-2878)
- Die Klon-Verschwörung (gemeinsam mit Oliver Fröhlich), Perry Rhodan-Trivid:
  - Prolog (e only, Pabel-Moewig)
  - 1: Kontakt (e only, Pabel-Moewig)
  - 2: Klinik (e only, Pabel-Moewig)
  - 3: Labor (e only, Pabel-Moewig)
  - 4: Heimkehr (e only, Pabel-Moewig)
  - 5: Experiment (e only, Pabel-Moewig)
  - 6: Zusammenhalt (e only, Pabel-Moewig)

  N^ED: gesammelt als TB bei Bastei: *Perry Rhodan Trivid – Die Klon-Verschwörung* (2017)

2017 (7 Romane, 2 Kurzgeschichten, 1 Textspiel)

Die drei ???

- Im Bann des Drachen, Die drei ??? (HC, Kosmos) 191. e. Hörspiel (Sony/Europa) CD / MC / Vinyl sowie DL (2018)
- Ein schwarzer Tag für Mr Kingstone, Kurzgeschichte in: *Die drei ??? und der schwarze Tag*, Die drei ??? (Kurzgeschichtenband) (HC, Kosmos). e Die Kurzgeschichte ist einzeln auch als E-Book erhältlich. Hörspiel (Sony/Europa) CD / MC sowie DL (2018)
- Der Fall Marty Fielding, Die drei ???: *Bobs Archiv* (HC-Schuber, Kosmos)
- Buch der Finsternis, Die drei ??? Story Cards (Textspiel in Metalldose)

Perry Rhodan

- Die Schiffbrüchigen der Ewigkeit, Perry Rhodan 2890 (HR, Pabel-Moewig). e. DL / MP3-CD / MP3-DVD (PR 2887 - 2890)
- Unter der Flammenflagge, Perry Rhodan 2934 (HR, Pabel-Moewig). e. DL / MP3-CD / MP3-DVD (PR 2933-2936)
- Das Lügengespinst, Perry Rhodan 2935 (HR, Pabel-Moewig). e. DL / MP3-CD / MP3-DVD (PR 2933-2936)
- Jespers Reise, Kurzgeschichte in: Perry Rhodan Neo-Platin-Edition 12: *Die Mutanten-Krise* (enthält Neo 45-48), (HC, edel). e Die Kurzgeschichte ist auch als E-Book separat erhältlich.

SPLITTERWELTEN

- SPLITTERWELTEN (gemeinsam mit Michael Peinkofer; von CM leicht erweiterte Ausgabe des Romans von Michael Peinkofer von 2012) (Paperback / e, Piper)
- SPLITTERWELTEN 2: NACHTSTURM (gemeinsam mit Michael Peinkofer) (Paperback / e, Piper)

2018 (6 ROMANE, 3 KURZGESCHICHTEN)

DIE DREI ???

- DIE LEGENDE DER GAUKLER, Die drei ??? 198 (HC, Kosmos. e. Voraussichtlich als Hörspiel erhältlich (Sony/Europa) CD / MC / Vinyl sowie DL ab 2019
  Anmerkung: Weitere Titel der »Drei ???« ab 2019.

- DAS ALLESWISSERBUCH FÜR DETEKTIVE, Die drei ??? (HC, Kosmos), darin die Kurzgeschichten:
  - JUSTUS' FALL: PARCOURS DER RÄTSEL
  - BOBS FALL: DIEBE IM NETZ

PERRY RHODAN

- HINTER DEM ENERGIEVORHANG (Kurzgeschichte, Prequel zu PR 2950). e PDF-DL
- DER STERNENWANDERER (gemeinsam mit Uwe Anton), Perry Rhodan 2950 (HR, Pabel-Moewig). e. DL / MP3-CD / MP3-DVD (PR 2950-2953)
- DER STERNENRING, Perry Rhodan 2965 (HR, Pabel-Moewig). e. DL / MP3-CD / MP3-DVD (PR 2962-2965)
- DIE EISIGEN GEFILDE, Perry Rhodan 2980 (HR, Pabel-Moewig). e. DL / MP3-CD / MP3-DVD (PR 2979-2982)
- KANTS LETZTES KUNSTWERK, Perry Rhodan 2983 (HR, Pabel-Moewig). e. DL / MP33-CD / MP3-DVD (PR 2983-2986)
  Anmerkung: Weitere Titel bei Perry Rhodan ab 2019.

SPLITTERWELTEN

- SPLITTERWELTEN 3: FLAMMENWIND (gemeinsam mit Michael Peinkofer) (Paperback / e, Piper)

Und zum Schluss ein paar andere Dinge, alles andere als vollständig:

In dieser Bibliographie wurden generell Artikel, Interviews (als Interviewer und Interviewter) sowie Vorworte nicht berücksichtigt. Einige von CM ausgewählte Besonderheiten aus diesem Bereich und sonstige Kuriositäten mögen das Bild ein wenig abrunden.

Mein erstes Honorar (ja, dafür gab's Geld!) für einen Text erhielt ich im zarten Alter von 14, evtl. 15 Jahren. In John Sinclair, dritte Auflage, Band 119, *Der unheimliche Bogenschütze* wurde als »Jason Dark Extra: Die Horror-Story der Woche« meine Geschichte *Bestie der Nacht* veröffentlicht. Vielleicht erinnert sich der eine oder andere Leser an diese »Leserstorys« in den Sinclair-Heften. Meine beginnt mit dem markigen Satz »100 Jahre ist es jetzt wohl her, aber Ed Summer erinnert sich auch heute noch genau an die Geschehnisse.« Ins Auge fällt, nur perfekt mit Großbuchstaben: »Zwei Schritte machte er, dann rief er in den Raum: ›VERFLUCHTES GESCHÖPF DER NACHT! Zeige dich und stelle dich zum Kampf!‹« Das Ende hat es auch in sich: »Sein Fell bildete sich zurück, seine Körperformen wurden menschlich und er sprach: ›Ich danke dir, du hast den Fluch gelöscht‹, und Ed Summer wurde nie wieder gesehen.«

Das erste Honorar als Erwachsener hingegen kam aus einer ganz anderen Ecke. In der Zeitschrift »P wie Papi«, Ausgabe 2002/4, erschien mein Artikel *Kind oder Karriere?* in der Kolumne »Väter erzählen wahre Geschichten«. Später veröffentlichte ich hin und wieder, aber selten, in diversen Zeitschriften. Die »Family« war z. B. dabei, oder der »Dein Spiegel«.

Stark aus der Reihe fällt z. B. auch mein Beitrag *Xavier Naidoo: Wenn du es willst (Mir sind die Hände gebunden)* in der Mainzer Anthologie, einer Festschrift zum 60. Geburtstag von Professor Hermann Kurzke, der mein Doktorvater war; erschienen im Verlagsatelier Michael Pfeifer. Das muss ich 2003, vielleicht schon 2002 geschrieben haben. Noch vor meinem ersten Roman.

Meine Doktorarbeit wäre fast erschienen, übrigens – wenn ich sie nicht zugunsten der Schriftstellerei abgebrochen hätte, schätzungsweise ein Jahr vor Fertigstellung. »Untersuchungen zum Liedbestand in evangelischen Kirchengesangbüchern von Martin Luther bis zur Gegenwart« hätte sie geheißen, wenn ich das aus dem Gedächtnis richtig zitiere. Ein Titel, den man durchaus verstehen kann – die Arbeit entstand in meiner Zeit beim Graduiertenkolleg »Geistliches Lied und Kirchenlied interdisziplinär« der Universität Mainz.

2006 schrieb ich einen Roman zu einem Computerspiel: »Codename: Panzers«. Das Buch machte Spaß, da ich die Charaktere frei ausformen durfte, die im Spiel rein eine Funktion erfüllen. Der Spieleerfinder fand es prima, der Verlag, in dem der Roman erscheinen sollte, ebenfalls. Dann jedoch tauchten Lizenzprobleme auf, unvermutet und viel zu spät. Der Roman war fertig, konnte aber nicht erscheinen. Immerhin wanderte das komplette vereinbarte Honorar auf mein Konto. So erblickte das Erstlingswerk meines damals geplanten Pseudonyms Clive Robinson nie das Licht der gedruckten Welt.

Ebenfalls im Jahr 2006 hat sich ein kleines Kuriosum abgespielt: Der Ullstein-Verlag wollte, dass ich Romane zur Hörspielserie »Gabriel Burns« schreibe. Ich hörte die Hörspiele, war begeistert davon, sagte zu, bekam einen Vertrag. Erst danach stellte sich heraus, dass der Serienerfinder lieber jemand anderen mit den Romanen betreuen wollte: den Drehbuchautor der Hörspiele. Ich habe dann einer Vertragsauflösung zugestimmt. Sachen gibt's.

Ein nettes Taschenbuch, an dem ich »nur« in Sachen Exposé beteiligt war, weshalb es in der Bibliographie nicht auftaucht: *Perry Rhodan: Die Falsche Welt* von Andreas Eschbach und Verena Themsen (Bastei, 2016). Die entsprechenden Heftromane der PERRY RHODAN-Serie sind 2015 erschienen und basieren auf Exposés von Hartmut Kasper und mir.

2017 erschien mein erstes Text-Spiel – das habe ich in der Bibliografie aufgenommen. Eine interessante Erfahrung. 2019 kommt eine weitere »StoryCards«-Box heraus, diesmal aus der Welt der »Drei ??? Kids«. Außerdem werden 2019 drei Krimipuzzles erscheinen, ebenfalls mit Justus, Peter und Bob. Ich bin selbst gespannt, wie es im Bereich (Text-)Spiele weitergehen wird. Abwechslung macht Spaß … auch in der äußeren Form, in der eine Geschichte erzählt wird. Dass ich zum Beispiel irgendwann einmal Geld dafür erhalten würde, dass Leute Tickets kaufen für Hörspiele, die in Planetarien gespielt werden, hätte ich auch nicht gedacht – und hier wie überall gilt: Es ist die Geschichte, die zählt ... nicht die äußere Form, in der sie sich präsentiert.

Ein Wort des Autors zu Exposés.

Viele Serien, an denen ich mitgeschrieben habe, basieren auf Exposés – aufgrund dieser Vorgaben entstehen die einzelnen Romane.

Wo ich nach Exposés von anderen geschrieben habe:

- Mein erster und einige weitere Coco-Zamis-Romane basieren auf Exposés von Dario Vandis (= Dennis Ehrhardt); später hat Uwe Voehl die Exposéarbeit übernommen.
- Die Exposés zu Dorian Hunter Buch 13 und 14 stammen ebenfalls von Dario Vandis, Band 15 und 18 entwickelte ich gemeinsam mit Peter Morlar. Danach, siehe unten ... und das Exposé zu Band 73 stammt von Andrea Bottlinger, die meine Nachfolgerin in der Hunter-Exposéredaktion wurde.
- Die Atlan-Miniserien, an denen ich mitgeschrieben habe, wurden von Uwe Anton konzipiert, bis auf meine Beiträge zum »Intrawelt«- und »Flammenstaub«-Zyklus. Dort stammen die Exposés von Michael Marcus Thurner.
- In Sachen Atlan-Taschenbuch gilt: »Die vier Namenlosen« basiert auf einem Exposé von Michael Marcus Thurner, »Sternenfall der Goldenen« auf einem Exposé von Marc A. Herren.
- Meine Perry Rhodan-Romane bis einschließlich Band 2502 basieren auf Exposés von Robert Feldhoff. Als Robert im Jahr 2009 verstarb, übernahm Uwe Anton seine Arbeit und verfasste die Exposés bis Band 2699.
- Die Perry Rhodan-Taschenbücher *Requiem für Druufon, Das genetische Siegel* und *Jupiter* basieren auf einem Exposé von Wim Vandemaan (= Hartmut Kasper)
- All meine Beiträge zu Perry Rhodan-Neo (bis auf die Neo-Story, die ich selbst entwickelt habe) basieren auf Exposés von Frank Borsch.

- Bei MACABROS (Buchserie) gab es keine Exposés, aber bei den ersten Bänden tüftelte ich mit Dennis Ehrhardt die Handlung aus, bei den letzten mit Andrea Bottlinger. Jürgen Grasmück (der einzig echte Dan Shocker) konnte leider nicht mehr mitarbeiten, gab mir aber kurz vor seinem Tod noch am Telefon sein Okay für die Fortsetzung und freute sich darauf. Leider konnte er den ersten Band nicht mehr sehen. Er übergab mir auch freudig sein Pseudonym.
  Die ersten Bände der Serie schrieb ich alleine (wobei Dennis Ehrhard wiederum Buch 3 alleine schrieb), ab Buch 7 arbeitete ich mit Andrea Bottlinger an der Serie … und es lässt sich ab diesem Band nur noch schwer rekonstruieren, welche Teilromane von wem stammen, da wir tatsächlich ständig gemeinsam geschrieben haben. Wir haben uns entschieden, alle Teilromane ab Buch 7 uns beiden zuzuschreiben. Für Buch 5 gilt: Reinhard Schmitt (bekannt als Peter Morlar) hat einen Teil dazu beigesteuert.
- TORN ist eine Erfindung von Michael J. Parrish, und er schrieb auch die Exposés für meine ersten Beiträge. Später ließ er mir weitgehend freie Hand, indem die Exposés eher zu kurzen Skizzen schrumpften … dann übernahm ich selbst die Exposé-Redaktion und schrieb die Exposés für mich bzw. den Kollegen Lars Urban ab dem Zeitpunkt, als dieser in die Serie einstieg (Band 27). Michael J. Parrish hat immer alles im Hintergrund begleitet und stand stets mit Rat und Tat zur Seite.
- (Der Vollständigkeit halber hier eine Ergänzung in Klammern: Es geht das Gerücht, Werner Kurt Giesa hätte, als er sich aus gesundheitlichen Gründen als Autor weitgehend aus der ZAMORRA-Serie zurückgezogen hat, Exposés für die Romane geschrieben. Wie es genau bei den Kollegen lief, weiß ich nicht, in meinem Fall stimmt das nicht. Meine Zamorra-Romane habe ich selbst entwickelt, mit Ausnahme von Band 795, wo es eine kleine Vorgabe von Roger Clement gab, weil ich seine Handlung fortgeführt habe. Den Desaster-Zyklus, Zaubermond-Buch 25 – 28, haben die Autoren Christian Schwarz, Volker Krämer und ich in vielen Gesprächen und Mails gemeinsam entwickelt.)

Und dann gibt es noch die Serien, in denen ich selbst Exposés geschrieben habe:

- Bei Dorian Hunter habe ich diese Aufgabe von Buch 58 bis 68 übernommen.
- Bei Torn stammen die Exposés für die Bände 27 bis zum letzten Band der Serie, Nummer 35, von mir.
- Perry Rhodan-Action basiert komplett, von Band 1-36, auf meinen Ideen. Dabei gilt: Für den ersten Zyklus (Hefte 1-12) habe ich ein Grundkonzept von Robert Feldhoff übernommen.
- Einige Nummern Perry Rhodan-Extra basieren auf meinen Exposés – genauer gesagt die Extras 9-13.
- Die Perry Rhodan-Hörspielserie »Plejaden-Zyklus« basiert auf meinen Exposés.
- Und, last not least, der Löwenanteil meiner Exposéarbeit fällt auf die eigentliche Perry Rhodan-Serie: Seit Band 2700 verfassen Wim Vandemaan (=Hartmut Kasper) und ich jedes Exposé gemeinsam. Als ich diese Zeilen geschrieben habe, lagen die Exposés bis einschließlich Band 3000 vor, aber es wird weitergehen … bei 301 Exposés des Duos Vandemaan/Montillon ist noch lange nicht Schluss.

Der Autor

Geboren 1974 und verheiratet seit 1999, hat Christoph Dittert inzwischen eine Menge Bücher geschrieben. Er selbst sagt, seine besten Veröffentlichungen sind allerdings seine drei Kinder. Er war gerade dabei, seine Doktorarbeit zu schreiben, als er sich als Autor selbstständig machte und seitdem vom Geschichtenerfinden lebt – seit fast fünfzehn Jahren mittlerweile. Den Löwenanteil seiner Veröffentlichungen machen PERRY RHODAN und »DIE DREI ???« aus, aber das ist nicht alles. Ideen sammelt er überall im Alltag auf, wenn er Menschen sieht, Dinge erlebt oder von verrückten Sachen hört. Und wenn er gar nicht mehr weiterweiß, geht er ins Kino. Das hilft immer. Seine Vorliebe (beim Schreiben und Selbstlesen) sind die phantastischen Genres – sogar die »DREI ???« sind ja phantastisch. Irgendwie.

KATHARINA HAHN

SINISTRE

Fünf Menschen geraten in Situationen, die mit dem alltäglichen Horror nicht mehr zu erklären sind ... Fünf Menschen an den verschwimmenden Grenzen zwischen Illusion, Übernatürlichem und Wirklichkeit erkennen, dass sich Reales und Übersinnliches an vielen Orten überlagern.
Fünf unheilvolle Schicksale in fünf Novellen, illustriert von der Autorin.

MICHAEL SULLIVAN

INDIANERSOMMER

Nach dem Kauf eines angeblichen Medizinbeutels mit den Überresten eines mächtigen Kriegers findet sich der verträumte Michael im Körper seines Helden wieder: Indigo, die Plastikfigur eines muskulösen Indianers. Das Abenteuer beginnt. Er muss einen Weg zurück in seinen Körper finden und dabei gegen alle anderen Spielfiguren kämpfen, die nichts unversucht lassen, ihm den Lebensfunken auszublasen …

BERNAR LESTON

DR. LESTONS KABINETT DER SELTSAMEN SZENARIEN

45 skurrile Häppchen vom Tellerrand der Realität:
Wenn *Der Beschworene Schreiber* nur *Verlorene Wortlosigkeit* hervorbringt und *Der Schatten des Bösen Füllers* den *Schreibfluss* beeinträchtigt … Wenn *Die Zeit vergeht wie das Leben* und Sie noch *Zu jung zum Sterben* sind … dann könnte eine Soirée im Kabinett des Dr. LeSton ganz nach Ihrem Geschmack sein.

ANDREAS GROß

IM ZEICHEN DER BLUTKRONE

Ein neuer Fantasy-Roman aus der Welt Magira:
Im Zeitalter des Ewiges Spiels kommt die Alte Welt unter endlosen Wellen von Invasionen nicht zur Ruhe. Dem düsteren Volk der W'Ing'Tiu gelingt es, auf den Trümmern des untergegangenen Löwen-Imperiums ein Reich zu errichten. Die Metropole Magramor erbebt, denn die »Nachtschatten« schreiben ihre Geschichte mit dem Blut von Menschenopfern.

Hans-Peter Schultes

Wege des Ruhms

Ein Heroic-Fantasy-Roman aus der Welt Magira:
Seit den Tagen der ersten Götter tobt der Kampf unheiliger Mächte gegen die Kinder des Menschengeschlechts, in deren Herzen das Wort des Großen Raben brennt. Gegen die Blutmagie der Schlangengeborenen ist ein Schwert, weitergegeben durch die Könige eines auserwählten Volkes, die letzte Hoffnung der noch freien Menschen.

Hans-Peter Schultes mit Andreas Groß

Runen der Macht

Ein episch-phantastischer Heldenroman:
Die Stämme und Völker, die einst mit Attila gegen Rom gezogen sind, haben das Joch der hunnischen Herrschaft abgeschüttelt. Jetzt fallen die Sieger wie reißende Wölfe übereinander her und die Blutmagie eines hunnischen Schamanen erweckt ein lange verloren geglaubtes Grauen. Nur Giso, die Königin der Rugen, erkennt die drohende Gefahr.

Sanela Egli

Der Raum

Der Roman der Schweizer Autorin thematisiert den obsessiven Drang nach Kontrolle, Herabwürdigung und Unterwerfung, der in Entführung und emotionaler wie körperlicher Gewalt mündet. Wie entwickelt sich die Beziehung zwischen Opfer und Täter? Wann ist der unvermeidliche Punkt erreicht, an dem die Gefühle des Opfers eine fatale Umkehrung erfahren. Der geheime *Raum* wartet darauf, bewohnt zu werden …

Renée Noir

Ein Engel in Paris

Sarah reist nach Paris, um den Mann, der ihr neuen Lebensmut gegeben hat, wiederzufinden. In der Stadt der Liebe wandelt sie nicht nur auf verschlungenen Pfaden in die Zukunft, sondern gelangt auch zur eigenen Vergangenheit. Ein Roman über den Verlust und das Wiederfinden, über Irrungen des Lebens und die Suche nach Glück – eine romantische Liebesgeschichte, wie sie nur eine Französin mit federleichter Hand verfassen kann.

Die Hugh-Walker-Reihe:

Seit 2013 werden Hugh Walkers Romane, Mini-Serien und Kurzgeschichten in einer Werkausgabe bei Emmerich Books & Media wiederveröffentlicht. Hierbei werden die Manuskripte der Originalromane aus den Jahren von 1966 bis 1998 behutsam der neuen deutschen Rechtschreibung angepasst und – wo sinnvoll – Auslassungen, die dem damaligen Lektorat zum Opfer fielen, wieder eingefügt. Inzwischen liegen die Horror- und Science-Fiction-Romane des Autors sowie bisher kaum bekannte Texte aus seiner Fan-Zeit, durch Artikel und Exposés ergänzt, in unserer Werkreihe vor.

Hugh Walker

Blut-GmbH

Der »Drakula-Zyklus«: Menschen verschwinden im Dunkel der Nacht, um Tage später ohne Erinnerung wieder aufzutauchen. Einstiche an ihren Körpern beweisen, dass Blut abgezapft wurde. Die Spur führt zur Klinik von Dr. Lukard und seiner Blut-GmbH, hinter deren Fassade das Unfassbare droht. Realität und Phantasie verschwimmen – und die Landkarten unserer Wirklichkeit müssen neu geschrieben werden …

Hugh Walker

Dorf des Grauens

Frank Urban verschlägt es in ein Dorf, das auf keiner Karte verzeichnet ist. Eine unbekannte Macht in den umliegenden Wäldern verändert die Menschen in beunruhigender Weise. Er ahnt nicht, dass sich der wahre Horror noch offenbaren wird!
Dorf des Grauens vereint erstmals die 1978 verfassten Romanteile *Im Wald der Verdammten* und *Kreaturen der Finsternis* in einem Band.

Hugh Walker

Der Okkultist

Die mysteriösen Fälle, mit denen der Okkultist Hans Feller und sein Medium Klara Milletti konfrontiert werden, entwickeln sich nicht selten zu nicht enden wollenden Albtraum-Szenarien …

Drei paranormale Horror-Romane:
Die gelbe Villa der Selbstmörder,
Hexen im Leib und
Bestien der Nacht

HUGH WALKER

DIE TOTEN LIEBEN ANDERS

3 Vampir-Romane. VAMPIRE UNTER UNS: Trägt ein Kind bei der Geburt die erwachsenen Züge seines toten Vaters, ist ein Vampir zur Welt gekommen. ICH, DER VAMPIR: Ein Mann nimmt Veränderungen in seinem Wesen wahr, die ihn seine menschliche Natur vergessen lassen. BLUTFEST DER DÄMONEN: In einem friedlichen Tal erheben sich längst Verstorbene, als sei die Zeit des Letzten Gerichts gekommen …

HUGH WALKER

HEXENBRUT

2 Hexen-Romane. DIE BLUTGRÄFIN: Recherchen in einem alten Haus enthüllen die grauenhaften Hinterlassenschaften seiner früheren Bewohnerin, der berüchtigten Adligen Erzsébeth Báthory. DIE TOCHTER DER HEXE: Ein Student, der dem Phänomen einer angeblichen Massenpsychose nachgeht, lernt eine junge Frau kennen, die aus einer uralten Familie von Hexen stammt.

HUGH WALKER

VOLLMONDBESTIEN

2 Werwolf-Romane. DAS HAUS DER BÖSEN PUPPEN: Berichte über einen blutrünstigen Vollmondmörder könnten auf einen Werwolf hinweisen – oder auf noch unheimlichere Kreaturen unter der Maske unschuldiger Kinder. HERRIN DER WÖLFE: Thania Lemars Konfrontation mit der Bestie ist der Auftakt unglaublicher Ereignisse. Visionen und ein Erlebnis aus Thanias Vergangenheit verdichten sich zu einer schrecklichen Ahnung.

HUGH WALKER

DES TEUFELS MAGIE

2 phantastische Romane. LEBENDIG BEGRABEN: Wird jemand lebendig begraben, liegt der Fehler nicht immer beim Leichenbeschauer. Womöglich *kann* der Betreffende gar nicht sterben. DIE ROBOT-MÖRDER: Als Fritz Kühlberg der Frau wiederbegegnet, die er vor Kurzem überfahren und für tot gehalten hat, gerät er unter den Einfluss eines bizarren Rituals, das seine Persönlichkeit auszulöschen droht.

HUGH WALKER

REAL-PHANTASIE

Ende des 25. Jahrhunderts beginnen geheime Versuche mit der Digitalisierung des menschlichen Bewusstseins. *Emigration* ist der Schlüssel in die programmgesteuerten Erlebniswelten der Real-Phantasie. Doch der Rückzug in den eigenen Geist birgt nicht kalkulierbare Gefahren, denn nur ein schmaler Pfad trennt die Emigranten vor der Wildnis ihres Unterbewusstseins mit ihren Albträumen und Schrecken.

HUGH WALKER

ALLES LICHT DER WELT

3 Science-Fiction-Romane. DER WALL VON INFOS: Eine Forschungsstadt mit den Errungenschaften der Menschheit übersteht die globale Katastrophe. REBELLION DER TALENTE: Im zukünftigen Gerichtswesen werden Urteile durch Computer gefällt und die Erinnerungen der Geschworenen gelöscht. Doch *ein* Mitglied der Jury erinnert sich. DAS SIGNAL: Jeff Crane erkennt, dass er seinen Körper mit einem Alien teilt.

HUGH WALKER & HANS FELLER

WELT DER TÜRME

3000 Jahre lang haben geheimnisvollen Türme, Relikte der Vergangenheit, die Auswüchse »wilder Magie« in Almordins Welt unterdrückt! Durch die Geburt eines Geschwisterpaares, das die verfemte Kraft in sich trägt, droht sich dieser Zustand dramatisch zu ändern. Verfolgt durch fanatische Lichtritter und Priester gehen Erviana und Gothan ihren Weg, der das Schicksal der Menschen für immer verändern könnte.

HUGH WALKER

DER PARASCOUT

Es gibt Orte, die sind von emotionalen Kräften gezeichnet. Dort können Dinge geschehen – Dinge aus Träumen und Albträumen, dunklen Legenden der Vergangenheit. Robert Steinberg, kann diese Kräfte wahrnehmen, denn er hat eine geistige und emotionale Antenne für telepathische und parasensorische Kontakte mit anderen Menschen. 3 Romane um das Team vom erstaunlichen Institut für Para-Scouting.

HUGH WALKER

PARASCOUT-INSTITUT

»Die meiste Zeit verbrachte sie in einem traumartigen Zustand, erfüllt von Erinnerungen, die fern und fremd waren. Sie vermied es, auf die weißen Wände zu blicken, welche hässliche Geheimnisse bargen. Die Albträume hatten immer menschliche Gesichter, verzerrt und bewegt von einer Kraft, die nicht das Leben war.« Der Roman *Die Totenweckerin* (1998) aus dem Parascout-Universum.

HUGH WALKER

ZAUBEREI IN TAINNIA

1979 plante der Pabel-Verlag eine neue Fantasy-Heftserie: »Mythor«. Von den eingereichten Exposés erhielt Hugh Walkers Entwurf den Zuschlag für einen ersten Roman – dennoch wurde das fertige Werk nur innerhalb der Fanszene veröffentlicht, da Walkers Darstellung des Helden nicht den Vorstellungen des Verlags entsprach. Dieser Band zeigt, wie sich der Autor »seinen« Mythor ursprünglich vorgestellt hat.

HUGH WALKER

SAAT DES GRAUENS

Hugh Walker begann seine Laufbahn als Fan. Als Mitglied der Wiener SF-Szene »Austrotopia« publizierte in den 1960er Jahren seine Texte in Fanzines wie dem legendären »Pioneer«. Die in diesem Band versammelten Erzählungen aus den Jahren 1962 bis 1970 umreißen die Anfänge seines literarischen Schaffens: *Invasion, Meine zwei Plasmaten, Die Paras, Der Fall Moracek, Die Saat des Grauens* & *Der magische Stein*.

HUGH WALKER & FRANZ SCHWABENEDER

REICH OHNE SCHATTEN

Die Autoren haben während ihrer Linzer und Wiener Fan-Zeit gemeinsame Spuren in der österreichischen Phantastik hinterlassen. Zwischen 1963 und 1968 entstanden drei längere phantastische Erzählungen, die bislang nur in Fan-Publikationen wie »Pioneer« oder »Magira« erschienen sind. Walkers und Schwabeneders Texte wenden sich nicht nur an erwachsenes Publikum, sondern auch an Junge und Junggebliebene.

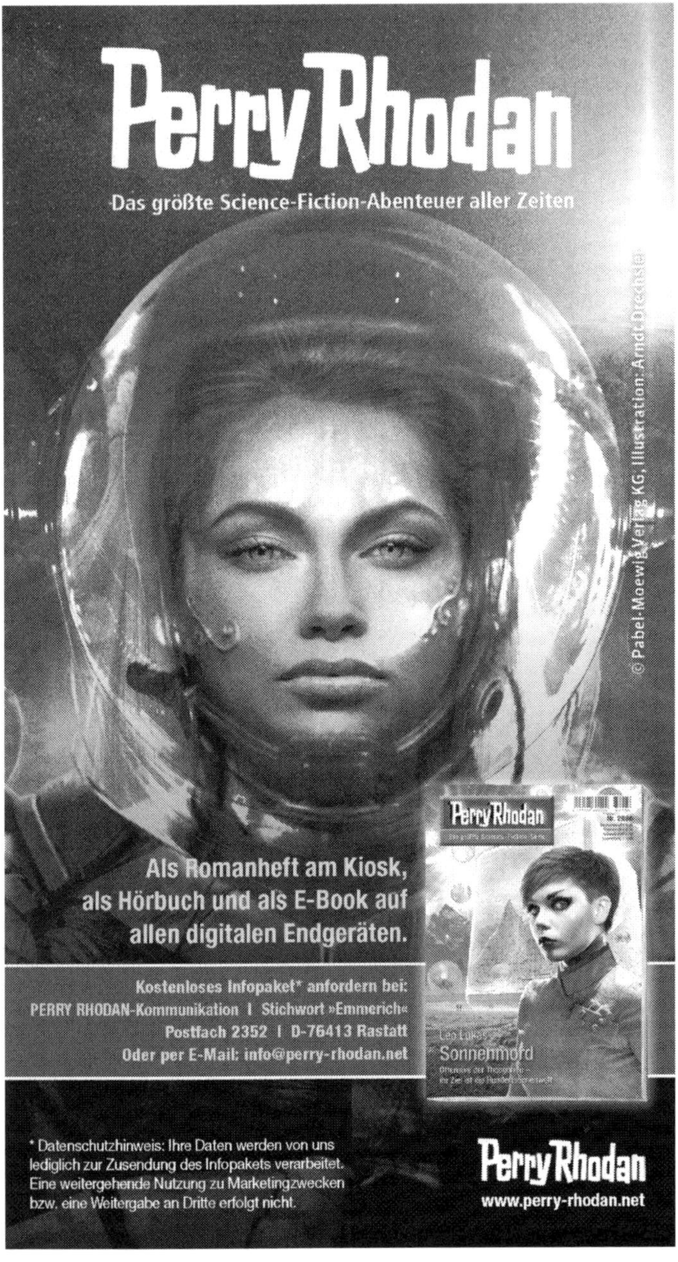
Perry Rhodan
Das größte Science-Fiction-Abenteuer aller Zeiten
© Pabel-Moewig Verlag KG, Illustration: Arndt Drechsler
Perry Rhodan
Sonnenmord
Als Romanheft am Kiosk,
als Hörbuch und als E-Book auf
allen digitalen Endgeräten.
Kostenloses Infopaket* anfordern bei:
PERRY RHODAN-Kommunikation I Stichwort »Emmerich«
Postfach 2352 I D-76413 Rastatt
Oder per E-Mail: info@perry-rhodan.net
* Datenschutzhinweis: Ihre Daten werden von uns lediglich zur Zusendung des Infopakets verarbeitet. Eine weitergehende Nutzung zu Marketingzwecken bzw. eine Weitergabe an Dritte erfolgt nicht.
Perry Rhodan
www.perry-rhodan.net

35766739R00160

Printed in Poland
by Amazon Fulfillment
Poland Sp. z o.o., Wrocław